BESTSELLER

Charlaine Harris (Misisipi, 1951), licenciada en Filología Inglesa, se especializó como novelista en historias de fantasía y misterio. Es la aclamada autora de *Muerto hasta el anochecer*, primer título de la famosa saga vampírica protagonizada por Sookie Stackhouse, que fue adaptada por HBO en la serie de televisión *True Blood*. Desde entonces, Harris ha sido publicada en más de veinte países, donde ha vendido varios millones de ejemplares, y ha sido galardonada con numerosos premios, confirmando su éxito como una de las autoras de misterio y fantasía preferidas en todo el mundo.

Para más información, visite la página web de la autora: charlaineharris.com

Biblioteca

CHARLAINE HARRIS

El Club de los Muertos

Traducción de
Omar El-Kashef Calabor

DEBOLS!LLO

Papel certificado por el Forest Stewardship Council®

Penguin
Random House
Grupo Editorial

Título original: *Club Dead*

Primera edición en Debolsillo: octubre de 2022

© 2003, Charlaine Harris
© 2009, 2022, Penguin Random House Grupo Editorial, S. A. U.
Travessera de Gràcia, 47-49. 08021 Barcelona
© 2009, Omar El-Kashef Calabor, por la traducción
Diseño de la cubierta: Penguin Random House Grupo Editorial / Sergi Bautista
Imagen de la cubierta: © Stocksy / Yaroslav Danylchenko

Printed in Spain – Impreso en España

ISBN: 978-84-663-5978-8
Depósito legal: B-13.688-2022

Impreso en Novoprint
Sant Andreu de la Barca (Barcelona)

P 3 5 9 7 8 8

Este libro está dedicado a mi hijo mediano, Timothy Schulz, que me dijo llanamente que quería un libro todo para él.

Mi agradecimiento a Lisa Weissenbuehler, Kerie L. Nickel, Marie La Salle y la incomparable Doris Ann Norris por su asesoramiento sobre maleteros de coches, grandes y pequeños. También quiero dar las gracias a Janet Davis, Irene y Sonya Stocklin, ciberciudadanas de *DorothyL*, por su información sobre bares, *bourree* (un juego de cartas) y las parroquias de gobierno de Luisiana. Joan Coffey fue encantadora con su aportación acerca de Jackson. La maravillosa y complaciente Jane Lee me llevó en coche pacientemente a lo largo de Jackson durante muchas horas, metiéndose de lleno en el espíritu de hallar la localización ideal para un bar de vampiros.

1

Bill estaba encorvado sobre el ordenador cuando entré en su casa. Se había convertido en algo demasiado familiar durante los dos últimos meses. Normalmente dejaba lo que estuviera haciendo cuando yo llegaba, hasta hacía dos semanas. Ahora, lo que más le atraía era el teclado.

—Hola, cariño —dijo, ausente, con la mirada clavada en la pantalla. Había una botella vacía de TrueBlood grupo cero sobre el escritorio, junto al teclado. Al menos se había acordado de comer.

Bill no es el tipo de tío que suele ir en vaqueros y camiseta, pero vestía unos pantalones informales y una camisa a cuadros escoceses de tonos azules y verdes. La piel le brillaba y su densa melena negra olía a Herbal Essence. Se las bastaba solito para provocar un estallido hormonal en una mujer. Le besé el cuello y no reaccionó. Le besé la oreja. Nada.

Había pasado seis horas seguidas de pie en el Merlotte's, y cada vez que un cliente me racaneaba con la propina o me daba una palmada en el trasero, me recordaba a mí misma que no tardaría en estar con mi novio, disfrutando de un sexo increíble y unas atenciones absolutas.

Parecía que eso no iba a pasar.

Inspiré lenta y sostenidamente, clavando la mirada en la espalda de Bill. Era una espalda maravillosa, de hombros anchos, y tenía planeado verla desnuda y con mis uñas clavadas en ella. Había contado con ello con mucho ahínco. Espiré lenta y sostenidamente.

—Estaré contigo enseguida —dijo Bill. En la pantalla había una foto de un distinguido hombre de tez morena y pelo canoso. Era del tipo Anthony Quinn, sexy y con aspecto de poderoso. Había un nombre al pie de la foto, seguido de un texto: «Nacido en 1756, en Sicilia», comenzaba diciendo. Justo cuando abría la boca para comentar que los vampiros sí que aparecían en las fotos a pesar de las leyendas, Bill se volvió y se dio cuenta de que estaba leyendo.

Pulsó un botón y la pantalla se quedó en blanco.

Me lo quedé mirando, apenas creyendo lo que acababa de pasar.

—Sookie —dijo, tratando de sonreír. Tenía los colmillos replegados, por lo que no estaba del humor que había esperado encontrarle; no pensaba en mí carnalmente. Al igual que los demás vampiros, sus colmillos se extendían completamente sólo cuando estaba lujuriosamente predispuesto para el sexo o para alimentarse y matar. A veces, ambos tipos de lujuria se entremezclan, y así es como acaban muertos todos los colmilleros, aunque, si alguien me pregunta, pienso que a éstos lo que les atrae es precisamente el peligro. Si bien se me ha acusado de ser una de esas patéticas criaturas que revolotean alrededor de los vampiros con la esperanza de atraer su atención, sólo me relaciono con un vampiro (al menos voluntariamente):

el que estaba sentado justo delante de mí. El mismo que me guardaba secretos. El mismo que apenas se alegraba de verme.

—Bill —dije fríamente. Algo se estaba cociendo, a fuego alto, y no era precisamente la libido de Bill («libido» estaba en mi calendario de la palabra del día).

—No has visto lo que acabas de ver —dijo con calma, mirándome con sus ojos castaño oscuro sin parpadear.

—Vaya, vaya —repliqué, quizá un poco pasada de sarcasmo—. ¿Qué te traes entre manos?

—Tengo una misión secreta.

No sabía si echarme a reír o dejarlo allí plantado. Así que me limité a alzar las cejas y esperar más datos. Bill era el inspector de la Zona Cinco, una de las divisiones vampíricas de Luisiana. Eric, jefe de dicha división, nunca le había hecho un encargo a Bill que tuviera que ocultarme. De hecho, yo solía formar parte del equipo de investigación, aun a pesar de que muchas veces no fuera por voluntad propia.

—Eric no debe saberlo. Ningún vampiro de la Zona Cinco debe saberlo.

El corazón me dio un brinco.

—Entonces…, si no estás trabajando para Eric, ¿para quién lo haces? —me arrodillé, pues tenía los pies destrozados, y me apoyé sobre las rodillas de Bill.

—La reina de Luisiana —dijo, casi en un susurro.

Dado que se puso tan solemne, procuré mantener una expresión neutra, pero no sirvió. Empecé a reírme, en breves carcajadas que no fui capaz de reprimir.

—¿Lo dices de verdad? —pregunté, sabiendo que así debía de ser. Bill era un tipo muy serio. Pegué mi cara a la suya para que no pudiera ver mi expresión divertida. Volví los ojos hacia arriba para echar una mirada rápida a su cara. Parecía bastante cabreado.

—Hablo muy en serio —contestó Bill con una voz tan acerada que me esforcé por cambiar mi actitud.

—Vale, a ver si lo entiendo —dije con un tono razonablemente moderado. Me senté en el suelo, crucé las piernas y posé las manos sobre las rodillas—. Trabajas para Eric, que es el mandamás de la Zona Cinco, pero ¿también hay una reina? ¿De Luisiana?

Bill asintió.

—Entonces ¿el Estado se divide en zonas y ella es la superior de Eric, porque éste regenta un negocio en Shreveport que está dentro de la Zona Cinco?

Bill volvió a asentir. Puse una mano sobre mi cara y agité la cabeza.

—Y ¿dónde vive? ¿En Baton Rouge?

La capital del Estado me parecía el lugar más apropiado.

—No, no. En Nueva Orleans, por supuesto.

Ya, por supuesto. La capital de los vampiros. Según los periódicos, no se podía tirar una piedra a la Big Easy* sin darle a un no muerto (aunque sólo un necio lo intentaría). La industria del turismo estaba experimentando un gran aumento en Nueva Orleans, pero no se trataba de la misma gente de antaño, bebedores profesionales y juerguistas traviesos que llenaban la ciudad para ir de fiesta a lo grande. Los nuevos turistas eran los que querían

---

* Término por el que se conoce a Nueva Orleans coloquialmente. (N. del T.)

codearse con los no muertos, tomarse algo en un bar de vampiros, visitar a una prostituta con colmillos y disfrutar de un espectáculo sexual con no muertos.

Eso era lo que había oído decir, aunque yo no había estado en Nueva Orleans desde que era pequeña, cuando mis padres nos habían llevado a mi hermano Jason y a mí. Habría sido antes de cumplir yo los siete años, porque ellos murieron cuando tenía esa edad.

Mamá y papá habían muerto casi veinte años antes de que los vampiros apareciesen en las televisiones para anunciar el hecho de que se encontraban realmente entre nosotros, un anuncio que se dio justo después del desarrollo japonés de la sangre sintética, que era lo que mantenía con vida a los vampiros sin la necesidad de beber de los humanos.

La comunidad vampírica de los Estados Unidos dejó que fueran los clanes de vampiros japoneses los que dieran el primer paso. Luego, casi simultáneamente en la mayoría de los países con televisión (y ¿quién no la tiene hoy en día?), se reprodujo el mismo anuncio en cientos de idiomas distintos en boca de otros tantos vampiros de impecable aspecto y cuidadosamente escogidos.

Aquella noche de hacía dos años y medio, las personas vivas normales y corrientes supimos que siempre habíamos convivido con monstruos.

«Pero —y aquí llegaba lo importante del anuncio— ahora podemos dar un paso al frente para unirnos a vosotros en armonía. Ya no corréis ningún peligro por nuestra parte. Ya no necesitamos beber de vosotros para vivir».

Como os podéis imaginar, fue una noche de grandes audiencias y tremendo clamor. Las reacciones fueron muy variadas, según los países.

Los vampiros de las naciones predominantemente musulmanas se temieron lo peor. No queráis saber lo que le pasó al portavoz de los no muertos en Siria, aunque quizá la vampira de Afganistán tuviese una muerte —una muerte final, en este caso— incluso más horrible. ¿En qué estarían pensando para escoger a una mujer para esa tarea? Los vampiros podían ser muy listos, pero a veces daba la sensación de que no andaban muy al tanto del mundo actual.

Algunos países, como Francia, Italia y Alemania, rechazaron reconocer a los vampiros como ciudadanos iguales. Muchos otros, como Bosnia, Argentina y la mayoría de los países africanos, negaron cualquier estatus a los vampiros y los declararon como presas justas para cualquier cazador de fortunas. Pero Estados Unidos, Inglaterra, México, Canadá, Japón, Suiza y los países escandinavos adoptaron una actitud más tolerante.

Resultaba difícil determinar si eran las reacciones que los vampiros habían previsto o no. Dado que aún luchaban por poner un pie en la sociedad normal de los vivos, los vampiros todavía guardaban muchos secretos acerca de su organización y forma de gobierno, y lo que Bill me contaba ahora era lo más lejos a lo que yo había llegado en esa materia.

—Así que la reina de los vampiros de Luisiana te tiene trabajando en un proyecto secreto —dije, tratando de sonar neutral—. Y ésa es la razón por la que has estado pegado al ordenador cada una de tus horas de vigilia de las últimas semanas.

—Así es —admitió Bill. Cogió la botella de sangre y se la echó a la boca, pero tan sólo quedaban unas pocas gotas.

Atravesó el pasillo hacia la pequeña cocina (cuando remodeló la vieja casa familiar, prescindió de gran parte de la cocina al no necesitarla) y sacó otra botella de la nevera. Yo seguía lo que hacía por los sonidos que provocaba al abrir la botella y meterla en el microondas. El microondas dejó de sonar y él volvió a aparecer, agitando la botella con el pulgar haciendo de tapón para no manchar nada.

—Bueno, y ¿cuánto tiempo tienes que pasar con este proyecto? —pregunté, creo que de forma razonable.

—El que sea necesario —contestó, bastante menos razonable. En realidad, Bill parecía francamente irritado.

Hmmm. ¿Se habría acabado nuestra luna de miel? Por supuesto, me refiero a una luna de miel figurada, dado que Bill es un vampiro y no podemos casarnos legalmente en prácticamente ninguna parte del mundo.

Tampoco es que me lo haya pedido nunca.

—Pues si tanto te absorbe tu proyecto, quizá sea mejor que me mantenga al margen hasta que se acabe —dije lentamente.

—Quizá sea lo mejor —convino Bill tras una notable pausa, y me sentí como si me hubiera pateado la boca del estómago. En un abrir y cerrar de ojos, estaba de pie y poniéndome el abrigo sobre mi uniforme de camarera invernal: unos pantalones negros con una camiseta blanca de cuello alto y mangas largas que llevaba el logotipo MERLOTTE's BAR bordado en el pecho izquierdo. Le di la espalda a Bill para ocultar mi cara.

Trataba de reprimir las lágrimas, así que no me di la vuelta cuando sentí su mano sobre mi hombro.

—Tengo que decirte una cosa —dijo Bill con su voz fría y suave. Hice una pausa mientras me ponía los guantes, pero no creí que pudiera soportar mirarle. Que se lo dijera a mi nuca.

—Si algo me ocurriera —prosiguió (y aquí es donde yo debí haber empezado a preocuparme)—, tendrás que buscar en el escondite que construí en tu casa. Allí debería estar mi ordenador junto con algunos discos. No se lo digas a nadie. Si el ordenador no está en el escondite, ven a mi casa y búscalo aquí. Ven de día, y hazlo armada. Coge el ordenador y todos los discos que encuentres y escóndelos en mi rinconcito, como tú lo llamas.

Asentí. Se dio cuenta por el movimiento que hice de espaldas. No confiaba en mi propia voz.

—Si no vuelvo o no tienes noticias mías en, digamos…, ocho semanas…, sí, ocho semanas, entonces cuéntale a Eric todo lo que te he dicho hoy. Y quédate bajo su protección.

No dije nada. Estaba demasiado triste y furiosa, pero no tardaría mucho en calmarme. Di por entendidas sus palabras con un gesto de la cabeza. Sentí mi coleta agitarse contra mi cuello.

—Pronto… iré a Seattle —dijo Bill. Pude sentir sus fríos labios sobre el nacimiento de mi coleta.

Estaba mintiendo.

—Cuando vuelva, hablaremos.

Por alguna razón, no parecía una perspectiva cautivadora. De alguna manera sonaba ominosa.

Volví a inclinar la cabeza, descartada cualquier palabra porque ya había roto a llorar. Antes me hubiese muerto que dejarle ver mis lágrimas.

Y así fue cómo lo dejé en una fría noche de diciembre.

Al día siguiente, de camino al trabajo, tomé un desafortunado desvío. Estaba de ese humor que sólo te hace ver la parte horrible de las cosas. A pesar de una noche casi en blanco, algo me decía que mi humor podía empeorar un poco si conducía por Magnolia Creek Road, así que eso es lo que hice.

Belle Rive, la antigua mansión de los Bellefleur, era un hervidero de actividad, incluso en un día tan triste y frío como ése. Había furgonetas de la empresa de control de plagas, una firma de diseño de cocinas y el coche de un constructor aparcado en la entrada de la cocina de esa casa, que databa de antes de la guerra. Toda aquella actividad revoloteaba alrededor de Caroline Holliday Bellefleur, la anciana dama que había gobernado Belle Rive y (al menos en parte) Bon Temps durante los últimos ochenta años. Me preguntaba cómo se adaptarían Portia, que era abogada, y Andy, detective, a todos esos cambios en Belle Rive. Llevaban viviendo con su abuela (igual que yo había hecho con la mía) toda su vida adulta. Como mínimo debían de estar disfrutando de la renovación de la mansión.

Mi abuela había sido asesinada unos meses atrás.

Los Bellefleur no tuvieron nada que ver, por supuesto. Y no había ninguna razón por la que Portia y Andy debieran compartir el placer de esta nueva opulencia conmigo. De hecho, ambos me evitaban como a la peste. Me debían un gran favor y no lo podían soportar. La verdad es que ni se imaginaban cuánto me debían.

Los Bellefleur habían recibido una herencia de un familiar que «había muerto misteriosamente en alguna parte de Europa», según supe que Andy le había contado a un compañero policía mientras se tomaban algo en el Merlotte's. Cuando Maxine Fortenberry se pasó para dejar unas papeletas para la rifa de la Colcha de las Señoras de la Iglesia Baptista Getsemaní, me dijo que la señora Caroline había peinado cada registro familiar que pudo desenterrar para identificar al misterioso benefactor, y que seguía asombrada por la fortuna familiar.

Aun así parecía no tener ningún problema en gastarse los cuartos.

Incluso Terry Bellefleur, el primo de Portia y Andy, tenía una nueva camioneta aparcada delante de su casa prefabricada. Terry, un veterano de Vietnam lleno de cicatrices, y de pocos amigos, me caía bien, y no me importaba que pudiera estrenar nuevo juego de ruedas.

Pero no podía evitar pensar en el carburador que había tenido que cambiar en mi viejo coche. Pagué por ello hasta el último centavo y al contado, aunque se me pasó por la cabeza preguntarle a Jim Downey si podría pagar la mitad e ir abonando el resto durante los dos meses siguientes. Pero Jim tenía mujer y tres hijos. Esa misma mañana tuve la idea de pedirle a mi jefe, Sam Merlotte, que me aumentara el número de horas en el bar. Ahora que Bill se había marchado a Seattle, casi podía vivir en el Merlotte's si Sam no tenía inconveniente. El dinero me vendría de perlas.

Me esforcé por no amargarme mientras me alejaba de Belle Rive. Me dirigí al sur, fuera de la ciudad, y luego giré a la izquierda por Hummingbird Road de camino al Merlotte's. Traté de fingir que todo iba bien; que a su regreso de Seattle (o de donde fuera), Bill volvería a ser un amante apasionado, me apreciaría y me haría sentir valiosa de nuevo. Que volvería a tener esa agradable sensación de estar vinculada a alguien en vez del vacío de la soledad.

Estaba mi hermano Jason, claro; aunque, en lo que a intimidad y compañerismo se refiere, tenía que admitir que casi no contaba.

Pero lo que más me dolía era el inconfundible dolor del rechazo. Conocía muy bien esa sensación, para mí era como una segunda piel.

Detestaba volver a arrastrarme debajo de ella.

2

Probé a abrir la puerta para asegurarme de que la había cerrado bien, me giré y, por el rabillo del ojo, creí ver una figura sentada en el columpio que había en el porche delantero. Ahogué un grito cuando se levantó. Entonces lo reconocí.

Yo llevaba un abrigo, pero él sólo una camiseta sin mangas, aunque, la verdad, no me sorprendió.

—El… —uy, casi la fastidio—, Bubba, ¿cómo estás? —trataba de sonar casual, despreocupada. No lo conseguí, pero Bubba no era precisamente el tipo más avispado del vecindario. Los vampiros admitían que traerlo de vuelta, cuando había estado tan cerca de la muerte y tan saturado de drogas, había sido un gran error. La noche que fue convertido, uno de los empleados del depósito de cadáveres resultó ser un vampiro, además de un gran fan. Con un plan tan rebuscado como precipitado, que implicaba uno o dos asesinatos, el empleado lo había «traído de vuelta», había convertido a Bubba en un vampiro. Pero el proceso no siempre sale bien, ya sabéis. Desde entonces había vivido como uno de esos miembros de la realeza algo retrasados. Había pasado el último año en Luisiana.

—Señorita Sookie, ¿cómo le va? —aún conservaba un poderoso acento y seguía siendo muy guapo, con papada y todo. El pelo oscuro le caía por la frente con un estilo cuidadosamente descuidado. Tenía las densas patillas cepilladas. Algún fan no muerto le había acicalado para la noche.

—Estoy muy bien, gracias —contesté educadamente, sonriendo de oreja a oreja. Es lo que hago cuando estoy nerviosa—. Estaba a punto de ir al trabajo —añadí con la esperanza de poder subirme a mi coche y largarme. Algo me decía que no iba a ser así.

—Bueno, señorita Sookie, me han mandado para cuidar de usted esta noche.

—¿Ah, sí? Y ¿quién te ha mandado?

—Eric —dijo, orgulloso—. Sólo estaba yo cuando recibió una llamada telefónica. Me dijo que trajera mi culo hasta aquí.

—Y ¿cuál es el peligro? —pregunté, oteando el claro de bosque en el que se situaba mi casa. La aparición de Bubba me había puesto muy nerviosa.

—No lo sé, señorita Sookie. Eric me dijo que la vigilara esta noche hasta que alguien de Fangtasia viniese… Eric, Chow o la señorita Pam, o incluso Clancy. Así que, si va a trabajar, me voy con usted. Yo me encargaré de cualquiera que la moleste.

De nada serviría interrogar más a Bubba presionando su frágil cerebro. Sólo conseguiría deprimirlo, y era mejor no hacerlo. Por eso, para evitarlo, procuraba tener presente no llamarle por su antiguo nombre…, aunque de vez en cuando le daba por cantar, y eso sí que merecía la pena escucharlo.

—No puedes entrar en el bar —le dije de repente. Sería un desastre. La clientela del Merlotte's estaba acostumbrada a los vampiros ocasionales, claro, pero no podría advertir a todo el mundo que no pronunciara su nombre. Eric tenía que estar desesperado, porque la comunidad vampírica solía mantener a los errores como Bubba lejos de la vista. Aun así, de vez en cuando, le daba por salir a vagar por su cuenta. Era entonces cuando se producían los «avistamientos» y los tabloides se volvían locos.

—¿Qué te parece si me esperas en mi coche mientras trabajo? —el frío no afectaría a Bubba.

—Tengo que estar más cerca —dijo, y parecía que nadie le iba a convencer de lo contrario.

—Vale, pues ¿qué te parece el despacho del jefe? Está junto a la barra y me puedes oír si grito.

Bubba no parecía del todo convencido, pero finalmente asintió. Lancé un suspiro que no me había dado cuenta de que estaba conteniendo. Lo ideal para mí habría sido quedarme en casa diciendo que me había puesto mala. Sin embargo, no es sólo que Sam esperara que acudiera, sino que también necesitaba la paga.

El coche se antojó un poco pequeño con Bubba en el asiento del copiloto. Cuando salimos de mi propiedad, atravesando el bosque hasta la carretera del distrito, anoté mentalmente que debía llamar a la empresa de asfaltado para que echaran un poco más de grava por el largo y tortuoso camino que conducía a mi casa. Después, cancelé el aviso, también mentalmente. Ahora mismo no me lo podía permitir. Tendría que esperar hasta la primavera. O el verano.

Giramos a la derecha para recorrer los pocos kilómetros que había hasta el Merlotte's, el bar en el que trabajo como camarera cuando no estoy haciendo un montón de cosas secretas para los vampiros. Cuando estábamos a medio camino, caí en que no había visto ningún coche por allí en el que Bubba hubiera podido llegar hasta mi casa. ¿Habría venido volando? Algunos vampiros podían hacerlo. Si bien Bubba era el vampiro con menos talento que había conocido, quizá se le diera bien.

Un año atrás se lo habría preguntado, pero ahora no. Ahora estoy acostumbrada a codearme con los no muertos. Y no porque sea una vampira. Soy telépata. Mi vida era un auténtico infierno hasta que conocí a un hombre al que era incapaz de leer la mente. Por desgracia, no podía hacerlo porque estaba muerto. Pero Bill y yo ya llevábamos varios meses juntos y, hasta hacía poco, nuestra relación había ido francamente bien. Y los demás vampiros me necesitan, así que estoy a salvo…, hasta cierto punto. En la mayoría de casos. A veces.

El Merlotte's no parecía muy concurrido a juzgar por el aparcamiento medio vacío. Sam había comprado el bar hacía cinco años. El negocio había estado perdiendo dinero hasta entonces, quizá por encontrarse aislado en medio del bosque que rodeaba todo el aparcamiento. O puede que porque el anterior propietario no hubiese encontrado la combinación adecuada de bebidas, comida y servicio.

De alguna manera, después de cambiarle el nombre al establecimiento y renovarlo, Sam le dio la vuelta a los libros de contabilidad. Ahora podía llevar una buena vida gracias a él. Pero esa noche era de lunes, desde luego no la más animada para salir por nuestra zona, el norte de Luisiana. Me dirigí hacia el aparcamiento para empleados, que se encontraba justo enfrente del tráiler de Sam

Merlotte, que, a su vez, está detrás de la entrada de servicio, formando ángulo recto. Salté fuera del asiento del conductor, recorrí el almacén y miré por el panel de cristal de la puerta para comprobar el corto pasillo cuyas puertas daban a los aseos y al despacho de Sam. Vacío. Bien. Y cuando llamé a su puerta, éste se encontraba detrás de su escritorio. Mejor aún.

Sam no es muy grande, pero sí muy fuerte. Tiene el pelo rubio rojizo y los ojos azules, y puede que saque tres a mis veintiséis años. Son casi los mismos años que llevo trabajando para él. Me cae bien, y es el protagonista de algunas de mis fantasías predilectas; pero desde que salió con una criatura tan bella como homicida hacía un par de meses, mi entusiasmo perdió fuelle. Aun así, sigue siendo mi amigo.

—Disculpa, Sam —le dije, sonriendo como una idiota.

—¿Qué hay? —preguntó, cerrando el catálogo de proveedores que había estado hojeando.

—Tengo que meter a alguien aquí un rato.

Sam no pareció alegrarse.

—¿Quién? ¿Bill ha vuelto?

—No, sigue de viaje —mi sonrisa se hizo más brillante si cabe—. Pero, eh, han mandado a otro vampiro para que cuide de mí. Y necesito que se quede aquí mientras estoy trabajando, si no te importa.

—¿Por qué necesitas que cuiden de ti? Y ¿por qué no puede sentarse en el bar, como todo el mundo? Tenemos montones de botellas de TrueBlood —TrueBlood se estaba convirtiendo definitivamente en una marca de vanguardia en lo que a sangre de sustitución se refiere. «Lo mejor después del sorbo de la vida», decía su primer anuncio, y los vampiros habían respondido muy bien a esa campaña.

Oí un ruido muy leve detrás de mí y suspiré. Bubba se había impacientado.

—A ver, te dije… —empecé a decir mientras me daba la vuelta, pero no conseguí ir más allá. Una mano me agarró del hombro y me dio la vuelta violentamente. Tenía delante a un hombre que no había visto en la vida. Estaba cerrando el puño para pegarme en la cabeza.

Si bien la sangre de vampiro que ingerí hacía unos meses (para salvar la vida, que quede claro) se había disipado casi del todo —ya apenas brillo por la noche—, sigo siendo más rápida que la mayoría de la gente. Me eché al suelo y rodé hacia las piernas del hombre, lo cual hizo que se tambaleara y que Bubba pudiera destrozarle la garganta con más facilidad.

Me puse de pie rápidamente y Sam salió disparado de detrás del escritorio. Nos miramos mutuamente, luego a Bubba y al hombre muerto.

Vaya, pues sí que estábamos en un aprieto.

—Lo he matado —dijo Bubba, orgulloso—. La he salvado, señorita Sookie.

Que el Hombre de Memphis aparezca en tu bar, darte cuenta de que se ha convertido en un vampiro, y ver cómo mata a un posible asaltante, vaya, era mucho para asimilarlo en un par de minutos, incluso para Sam, a pesar de que él mismo no era exactamente lo que aparentaba.

—Eso parece —le dijo Sam a Bubba con voz que invitaba a la calma—. ¿Lo conocías?

Nunca había visto a un muerto, aparte de alguna visita ocasional a la funeraria local, hasta que empecé a salir con Bill (quien, por supuesto, estaba técnicamente muerto, pero me refiero a un muerto humano).

Por lo que se ve, ahora me topo con ellos muy a menudo. Menos mal que no soy demasiado remilgada.

Este muerto en particular rondaba los cuarenta años, cada uno de los cuales parecía haber sido muy duro. Tenía los brazos llenos de tatuajes, casi todos de los de mala calidad que se hacen en la cárcel, y le faltaban algunos dientes cruciales. Iba vestido con lo que pensé que era la indumentaria de un motero: vaqueros sucios y chaleco de cuero con una camiseta obscena por debajo.

—¿Qué pone en la espalda del chaleco? —preguntó Sam, como si eso revistiera algún significado para él.

Bubba tuvo la cortesía de volver de costado al muerto. La forma en que su mano inerte se tambaleaba al final de su brazo me dio náuseas. Pero me obligué a mirar el chaleco. Llevaba la espalda decorada con la cabeza de un lobo de perfil que parecía estar aullando. La cabeza del animal estaba dibujada sobre un círculo blanco que supuse que pretendía ser la luna. La preocupación de Sam creció al ver la insignia.

—Un licántropo —dijo concisamente. Aquello explicaba muchas cosas.

Hacía demasiado frío para ir sólo con un chaleco, a menos que fuese un vampiro. Los licántropos solían retener más calor que la gente normal, pero se aseguraban de abrigarse cuando hacía frío, pues su sociedad seguía siendo un secreto a ojos de los humanos (salvo para una afortunada como yo y puede que para algunos centenares de otras personas). Me pregunté si el muerto habría dejado un abrigo colgado en los percheros de la entrada, en cuyo caso se habría colado aquí después de esconderse en los aseos de caballeros, a la espera de que yo llegara. Quizá el abrigo estuviera en su vehículo.

—¿Lo viste entrar? —le pregunté a Bubba. Puede que estuviese algo aturdida.

—Sí, señorita. Debía de estar esperándola en el gran aparcamiento. Dobló la esquina, salió de su coche y entró por la puerta de atrás justo un minuto después que usted. Nada más cruzó corriendo usted la puerta, entró él. Yo le seguí. Menuda suerte la suya por tenerme cerca.

—Gracias, Bubba. Tienes razón. Soy afortunada de tenerte. Me pregunto qué querría hacer conmigo —sentí que un escalofrío me recorría nada más pensarlo. ¿Acaso planeaba asaltar a una mujer solitaria o venía a por mí específicamente? Luego pensé que era una duda tonta. Si Eric estaba tan preocupado como para enviar a un guardaespaldas, tenía que saber que existía una amenaza, lo cual descartaba la posibilidad de que yo fuera una víctima aleatoria. Sin decir nada, Bubba salió por la puerta trasera y regresó en apenas un minuto.

—Tenía cinta aislante y mordazas en el asiento delantero del coche —dijo Bubba—. También está su abrigo. Lo he traído para envolverle la cabeza —se inclinó para disponer la densa chaqueta de camuflaje alrededor de la cabeza y el cuello del muerto. Envolverla era una gran idea, dado que el hombre sangraba un poco. Cuando terminó la tarea, Bubba se lamió los dedos.

Sam me rodeó con un brazo porque yo había empezado a temblar.

—Esto sí que es raro —estaba diciendo yo, cuando la puerta del pasillo que daba al bar empezó a abrirse. Pude ver que era la cara de Kevin Prior. Kevin es un cielo, pero también es poli, y eso era lo último que necesitábamos.

—Lo siento, pero el retrete tiene una fuga —dije, y cerré la puerta ante su estrecha y sorprendida cara—. Escuchad, chicos, ¿qué tal si mantengo esta puerta cerrada mientras vosotros metéis a este hombre en su coche? Luego podremos pensar qué hacemos con él.

Haría falta fregar el suelo del pasillo. Descubrí que la puerta del pasillo podía cerrarse con cerrojo. Nunca me había dado cuenta de ello.

Sam parecía dubitativo.

—Sookie, ¿no crees que deberíamos llamar a la policía? —preguntó.

Un año atrás ya hubiera estado pegada al teléfono marcando el número de emergencias, antes siquiera de que el cadáver tocara el suelo. Pero el año había supuesto para mí todo un proceso de aprendizaje. Crucé una mirada con Sam e hice un gesto de la cabeza hacia Bubba.

—¿Cómo crees que llevaría estar en la cárcel? —murmuré. Bubba empezaba a tararear el compás inicial de *Blue Christmas*—. Nosotros apenas tenemos fuerza en las manos para hacer eso —puntualicé.

Al cabo de un instante de indecisión, Sam asintió, resignado a lo inevitable.

—Vale, Bubba, ayúdame a meter a este tipo en su coche.

Fui a buscar una fregona mientras los hombres…, bueno, el vampiro y el cambiante, se llevaban al motero por la puerta trasera. Cuando Sam y Bubba regresaron, trayendo consigo un soplo del aire frío del exterior, yo había fregado el pasillo y el aseo de caballeros (que es lo que habría

hecho si de verdad se hubiese producido una fuga). Pulve-
ricé con ambientador la zona para mejorar la atmósfera.

Hicimos bien en actuar con rapidez, porque Kevin
volvió a abrir la puerta tan pronto como la desbloqueé.

—¿Todo va bien por aquí? —preguntó. A Kevin le
gusta correr, por lo que casi no tiene grasa corporal, y tampoco es muy grande. Tiene aspecto como de borrego, y sigue viviendo con su madre. Pero, a pesar de todo, no tiene
ni un pelo de tonto. En el pasado, cuando leía sus pensamientos, éstos siempre estaban puestos en el trabajo po-
licial o en Kenya Jones, la amazona negra que tenía por
compañera. En ese momento sus pensamientos estaban
llenos de suspicacias.

—Creo que lo hemos arreglado —dijo Sam—. Ten
cuidado donde pisas, acabamos de fregar. ¡No vayas a escu-
rrirte y a demandarme! —le sonrió a Kevin.

—¿Hay alguien en tu despacho? —preguntó Kevin,
moviendo la cabeza hacia la puerta cerrada.

—Uno de los amigos de Sookie —dijo Sam.

—Será mejor que vaya a servir algunas bebidas —dije
alegremente, mirándolos a los dos. Comprobé que tenía
la coleta bien puesta y puse en movimiento mis Reebok.
El bar estaba casi vacío, y la mujer a la que iba a relevar
(Charlsie Tooten) pareció aliviada.

—Qué muerto está esto —me susurró—. Los chicos
de la seis llevan con la misma jarra desde hace una hora,
y Jane Bodehouse ha tratado de ligar con todos los hombres que han entrado. Y Kevin ha estado escribiendo algo
en una libreta toda la noche.

Miré a la única clienta femenina del bar, tratando de
ocultar la aversión que me producía. Todos los estableci-

31

mientos de hostelería tienen su porción de clientes alcohólicos, gente que siempre está cuando el lugar abre y cierra. Jane Bodehouse era una de las que nos tocaban a nosotros. Normalmente, Jane bebía en su casa a solas, pero cada dos semanas, más o menos, se le metía en la cabeza pasarse por aquí y ligarse a un hombre. El proceso de ligue se volvía cada vez más incierto, pues no sólo era que Jane rondara la cincuentena, sino que la falta de horas de sueño y dieta adecuada se habían cobrado un precio durante los últimos diez años.

Esa noche en particular me di cuenta de que cuando Jane se maquilló no había atinado con los perímetros de sus cejas y labios. El resultado era de lo más perturbador. Tendríamos que llamar a su hijo para que se pasase a recogerla. Bastaba con mirarla para saber que no estaba en condiciones para conducir.

Asentí a Charlsie y saludé con la mano a Arlene, la otra camarera, que estaba sentada en una mesa con su último novio, Buck Foley. La noche estaba definitivamente muerta si Arlene estaba sentada. Me devolvió el saludo, meneando sus rizos rojos.

—¿Cómo están los críos? —le pregunté, mirando en derredor para quitar algunos de los vasos que Charlsie había sacado del lavavajillas. Sentía que actuaba con toda normalidad, hasta que me di cuenta de que las manos me temblaban violentamente.

—Genial. Coby ha sacado todo sobresalientes y Lisa ganó el concurso de deletreo —contestó con una amplia sonrisa. A cualquiera que pensara que una mujer casada cuatro veces no podía ser una madre le remitiría a Arlene. También le dediqué a Buck una rápida sonrisa, en honor a Arlene. Buck es el típico tío con el que Arlene suele salir, lo cual viene a significar que no es lo suficientemente bueno para ella.

—¡Qué bien! Esos niños son tan listos como su madre —dije.

—Oye, ¿te encontró ese tipo?

—¿Qué tipo? —creo que ya sabía a quién se refería.

—El tío que iba vestido como un motero. Me preguntó si yo era la camarera que salía con Bill Compton porque tenía que entregarle algo.

—¿No conocía mi nombre?

—No, y es muy raro, ¿no crees? Oh, Dios mío, Sookie, si no conocía tu nombre, ¿cómo iba a venir de parte de Bill?

Probablemente Coby había heredado la inteligencia de su padre, porque a Arlene le había llevado todo ese tiempo deducir algo tan obvio. Adoraba a Arlene por su forma de ser, no por su cerebro.

—Entonces ¿qué le dijiste? —le pregunté, con la vista clavada en ella. Lucía mi sonrisa nerviosa, no la natural. No siempre sé cuándo la llevo puesta.

—Le dije que me gustaban los hombres calientes y que respiraran —dijo, y se rió. A veces, Arlene también carecía de todo atisbo de tacto. Me propuse evaluar por qué era tan amiga mía—. No, en realidad no le dije eso. Sólo le dije que eras la rubia que entraría a las nueve.

Gracias, Arlene. Así que mi atacante sabía quién era porque mi mejor amiga me había identificado; no conocía mi nombre ni dónde vivía; sólo que trabajaba en el Merlotte's y que salía con Bill Compton. Eso me tranquilizaba, aunque no demasiado.

Pasaron tres horas. Sam salió, me susurró que le había dado a Bubba una revista para entretenerse y una botella de Life Support, y se puso detrás de la barra.

—¿Cómo es que ese tipo conducía un coche en vez de una moto? —murmuró Sam—. ¿Cómo es que el coche lleva una matrícula de Misisipi? —bajó el tono cuando Kevin se acercó para asegurarse de que llamaríamos a Marvin, el hijo de Jane. Sam llamó mientras Kevin se quedaba ahí de pie esperando que el hijo le prometiera estar en el Merlotte's en veinte minutos. Luego se alejó, con su libreta bajo el brazo. Me preguntaba si a Kevin le había dado por la poesía o estaba escribiendo su currículo.

Los cuatro hombres que habían estado ignorando a Jane mientras se tomaban su bebida a paso de tortuga apuraron sus respectivas jarras de cerveza y se marcharon, dejando cada uno de ellos un dólar de propina sobre la mesa. No escatimaban en gastos. Nunca conseguiría reponer la grava del camino de casa con clientes como ésos.

Cuando apenas le quedaba media hora, Arlene apuró sus tareas del cierre y preguntó si podía marcharse con Buck. Sus hijos seguían con su madre, así que Buck y ella tendrían el tráiler para ellos solitos durante un rato.

—¿Volverá Bill pronto? —me preguntó mientras se ponía el abrigo. Buck hablaba de fútbol americano con Sam.

Me encogí de hombros. Me había llamado hacía tres noches para decirme que había llegado a «Seattle» sin problemas y que se iba a reunir con quienquiera que fuese a hacerlo. El identificador del teléfono indicó que me llamaba desde un número oculto. Pensé que aquello decía mucho sobre la situación. Pensé que era mala señal.

—¿Lo… echas de menos? —dijo con voz traviesa.

—¿Tú qué crees? —pregunté con una sonrisa que me estiraba las comisuras—. Anda, vete a casa, y pásalo bien, tú que puedes.

—Buck es muy bueno en los buenos momentos —dijo ella, mirándolo de soslayo.

—Qué suerte la tuya.

Jane Bodehouse era la única clienta del Merlotte's cuando llegó Pam. Jane estaba tan fuera de onda que apenas contaba.

Pam es una vampira, además de copropietaria de Fangtasia, un bar para turistas en Shreveport. Es la lugarteniente de Eric. Pam es rubia, probablemente tiene más de doscientos años, y lo cierto es que también posee sentido del humor, algo que no suele venir de serie con los vampiros. Si se puede tener una amiga vampira, Pam era lo más cercano a eso con que yo contaba.

Se sentó en uno de los taburetes de la barra y se me quedó mirando desde el otro lado de la gran superficie de madera.

Aquélla no era una buena señal. Nunca había visto a Pam fuera de Fangtasia.

—¿Qué hay? —le dije a modo de saludo. Le sonreí. Estaba muy tensa.

—¿Dónde está Bubba? —preguntó con su voz precisa. Me miró por encima del hombro—. Eric se va a cabrear si Bubba no ha llegado aquí.

Por primera vez me di cuenta de que Pam tenía un ligero acento, aunque no fui capaz de identificarlo. Quizá tan sólo fueran las inflexiones del inglés antiguo.

—Bubba está en la parte de atrás, en el despacho de Sam —le informé, centrándome en su cara. Tenía ganas de que cayera el hachazo de una vez. Sam se acercó y se puso a mi lado. Les presenté. Pam le propinó un saludo mucho más significativo del que le hubiera dado a un mero humano (cuya presencia probablemente ni siquiera habría hecho por reconocer), pues Sam era un cambiante. Desde luego que esperaba ver una chispa de interés, puesto que Pam es omnívora en lo que al sexo se refiere, y Sam es un ser sobrenatural de lo más atractivo. Si bien los vampiros no son conocidos precisamente por su expresividad facial, decidí que Pam estaba definitivamente descontenta.

—¿Qué pasa? —pregunté, al cabo de un momento de silencio.

Pam se encontró con mi mirada. Ambas somos rubias de ojos azules, pero eso es como decir de dos perros que ambos son animales. Ahí terminaban las similitudes. El pelo de Pam era liso y pálido, y sus ojos eran muy, muy oscuros. Ahora estaban inundados de preocupación. Le dedicó a Sam una mirada significativa. Sin decir nada, él fue a ayudar al hijo de Jane, un treintañero de aspecto consumido, para meterla en el coche.

—Bill ha desaparecido —dijo Pam sin rodeos.

—No. Está en Seattle —dije, voluntariamente obtusa. Había aprendido ese término en mi calendario de la palabra del día esa misma mañana, y ahí estaba yo, usándola.

—Te mintió.

Asimilé eso mientras hacía un gesto de «venga ya» con la mano.

—Ha estado en Misisipi todo este tiempo. Fue en coche hasta Jackson.

Clavé la mirada en la barra de madera revestida en poliuretano. En cierto modo me había imaginado que Bill me había mentido, pero escuchar que te lo digan en voz alta, así, de golpe, dolía como ninguna otra cosa. Me había mentido y había desaparecido.

—Bueno… Y ¿qué vais a hacer para encontrarlo? —pregunté, y odié la vacilación de mi voz.

—Ya lo estamos buscando. Hacemos todo lo que podemos —explicó Pam—. Quienquiera que lo tenga podría ir a por ti también. Por eso Eric envió a Bubba.

No pude responder. Pugnaba por mantener el control de mí misma.

Sam volvió, supongo que al ver lo alterada que me encontraba. Desde apenas unos escasos centímetros a mi espalda dijo:

—Alguien ha intentado raptar a Sookie cuando venía a trabajar esta noche. Bubba la ha salvado. El cuerpo está fuera, detrás del bar. Pensábamos moverlo cuando cerrásemos.

—Pues rápido —dijo Pam. Parecía incluso más molesta. Escrutó a Sam de arriba abajo y asintió. Era un ser tan sobrenatural como ella, la mejor alternativa después de la primera: que fuera otro vampiro—. Será mejor que vaya al coche a ver qué puedo encontrar.

Pam dio por sentado que dispondríamos nosotros del cuerpo, en lugar de recurrir a instancias más oficiales. Los vampiros no llevan muy bien eso de aceptar la autoridad de los agentes de la ley y la obligación ciudadana de llamar a la policía siempre que surja algún problema. Si bien no pueden unirse a las Fuerzas Armadas, sí que pueden meterse a polis, y disfrutan de lo lindo con ese trabajo. Sin embargo, los polis vampiros suelen ser considerados unos parias por el resto de no muertos.

Hubiera preferido pensar sólo en polis vampiros que en lo que Pam acababa de decirme.

—¿Cuándo desapareció Bill? —preguntó Sam. Su voz era tranquila, pero se le intuía la rabia subyacente.

—Debía haberse presentado anoche —informó Pam. Alcé la cabeza de golpe. Eso no lo sabía. ¿Por qué no me diría Bill que volvía a casa?—. Iba a conducir hasta Bon Temps, llamarnos por teléfono a Fangtasia para que supiéramos que había vuelto, y reunirse con nosotros esta noche —era lo más parecido a parlotear que nunca haría un vampiro.

Pam pulsó una serie de números en su móvil; pude escuchar los leves pitidos. Escuché su conversación con Eric. Tras relatarle los hechos, añadió:

—Está sentada aquí. No habla.

Me puso el teléfono en la mano y yo me lo acerqué automáticamente a la oreja.

—Sookie, ¿me escuchas? —sabía que Eric había oído el ruido de mi pelo contra el receptor, el sonido de mi respiración—. Sé que estás ahí. Escucha y haz lo que te diga. Por el momento no le cuentes a nadie lo que ha pasado. Actúa con normalidad. Vive tu vida como siempre lo haces. Uno de los nuestros te estará vigilando en todo momento, seas o no consciente de ello. Incluso de día hallaremos una forma de protegerte. Vengaremos a Bill y te protegeremos.

¿Vengar a Bill? Entonces Eric estaba convencido de que Bill había muerto.

—No sabía que debía haber vuelto anoche —dije, como si fuese el dato más importante del momento.

—Él tenía... malas noticias para ti —me soltó Pam de repente.

Eric la escuchó e hizo un sonido de disgusto.

—Dile a Pam que cierre el pico —dijo, sonando abiertamente furioso por primera vez desde que lo conocía. No vi la necesidad de transmitir el mensaje, pues imaginé que Pam también había escuchado sus palabras. La mayoría de los vampiros tienen un oído muy agudo.

—Así que sabías que tenía malas noticias y que iba a volver —dije. No sólo Bill había desaparecido y estaba probablemente muerto (muerto del todo), sino que me había mentido sobre dónde había ido y por qué, y se había guardado un importante secreto, algo que tenía que ver conmigo. El dolor se hizo tan profundo que apenas era capaz de sentir la herida. Pero sabía que más tarde sí la notaría.

Le devolví el teléfono a Pam y abandoné el bar.

Vacilé mientras entraba en mi coche. Tenía que quedarme en el Merlotte's para ayudar con el cuerpo. Sam no era vampiro y estaba metido en esto por mi culpa. No era justo para él.

Pero después de dudarlo durante apenas un segundo, arranqué y me puse en marcha. Podría ayudarle Bubba, y Pam… Ella, la que lo sabía todo mientras yo no sabía nada.

Estaba segura de haber visto un rostro pálido en el bosque cuando llegué a casa. Me sentí tentada de llamar a mi vigilante vampiro e invitarlo a, por lo menos, sentarse en el sofá durante la noche. Pero luego pensé que no. Prefería estar sola. Nada de eso tenía que ver conmigo. No tenía por qué hacer nada. Podía permanecer pasiva, ignorante a pesar de mí misma.

Me sentía todo lo herida y enfadada que era posible. O al menos eso era lo que pensaba. Las subsiguientes revelaciones me demostrarían lo equivocada que estaba.

Irrumpí en mi casa y cerré la puerta con llave. Ningún cerrojo impediría entrar a un vampiro, por supuesto, pero la falta de una invitación expresa, sí. Ellos, a su vez, también disponían de modos con los que mantener a raya a los humanos, al menos antes del amanecer.

Me puse mi vieja bata de noche, de manga larga y nailon azul, y me senté a la mesa de la cocina, con la mirada perdida en mis manos. Me preguntaba dónde estaría Bill en ese momento. Caminaría aún por el mundo o se habría visto reducido a un montón de cenizas en alguna hoguera. Pensé en su pelo, castaño oscuro, en su denso tacto entre mis dedos. Pensé en el secretismo de su planeado regreso. Al cabo de lo que debieron de ser uno o dos minutos, miré el reloj que había sobre los fogones. Llevaba más de una hora sentada, mirando al vacío.

Debía meterme en la cama. Era tarde, hacía frío y lo normal era dormir. Pero nada en mi futuro volvería a ser normal. ¡Oh, un momento! Si Bill estuviese muerto, mi futuro sí que sería normal.

Sin Bill, fuera vampiros: fuera Eric, fuera Pam, fuera Bubba.

Fuera criaturas sobrenaturales: fuera licántropos, cambiantes o ménades. No habría conocido a ninguno de ellos de no ser por mi relación con Bill. Si él no hubiera entrado en el Merlotte's, yo me limitaría a servir mesas y escuchar sin desearlo los pensamientos de quienes me rodeaban: la avaricia de poca monta, la lujuria, la desilusión, las esperanzas y las fantasías. Sookie la loca, la telépata local de Bon Temps, Luisiana.

Había sido virgen hasta que conocí a Bill. Y, ahora, creo que sólo me acostaría con J.B. du Rone, que era tan encantador que una casi se podía olvidar de que era más tonto que hecho aposta. Tenía tan pocos pensamientos que su compañía apenas me resultaba incómoda. Incluso podía tocar a J.B. sin recibir imágenes desagradables. Pero Bill... En ese momento me di cuenta de que tenía la mano derecha cerrada en un puño, y golpeé la mesa con tal fuerza que me hice un daño del demonio.

Bill me dijo que si algo le pasaba tenía que acudir a Eric. No estaba segura de si eso implicaba que Eric se aseguraría de que recibiría alguna herencia económica de su parte, que me protegería de otros vampiros o que pasaría a pertenecerle..., vamos, a tener la misma relación con Eric que tenía con Bill. Ya le había dicho a Bill que no pensaba dejar que me fueran pasando de uno a otro como un postre navideño.

Pero Eric ya había acudido a mí, por lo que no había tenido la oportunidad de decidir si quería seguir el último consejo de Bill o no.

Mis pensamientos empezaron a divagar. De todas formas, nunca habían estado muy organizados.

«Oh, Bill, ¿dónde estás?» Enterré la cara en mis manos.

La cabeza me palpitaba de agotamiento, e incluso mi acogedora cocina se antojaba helada a esas horas de la madrugada. Me levanté para dirigirme a la cama, aunque sabía que no podría dormir. Necesitaba a Bill con una intensidad tan visceral que llegué a plantearme si no sería algo anormal, si no habría sido objeto de una seducción sobrenatural.

Si bien mi habilidad telepática me inmunizaba de la seducción de los vampiros, puede que fuese vulnerable a otro tipo de poder. O quizá sólo era que echaba de menos al único hombre que había amado en mi vida. Me sentí destripada, vacía y traicionada. Me sentí peor que cuando murió mi abuela, peor que cuando mis padres se ahogaron. Yo era muy pequeña cuando mis padres murieron, y puede que en ese momento no asimilara del todo que se habían ido para siempre. Ahora resultaba difícil recordarlo. Cuando mi abuela murió unos meses atrás, hallé consuelo en los rituales que rodean a la muerte aquí en el Sur.

Supe que no me habían abandonado.

Me encontré de pie en el umbral de la cocina. Apagué la luz.

Una vez metida en la cama, a oscuras, empecé a llorar y no pude parar durante mucho, mucho rato. No era una noche para acordarme de todas las cosas buenas que debía agradecer. Era una noche donde cada una de las pérdidas que había sufrido me atenazaban sin contemplaciones. Me pareció que había tenido más mala suerte que el común de los mortales. Aunque traté de no caer en una cascada de autocompasión, no tuve demasiado éxito. Todo estaba íntimamente ligado con el desamparo de no saber qué había sido de Bill.

Quería que él se pegara a mi espalda; quería sus fríos labios en mi cuello. Quería sus manos blancas recorriendo mi estómago. Quería hablar con él. Quería que desterrara mis terribles sospechas a golpe de carcajada. Quería contarle mi día; el estúpido problema que había tenido con la compañía del gas, y los pocos canales que el proveedor de televisión por cable me había añadido. Quería recordarle que necesitaba una nueva lavadora, hacerle saber que mi hermano Jason había descubierto que, después de todo, no iba a ser padre (lo cual estaba bien, porque tampoco era marido).

Lo más dulce de estar en pareja es compartir tu vida con alguien.

Pero mi vida, evidentemente, no había sido lo suficientemente buena para ser compartida.

3

Cuando amaneció, había podido dormir un total de media hora. Me dispuse a levantarme y hacer café, pero no parecía existir ningún motivo para ello. Así que me quedé en la cama. El teléfono sonó durante la mañana, pero no lo cogí. Llamaron a la puerta, pero no la abrí.

En cierto momento, hacia media tarde, recordé que tenía una cosa que hacer, la tarea que Bill había insistido tanto que hiciera si él se retrasaba. Y esta situación encajaba perfectamente dentro de lo que me había dicho.

Ahora duermo en el dormitorio más grande, que antes era el de mi abuela. Me tambaleé por el pasillo en dirección a mi antigua habitación. Un par de meses atrás, Bill había sacado el suelo de mi viejo armario y lo había convertido en una trampilla. Se había preparado un rinconcito a prueba de sol en el espacio hueco debajo de la casa. Había hecho un gran trabajo.

Me aseguré de que nadie me pudiera ver desde la ventana antes de abrir la puerta del armario. Sobre el suelo de éste no había nada a excepción de una alfombrilla, hecha con lo que había sobrado de enmoquetar el suelo del dormitorio. La aparté y hundí una navaja de bolsillo en la rendija del suelo para levantar la tapa. Miré la caja negra que había dentro. Estaba llena de cosas: el ordenador de Bill, una caja atestada de discos, su monitor y una impresora.

Así que Bill había previsto que esto pudiera ocurrir y había ocultado todo su trabajo antes de irse. Había tenido fe en mí a pesar de lo escéptico que pudiera ser. Asentí con la cabeza y volví a desenrollar la alfombrilla haciendo que encajara perfectamente en las esquinas. Sobre el suelo del armario puse cosas de fuera de temporada, como cajas de zapatos de verano, una bolsa de playa llena de toallas de baño, uno de mis muchos tubos de loción bronceadora y la hamaca plegable que usaba para tomar el sol. Coloqué una gran sombrilla en la esquina y decidí que el armario tenía un aspecto lo suficientemente realista. Mis vestidos de verano colgaban de las perchas, junto con algunas batas de baño muy ligeras y algunos camisones. Mi subidón de energía se desvaneció cuando me di cuenta de que estaba realizando el último favor que Bill me había pedido y que no tenía forma de decirle que había cumplido con sus deseos.

Una mitad de mí (patéticamente) quería hacerle saber que había mantenido la fe; la otra quería entrar en el cobertizo de las herramientas y ponerse a afilar estacas.

El conflicto era demasiado pronunciado para mantener un curso de acción coherente, así que me volví a arrastrar hasta la cama y en ella me apalanqué. Abandonando una vida que había dedicado a sacar lo mejor de las cosas, ser fuerte, alegre y práctica, volví a revolcarme en mi pena y en un abrumador sentimiento de traición.

Cuando me desperté, había vuelto a anochecer y Bill estaba en la cama conmigo. ¡Oh, gracias a Dios! El alivio me recorrió de arriba abajo. Ahora todo iría bien. Sentí su frío cuerpo detrás de mí y me volví, medio dormida, para rodearlo con los brazos. Me aflojó el camisón largo y me acarició la pierna con una mano. Puse la cabeza sobre su pecho silencioso y hundí la cara en él. Sus brazos me rodearon con más fuerza y yo lancé un suspiro de alegría, introduciendo una mano entre los dos para desabrocharle los pantalones. Todo había vuelto a la normalidad.

Salvo que olía diferente.

Abrí los ojos de golpe y traté de apartarme, empujando contra unos hombros tan duros como la piedra. Lancé un escueto grito de horror.

—Soy yo —dijo una voz familiar.

—Eric, ¿qué demonios estás haciendo aquí?

—Acurrucarme.

—¡Serás hijo de perra! ¡Pensaba que eras Bill! ¡Creí que había vuelto!

—Sookie, necesitas una ducha.

—¿Qué?

—Tienes el pelo sucio y podrías tumbar a un caballo con el aliento.

—Me importa un bledo lo que pienses —le solté.

—Anda, ve a lavarte.

—¿Por qué?

—Porque tenemos que hablar, y estoy convencido de que no te apetecerá tener una larga conversación en la cama. Y que conste que no es porque a mí me moleste compartir lecho contigo —se apretó contra mí para demostrar lo poco que le molestaba—, pero lo disfrutaría más en compañía de la Sookie higiénica que un día conocí.

Probablemente nada de lo que hubiera podido añadir me habría hecho salir de la cama más deprisa que eso. La ducha caliente le sentó de maravilla a mi cuerpo helado, mientras que mi mal humor se encargó de subirme la temperatura interior. No era la primera vez que Eric me sorprendía en mi propia casa. Tendría que rescindir su invitación de entrada. Lo que me había detenido ante ese drástico paso hasta el momento, lo que me detenía entonces, era la idea de que si alguna vez necesitaba ayuda y él no podía entrar, quizá estuviera muerta antes de poder gritar «¡Adelante!».

Entré en el baño llevando conmigo unos vaqueros y mi ropa interior, junto con un jersey navideño de color rojo y verde con el motivo de un reno, más que nada porque era lo primero que había encontrado en el cajón. Sólo te puedes poner esas cosas un mes al año, y yo trato de aprovecharlas al máximo. Me sequé el pelo con el secador, añorando la presencia de Bill para que me lo cepillara. Disfrutaba mucho haciéndolo, y yo disfrutaba dejándole. Ante esa imagen mental casi volví a quebrarme, y permanecí de pie, con la cabeza apoyada contra la pared, durante un buen rato mientras acumulaba la voluntad necesaria para seguir adelante. Respiré hondo, miré al espejo y me puse algo de maquillaje. Con el invierno tan avanzado, mi moreno empezaba a flaquear, aunque no dejaba de tener un buen color, gracias a la cama de bronceado del videoclub de Bon Temps.

Prefiero los veranos. Me gusta el sol, los vestidos cortos y la sensación de tener muchas horas de luz para hacer lo que quieras. Incluso Bill disfrutaba de los aromas del verano; le encantaba la fragancia del aceite bronceador (eso me dijo) y el del propio sol en la piel.

Pero lo bueno del invierno era que las noches eran mucho más largas… Al menos eso pensaba cuando tenía a Bill para compartirlas conmigo. Lancé el cepillo del pelo al otro extremo del cuarto de baño. Emitió un reconfortante sonido cuando rebotó en la bañera.

—¡Maldito bastardo! —grité a pleno pulmón. Escucharme decir aquello a plena voz me calmó como nada lo hubiera conseguido.

Cuando salí del cuarto de baño, Eric estaba completamente vestido. Llevaba una de esas camisetas que le regalaba alguno de los proveedores de cerveza de Fangtasia («Esta sangre es para ti», ponía) y unos vaqueros. Había hecho cuidadosamente la cama.

—¿Pueden entrar Pam y Chow? —preguntó.

Atravesé el salón hasta la puerta delantera y la abrí. Los dos vampiros estaban sentados silenciosamente en el columpio del porche. Estaban en lo que me dio por considerar una especie de modo de reposo. Cuando los vampiros no tienen nada que hacer en particular, es como si se quedaran en blanco; se retiran a su interior, sentados o de pie, pero completamente inmóviles, con los ojos abiertos y vacíos. Parece que eso les ayuda a descansar.

—Pasad, por favor —les invité.

Pam y Chow entraron lentamente, mirando a su alrededor con interés, como si estuviesen de excursión: «Casa de granja de Luisiana, aproximadamente principios del siglo XXI». La casa había pertenecido a nuestra familia desde que fue construida, hacía más de ciento sesenta años. Cuando mi hermano Jason se independizó, se mudó a la casa que mis padres habían construido cuando se casaron. Yo me quedé aquí, con la abuela, en este edificio tan alterado como renovado; y ella me la legó en su testamento.

Lo que ahora era el salón es lo que había constituido la casa original. Algunas adiciones, como la cocina moderna y los cuartos de baño, eran relativamente recientes. El piso de arriba, que era notablemente más pequeño que el de la planta baja, se había añadido en la primera década del siglo XX para acomodar a una nueva generación de niños que sobrevivió entera. Apenas subía en estos días. En verano hacía un calor insoportable, incluso con el aire acondicionado puesto.

Todo mi mobiliario era viejo, carente de estilo, aunque cómodo… Absolutamente convencional. En el salón había sillas, sofás, un televisor y un reproductor de vídeo. De él nacía un pasillo que daba a mi amplio dormitorio con su correspondiente cuarto de baño, a otro cuarto de baño junto al propio pasillo, y a mi antiguo dormitorio, así como a algunos armarios (para los abrigos y la ropa blanca). Al fondo del pasillo estaba la cocina-comedor, que se había añadido poco después de que mis abuelos se casaran. Detrás de la cocina había un gran porche trasero cubierto que yo acababa de tapiar. Allí tenía un viejo banco aún útil, la lavadora y secadora, y unas cuantas estanterías.

Había un ventilador en el techo de cada habitación, así como un matamoscas colgado en un lugar discreto de un diminuto clavo. La abuela no solía encender el aire acondicionado a menos que fuera estrictamente necesario.

Si bien no subieron al piso de arriba, Pam y Chow no se perdieron detalle de la planta baja.

Cuando se acomodaron en la vieja mesa donde varias generaciones de Stackhouse habían comido, me sentí como si viviese en un museo que acabara de ser catalogado. Abrí la nevera y saqué tres botellas de TrueBlood, las calenté en el microondas, las agité bien y las puse sobre la mesa, ante mis huéspedes.

Chow seguía siendo un perfecto extraño para mí. Apenas llevaba unos meses trabajando en Fangtasia. Supongo que entró para estar en la barra, como su predecesor. Tenía unos tatuajes impresionantes, de esos asiáticos, azul oscuro y de motivos tan intrincados que recordaban la estética de la ropa oriental más elegante. Éstos eran tan diferentes a los de tipo presidiario de mi atacante, que costaba creer que se trataba de la misma forma de arte. Me habían dicho que los de Chow eran tatuajes yakuza, pero nunca tuve la sangre fría de preguntárselo, sobre todo porque no era en absoluto asunto mío. Aun así, si se trataban de tatuajes yakuza, Chow no sería un vampiro demasiado antiguo. Había investigado algo, y lo de los tatuajes era una moda relativamente reciente en la larga historia de esa organización criminal. Chow tenía el pelo negro y largo (lo que no era una sorpresa), y varias fuentes me habían confirmado que había sido todo un fichaje para Fangtasia. La mayoría de las noches trabajaba sin camiseta. Esta noche, a modo de concesión al frío, lucía un chaleco rojo con cremallera.

No pude evitar preguntarme si alguna vez se sentiría verdaderamente desnudo, con todos los tatuajes que cubrían su cuerpo. Ojalá tuviera el valor de preguntárselo, pero, evidentemente, eso estaba fuera de lugar. Era la única persona que conocía de ascendencia asiática y, por mucho que sepas que los individuos no son representativos de toda su raza, una se espera que al menos algunos de los tópicos sean válidos. Chow parecía tener un fuerte sentido de la privacidad. Pero, lejos de ser distante e inescrutable, no paraba de charlar con Pam, aunque en un idioma que yo era incapaz de comprender. Y me sonreía de una manera desconcertante. Vale, puede que estuviese muy lejos de ser inescrutable. Probablemente estaba poniéndome a parir, y yo era demasiado boba como para enterarme.

Como siempre, Pam estaba vestida al discreto estilo de la clase media. Esta noche tocaban unos pantalones blancos de invierno y un jersey azul. Su pelo rubio resplandecía, liso y suelto, a lo largo de su espalda. Parecía Alicia en el País de las Maravillas, pero con colmillos.

—¿Habéis descubierto algo más sobre Bill? —pregunté cuando todos hubieron tragado sus bebidas.

—Algo —contestó Eric.

Posé mis manos sobre el regazo y aguardé.

—Sé que Bill ha sido secuestrado —dijo, y la habitación dio vueltas a mi alrededor durante un segundo. Respiré hondo para que se detuviera.

—¿Por quién secuestrado? —la gramática era la última de mis preocupaciones.

—No estamos seguros —me dijo Chow—. Los testigos no se ponen de acuerdo —su inglés tenía acento, pero era muy claro.

—Llevadme con ellos —les pedí—. Si son humanos, lo descubriré.

—Si estuvieran bajo nuestro dominio, sería lo más lógico —coincidió Eric—. Pero, por desgracia, no lo están.

Dominio, y un carajo.

—Explícamelo, por favor —estoy segura de que estaba haciendo gala de una extraordinaria paciencia, dadas las circunstancias.

—Esos humanos le deben lealtad al rey de Misisipi.

Sabía que la boca se me estaba quedando abierta, pero parecía incapaz de detener el proceso.

—Disculpa —dije al cabo de un momento—, pero podría jurar que acabas de decir... ¿El rey? ¿De Misisipi?

Eric asintió sin un rastro de sonrisa.

Bajé la mirada, tratando de mantener una expresión neutra. Incluso bajo esas circunstancias era imposible. Sentí cómo la boca se me crispaba.

—¿En serio? —pregunté, desesperanzada. No sé por qué me pareció incluso más gracioso que Misisipi tuviese un rey (si, al fin y al cabo, Luisiana tenía una reina...), pero así era. Me recordé a mí misma que se suponía que yo no sabía nada de la reina. Tomé nota.

Los vampiros intercambiaron miradas. Asintieron a la vez.

—¿Eres tú el rey de Luisiana? —le pregunté a Eric, aturdida debido a todo el esfuerzo mental por mantener en pie la fachada. Me estaba riendo con tanta fuerza que era todo lo que podía hacer para mantenerme erguida en la silla. Probablemente había un toque de histeria.

—Oh, no —admitió—. Sólo soy el sheriff de la Zona Cinco.

Aquello me descolocó del todo. Las lágrimas me recorrían la cara y Chow parecía incómodo. Me levanté, me hice un chocolate suizo al microondas y lo removí con una cuchara para que se enfriara. Me estaba calmando mientras llevaba a cabo la pequeña tarea, y para cuando regresé a la mesa ya estaba casi sobria.

—Nunca me habíais dicho esto antes —dije, exigiendo una explicación solapadamente—. Habéis dividido Estados Unidos en reinos, ¿es eso?

Pam y Chow miraron a Eric con cierta sorpresa, pero él no les prestó atención.

—Sí —dijo sin más—. Así ha sido desde que los vampiros llegaron a América. Por supuesto, a lo largo de los años los sistemas han ido cambiando a medida que aumentaba la población. Había muchos menos vampiros en Estados Unidos los primeros doscientos años, puesto que el viaje entrañaba mucho peligro. Era complicado realizar todo el viaje sin un buen suministro de sangre —que habría sido la tripulación del barco, por supuesto—. Y la compra de Luisiana supuso toda una diferencia.

Y tanto que sí. Ahogué otra andanada de risas histéricas.

—¿Y los reinos se dividen en…?

—Zonas. Antes se llamaban feudos, hasta que decidimos que era un término de lo más anacrónico. Cada zona está a cargo de un sheriff. Como bien sabes, vivimos en la Zona Cinco del reino de Luisiana. Stan, a quien visitaste en Dallas, es el sheriff de la Zona Seis del reino de…, en Texas.

Me imaginé a Eric como el sheriff de Nottingham, y luego, cuando aquello perdió su gracia, como Wyatt Earp. No cabía duda de que estaba con el humor volátil. La verdad es que, físicamente, me sentía bastante mal. Me obligué a reprimir la reacción ante ese dato para centrarme en el problema inmediato.

—Entonces, raptaron a Bill durante el día, ¿acierto? —múltiples asentimientos—. Presenciaron el secuestro algunos humanos que residen en el reino de Misisipi —me encantaba decirlo—, que según lo que me dices están bajo el control del rey vampiro local, ¿verdad?

—Russell Edgington. Sí, viven en su reino, pero algunos me darán información. A un precio.

—¿El rey no permitirá que los interrogues?

—Aún no se lo hemos pedido. Puede que Bill fuera secuestrado por orden suya.

Aquello suscitó un montón de nuevas preguntas, pero me obligué a seguir centrada.

—¿Cómo puedo llegar hasta ellos? Suponiendo que quiera hacerlo.

—Hemos pensado en un modo con el que podrías reunir información de los humanos que viven donde Bill fue secuestrado —informó Eric—. No sólo se trata de gente a la que he sobornado para que me digan lo que está pasando allí, sino también de personas asociadas directamente con Russell. Es arriesgado. Tenía que decirte lo que sé para que funcione. Y puede que no quieras. Ya han tratado de localizarte. Por lo que parece, quienquiera que tenga a Bill todavía no tiene mucha información sobre ti. Pero Bill no tardará en hablar. Si sigues por ahí cuando se doblegue, te tendrán servida en bandeja.

—Entonces no me necesitarán —puntualicé—. Si ya lo han doblegado.

—Eso no es necesariamente cierto —dijo Pam. Repitieron ese rollo del intercambio de miradas enigmáticas.

—Contádmelo todo —exigí. Me di cuenta de que Chow se había acabado su sangre, así que me levanté para llevarle otra.

—Según cuenta la gente de Russell Edgington, Betty Jo Pickard, la lugarteniente de Edgington, debía tomar un vuelo para San Luis anoche. Los humanos encargados de llevar su ataúd al aeropuerto cogieron el de Bill, que era idéntico, por error. Cuando llevaron el ataúd al hangar que Anubis Air tiene alquilado, lo dejaron sin vigilancia durante unos diez minutos mientras hacían el papeleo. Dicen que en ese tiempo alguien se llevó el ataúd, que estaba en una especie de carro con ruedas, hacia la parte trasera del hangar, lo cargaron en un camión y se largaron.

—Alguien capaz de penetrar en la seguridad de Anubis —dije con un lastre de duda en la voz. Anubis Air se había creado para transportar vampiros tanto de día como de noche con toda seguridad, incluida una férrea vigilancia de los ataúdes de quienes iban dormidos, como anunciaba a bombo y platillo su carta de presentación publicitaria. Evidentemente, los vampiros no tienen por qué dormir en ataúdes, pero es lo más cómodo para desplazarse. Hubo desafortunados «accidentes» cuando los vampiros trataron de hacer lo mismo con Delta. Algunos fanáticos se las habían arreglado para penetrar en el depósito de equipajes y habían abierto un par de ataúdes con hachas. Northwest había sufrido el mismo problema. El ahorro de dinero había dejado de ser de golpe atractivo para los no muertos, que ahora volaban con Anubis casi exclusivamente.

—Creo que alguien se ha hecho pasar por quien no era, alguien que aparentó ir de parte de Edgington a ojos de los empleados de Anubis, y viceversa. Puede que se llevara a Bill al mismo tiempo que la gente de Edgington se marchaba, de modo que ninguno de los guardias se diera cuenta de nada.

—¿Es que los empleados de Anubis no exigen ver primero los papeles para dar salida a un ataúd?

—Dicen que los vieron, los de Betty Joe Pickard. Iba de camino a Misuri para negociar un acuerdo comercial con los vampiros de San Luis —por un momento me abstraje, preguntándome con qué demonios comerciarían los vampiros de Misisipi y los de Misuri, y entonces decidí que sencillamente no quería saberlo.

—Además se produjo otro foco de confusión en ese momento —estaba diciendo Pam—. Se declaró un incendio bajo la cola de otro de los aviones de Anubis, lo cual distrajo a los guardas.

—Oh, de esos fortuitos pero aposta.

—Eso opino yo —dijo Chow.

—Y ¿por qué querría nadie llevarse a Bill? —pregunté. Aunque me temía que conocía la respuesta. Esperaba que me dieran cualquier otra razón. Gracias a Dios que Bill se había preparado para ese momento.

—Bill ha estado trabajando en un pequeño proyecto especial —dijo Eric, sin quitarme la mirada de encima—. ¿Sabes algo al respecto?

Más de lo que quería. Menos de lo que debía.

—¿Qué proyecto? —pregunté. Me he pasado la vida ocultando mis propios pensamientos, y ahora recurría a esa añeja habilidad mía. Una vida dependía de ello.

La mirada de Eric saltó a Pam y a Chow. Ambos lanzaron una especie de señal infinitesimal. Eric volvió a centrarse en mí, y dijo:

—Nos cuesta un poco creerte, Sookie.

—¿Por qué lo dices? —pregunté, prendiendo un poco de enfado a mi voz. Ante la duda, ataca—. ¿Cuándo demonios le ha expresado sus emociones ninguno de vosotros a un humano? Y no cabe duda de que Bill es uno de los vuestros —dije aquello con toda la rabia que pude acumular.

Volvieron a hacer eso de las miradas fugaces.

—¿Crees que nos vamos a tragar que Bill no te dijo en qué estaba trabajando?

—Sí, eso creo. Porque no lo hizo —en realidad lo había deducido yo sola, en cierto modo.

—Esto es lo que voy a hacer —declaró Eric finalmente. Me miró desde el otro extremo de la mesa, con unos ojos azules tan duros y fríos como el mármol. Se acabó el rollo del vampiro bueno—. No sé si estás mintiendo o no, lo cual es admirable. Por tu bien espero que me estés diciendo la verdad. Podría torturarte hasta que me la dijeras, o hasta que me asegurara de que la habías dicho desde el principio.

Ay, madre. Tomé aire profundamente, lo exhalé y traté de pensar en una plegaria adecuada. «Dios, no dejes que grite demasiado alto» parecía algo débil y negativa. Además, no había nadie que me pudiera oír, aparte de los vampiros, por muy alto que gritara. Llegado el momento, podía dejarme llevar.

—Pero —prosiguió Eric, pensativo— eso podría dañarte demasiado de cara a la otra parte de mi plan, y la verdad es que no hay mucha diferencia en que sepas o no lo que Bill estaba haciendo a nuestras espaldas.

¿A sus espaldas? Oh, mierda. Y ahora sabía a quién culpar por el hondo aprieto en el que me encontraba. A mi amado y querido Bill Compton.

—Ahí ha reaccionado —observó Pam.

—Pero no como esperaba —dijo Eric lentamente.

—La opción de la tortura no me entusiasma demasiado —estaba metida en tantos problemas que no era capaz de seguir contándolos, y me atenazaba tanto estrés que sentía la cabeza flotar por encima de mi cuerpo—. Y echo de menos a Bill —aunque en ese momento no habría tenido inconveniente en patearle el culo, le echaba de menos. Si tan sólo hubiera podido tener una conversación de diez minutos con él, cuánto mejor preparada habría estado para los días venideros. Las lágrimas recorrieron mi cara. Pero tenían más cosas que decirme; había más cosas que escuchar, quisiera yo o no—. Espero que me digáis por qué Bill me mintió acerca de este viaje, si lo sabéis. Pam habló de malas noticias.

Eric miró a Pam sin un atisbo de amor en los ojos.

—Ya está filtrándolo todo otra vez —observó Pam con un tono algo incómodo—. Creo que, antes de ir a Misisipi, debería conocer la verdad. Además, si le ha estado guardando los secretos a Bill, esto…

¿Hará que cambie de chaqueta? ¿Que mude su lealtad respecto a Bill? ¿Que se dé cuenta de que nos lo tiene que contar?

Estaba claro que Eric y Chow habían hecho todo lo posible para mantenerme en la ignorancia y que no estaban muy contentos con que Pam me hubiera dado a entender —aunque oficialmente yo no lo supiera— que algunas cosas no andaban del todo bien con respecto a Bill y a mí. Pero ambos clavaron la mirada en Pam durante un largo minuto, y luego Eric asintió con brusquedad.

—Chow y tú esperad fuera —le dijo Eric a Pam. Ella le dedicó una mirada encendida y ambos salieron, dejando sus botellas vacías sobre la mesa. Ni siquiera un «gracias» por la sangre. Ni siquiera el detalle de enjuagarlas. Tenía la cabeza cada vez más ida mientras observaba los modales de los vampiros. Sentí que parpadeaba y pensé que estaba al borde del desmayo. No soy una de esas nenas delicadas que se caen redondas por cualquier tontería, pero creía que aquella vez estaba del todo justificado. Además, vagamente me di cuenta de que no había comido nada en las últimas veinticuatro horas.

—No dejes que te pase —dijo Eric. Parecía no admitir discusión. Traté de centrarme en su voz y lo miré.

Asentí para indicarle que hacía todo lo que podía para aguantar.

Se acercó a mi lado de la mesa, giró la silla que había usado Pam y me la acercó. Se sentó y se inclinó hacia mí, cubriendo con su gran mano blanca las dos mías, que seguían plegadas sobre mi regazo. Si cerraba la mano, sería capaz de romperme todos los dedos. No volvería a trabajar como camarera.

—No me gusta ver que te asusto —dijo, pegando su cara demasiado a la mía. Podía oler su colonia (Ulysse, pensé)—. Siempre me has gustado mucho.

Siempre había querido acostarse conmigo.

—Además, quiero follarte —sonrió, pero en ese momento no me afectó en absoluto—. Cuando nos besamos… fue muy excitante —nos habíamos besado en el cumplimiento del deber, por así decirlo, y no por gusto. Pero sí que había sido excitante. ¿Cómo no iba a serlo? Estaba buenísimo y había gozado de varios siglos para perfeccionar su técnica del beso.

Eric se acercó cada vez más. No estaba segura de si quería besarme o morderme. Tenía los colmillos extendidos. Estaba enfadado, cachondo, hambriento, o las tres cosas a la vez. Los vampiros más jóvenes suelen cecear cuando hablan, hasta que se acostumbran a los colmillos. Eric hablaba con suma claridad. También había tenido siglos para perfeccionar esa técnica.

—De alguna manera, ese plan de tortura no me ha hecho sentir muy sexy —le dije.

—Pero no ha dejado impasible a Chow —me susurró al oído.

No temblaba, aunque debía.

—¿Te importaría ir al grano? —le pedí—. ¿Me vas a torturar o no? ¿Eres mi amigo o mi enemigo? ¿Vas a buscar a Bill o vas a dejar que se pudra?

Eric se rió. Era una carcajada breve y carente de toda gracia, pero era mejor que verlo acercarse, al menos en ese momento.

—Sookie, eres de lo que no hay —dijo, pero no como si lo encontrara entrañable—. No te voy a torturar, por una cosa: odiaría arruinar esa maravillosa piel tuya; un día espero verla al completo.

Esperaba que ésta siguiera cubriéndome el cuerpo cuando eso ocurriera.

—No siempre vas a tener tanto miedo de mí —dijo, como si fuera capaz de leer el futuro—. Y no siempre le serás tan fiel a Bill como lo eres ahora. Tengo que decirte una cosa.

Aquí venían las malas noticias, peores que malas. Sus fríos dedos se enroscaron en los míos y, sin quererlo, sostuve su mano con fuerza. No se me ocurría una sola palabra que decir, al menos una que fuese segura. Mis ojos estaban clavados en los suyos.

—Bill tuvo que ir a Misisipi —me contó Eric— para atender la llamada de una vampira a la que conoce desde hace muchos años. No sé si te has dado cuenta de que los vampiros casi nunca se acuestan con los suyos más allá de un rollo de una noche. No lo hacemos porque aparearse y compartir sangre nos da poder sobre el otro para siempre. Esta vampira...

—Su nombre —exigí.

—Lorena —contestó reacio. O puede que me lo quisiera contar desde el principio, y que su desgana no fuese más que una cortina de humo. Quién demonios puede saberlo con un vampiro.

Esperó a ver si yo hablaba, pero no lo hice.

—Ella estaba en Misisipi. No sé si vive allí o si sólo fue para tenderle una trampa a Bill. Llevaba mucho tiempo viviendo en Seattle, lo sé porque Bill y ella pasaron años allí juntos.

Y yo que me había preguntado por qué habría escogido Seattle como destino ficticio. Al parecer, no era algo que hubiese elegido al azar.

—Fuese cual fuese su intención al citarlo allí... Cualquiera que fuese su excusa para no ser ella quien viniera aquí... Tal vez Bill intentaba tener cuidado contigo...

En ese momento me quise morir. Respiré hondo y bajé la mirada a las manos entrelazadas. Me sentía demasiado humillada como para mirar a los ojos a Eric.

—Estaba... Quedó instantáneamente seducido por ella, una vez más. Al cabo de unas noches, llamó a Pam para decirle que volvería pronto a casa sin decírtelo para poder ocuparse de tu futuro antes de volver a verte.

—¿Ocuparse de mi futuro? —mi voz sonó al graznido de un cuervo.

—Bill quería cerrar un acuerdo financiero para ti.

La conmoción me hizo palidecer.

—Dejarme una pensión —dije fríamente. Por muy buenas que fuesen sus intenciones, Bill no podría haberme ofendido más. Cuando estábamos juntos, nunca se le pasó por la cabeza preguntarme cómo iban mis asuntos económicos, aunque le faltó tiempo para ayudar a los Bellefleur, sus recién descubiertos descendientes.

Pero, a punto de salir de mi vida, sintiéndose culpable por dejar tirada a la pobre y lastimosa de Sookie, empezaba a preocuparse.

—Quería… —empezó Eric, pero luego se detuvo y miró con cuidado mi cara—. Bueno, será mejor que lo dejemos por el momento. No te habría contado nada de esto si Pam no hubiera interferido. Te habría dejado en tu ignorancia, porque no hay nada que me apetezca menos que entristecerte con palabras salidas de mi boca. Y no tendría que rogarte como te voy a rogar ahora.

Me obligué a escuchar. Me aferré a la mano de Eric como si fuese un salvavidas.

—Lo que voy a hacer, y tienes que comprenderlo, Sookie, mi piel también va en ello…

Lo miré directamente a la cara y él vio mi sorpresa.

—Sí, mi trabajo y puede que mi vida también, Sookie, no sólo la tuya y la de Bill. Mañana te enviaré un contacto. Vive en Shreveport, pero tiene otro apartamento en Jackson. Tiene amigos en la comunidad sobrenatural local, vampiros, cambiantes y licántropos. A través de él podrás conocer a algunos de ellos y a sus empleados humanos.

No era del todo dueña de mí misma en ese momento, pero sentía que comprendería todo esto cuando volviese sobre ello más adelante. Así que asentí. Sus dedos acariciaron los míos una y otra vez.

—Ese hombre es un licántropo —dijo Eric sin más—, así que es escoria. Pero es más fiable que otros, y me debe un gran favor personal.

Asimilé aquello y volví a asentir. Los largos dedos de Eric casi parecían calientes.

—Te introducirá en la comunidad vampírica de Jackson para que puedas leer las mentes de los empleados humanos. Sé que suena muy fuerte, pero si hay algo que descubrir, si Russell Edgington secuestró a Bill, puede que saques alguna pista. El hombre que trató de raptarte era de Jackson, iba de incógnito en su coche y era licántropo, tal como indica la cabeza de lobo de su chaleco. No sé por qué han venido a por ti, pero sospecho que significa que Bill sigue vivo, y te querían para coaccionarlo.

—Entonces supongo que lo más apropiado habría sido secuestrar a Lorena —dije.

Eric me miró con aprobación.

—Puede que ya la tengan —aventuró—, pero puede que Bill haya descubierto que es Lorena quien lo ha traicionado. No lo habrían atrapado si ella no hubiese revelado el secreto que él le confió.

Lo sopesé y volví a asentir.

—También me pregunto si no es mucha casualidad que ella estuviera allí —añadió Eric—. Pero creo que si habitualmente formara parte del grupo de Misisipi ya me habría enterado. Aun así, le daré vueltas en mi tiempo libre —a tenor de su sombría expresión, se deducía que Eric ya había invertido horas de meditación en el asunto—. Si este plan no surte efecto en un plazo de tres días, Sookie, puede que tengamos que secuestrar a uno de los vampiros de Misisipi a cambio. A buen seguro esto llevaría a una guerra, y una guerra, aunque sea contra Misisipi, costaría muchas vidas y bastante dinero. Y al final matarían a Bill de todos modos.

Vale, el peso del mundo descansaba sobre mis hombros. Gracias Eric, más presión y responsabilidad, eso era precisamente lo que necesitaba.

—Pero ten esto claro: si tienen a Bill, si sigue vivo, lo recuperaremos. Y volveréis a estar juntos, si eso es lo que quieres.

Demasiadas condiciones en la misma frase.

—Para responder a tu pregunta: soy tu amigo, y nuestra amistad durará hasta cuando sea, mientras no amenace mi propia vida o el futuro de mi zona.

Bueno, eso ponía las cosas claras. Agradecí su sinceridad.

—Es decir, mientras te resulte conveniente —rectifiqué con calma, lo cual era tan injusto como incierto. Aun así, pensé que era extraño que mi interpretación de su actitud pareciera molestarle—. Deja que te pregunte una cosa, Eric.

Alzó las cejas para indicarme que estaba esperando. Sus manos me recorrían los brazos de arriba a abajo, de un modo ausente, como si no pensase en lo que estaba haciendo. El movimiento me recordó al de un hombre tratando de calentarse las manos ante un fuego.

—Si no te he entendido mal, Bill estaba trabajando en un proyecto para la... —sentí que un estallido de risa me amenazaba y lo reprimí—. Para la reina de Luisiana —concluí—. Pero tú no sabías nada, ¿es así?

Eric se me quedó mirando por un largo instante mientras pensaba qué contestarme.

—Me dijo que tenía un trabajo para Bill —respondió—, pero no de qué se trataba, ni por qué tenía que ser él el escogido o cuándo se daría por concluido.

Aquello ofendería a cualquier líder, que se apropiasen así de uno de sus subordinados. Especialmente si el líder no estaba al corriente de ello.

—¿Y cómo es que esta reina no está buscando a Bill? —pregunté con la neutralidad que me dictaba la cautela.

—No sabe que ha desaparecido.

—¿Por qué?

—No se lo hemos dicho.

Tarde o temprano dejaría de responder.

—Y ¿por qué no?

—Nos castigaría.

—¿Por qué? —empezaba a parecerme a una cría de dos años.

—Por dejar que le pasara algo a Bill mientras se encargaba de un proyecto especial para ella.

—¿En qué consistiría ese castigo?

—Oh, con ella es difícil saberlo —lanzó una carcajada ahogada—. Pero seguro que algo muy desagradable.

Eric estaba más cerca de mí si cabe, casi tocando mi pelo con su rostro. Inhalaba con mucha delicadeza. Los vampiros dependen del olfato y el oído, mucho más que de la vista, a pesar de que gozan de una agudeza visual excelente. Eric había bebido de mi sangre, por lo que conocía mis emociones mejor que cualquier vampiro que no lo hubiera hecho. Todos los chupasangres son aficionados a estudiar el sistema emocional humano, pues los mejores depredadores son los que conocen los hábitos de sus presas.

Eric empezó a frotar su mejilla contra la mía. Era como un gato disfrutando de las caricias.

—Eric —me había dado más información de lo que creía.

—¿Hmmm?

—En serio, ¿qué te hará la reina si no puedes llevarle a Bill el día que hay que entregarle su proyecto?

Mi pregunta obtuvo el efecto deseado. Eric se apartó de repente y me miró con unos ojos más azules que los míos y más gélidos que los páramos antárticos.

—Sookie, es lo último que querrías saber —aseguró—. Con llevarle la tarea basta. La presencia de Bill no deja de ser un añadido.

Le devolví la mirada con unos ojos casi tan fríos como los suyos.

—Y ¿qué obtengo yo a cambio de hacer esto por ti? —pregunté.

Eric se las arregló para parecer tan sorprendido como encantado.

—Si Pam no te hubiera puesto sobre la pista de lo de Bill, su regreso a salvo habría sido suficiente y tú habrías saltado ante la oportunidad de echar una mano —me recordó Eric.

—Pero ahora sé lo de Lorena.

—Y, a sabiendas de ello, ¿estás de acuerdo con hacer esto por nosotros?

—Sí, con una condición.

Eric adquirió un aire cauto.

—Y ¿cuál sería? —preguntó.

—Si algo me pasara, quiero que la liquides.

Me miró boquiabierto durante un eterno segundo, antes de estallar en carcajadas.

—Tendría que pagar una enorme multa —dijo cuando logró apaciguar las risas—. Y tendría que pagarla por adelantado. Es más fácil decirlo que hacerlo. Ella tiene trescientos años.

—Me has dicho que lo que te ocurrirá si todo esto se destapa será bastante horrible —le recordé.

—Cierto.

—Me has dicho que necesitas que te haga este favor desesperadamente.

—Cierto.

—Eso es lo que pido a cambio.

—Serías una vampira estupenda, Sookie —concluyó Eric—. Está bien. Hecho. Si algo te pasara, ella no volverá a tirarse a Bill.

—Oh, no es sólo eso.

—¿No? —Eric parecía muy escéptico.

—Es porque ella lo traicionó.

Los duros ojos azules de Eric se encontraron con los míos.

—Dime una cosa, Sookie: ¿me pedirías esto si ella fuese humana? —su boca de finos labios, casi siempre en una mueca divertida, dibujaba ahora una recta línea de seriedad.

—Si fuese humana, me encargaría de ella personalmente —dije, y me levanté para indicarle la puerta.

Cuando Eric se marchó en su coche, apoyé la cara contra la madera de la puerta. ¿De veras pretendía decirle lo que le había dicho? Durante mucho tiempo me había preguntado si era una persona civilizada. Durante mucho tiempo había luchado por serlo. Sabía que en el momento en que dije que me habría encargado de Lorena personalmente, hablaba en serio. Había algo salvaje en mi interior, y siempre lo había controlado. Mi abuela no me había criado para ser una asesina.

Mientras recorría el pasillo de camino a mi habitación, me di cuenta de que mi temperamento había venido

aflorando cada vez más en los últimos tiempos. Justo desde que entré en contacto con los vampiros.

Podía imaginarme el motivo. Ellos ejercían un tremendo control sobre sí mismos. ¿Por qué no iban a hacerlo sobre mí?

Pero ya había tenido suficiente introspección para
una noche.

Seguiría pensando en ello mañana.

4

Dado que parecía que iba a salir de la ciudad, había que hacer la colada y tirar cosas de la nevera. No tenía mucho sueño después de pasarme tanto tiempo en la cama durante el día y la noche anteriores, así que saqué la maleta y metí algo de ropa en la lavadora que tenía en el helado porche trasero. Ya no me apetecía pensar sobre mi carácter. Tenía un montón de cosas sobre las que meditar.

Eric había optado por una aproximación sin contemplaciones para doblegarme a su voluntad. Me había bombardeado con un buen número de razones para que hiciera lo que él quería: intimidación, amenaza, seducción, una llamada al regreso de Bill y otra a su vida y bienestar (el de Bill, y el de Pam, y el de Chow), por no hablar de mi propia salud. «Puede que tenga que torturarte, pero quiero acostarme contigo; necesito a Bill, pero estoy furioso con él porque me ha engañado; tengo que mantener la paz con Russell Edgington, pero tengo que quitarle a Bill de las manos; Bill es mi siervo, pero trabaja en secreto para mi jefa.»

Malditos vampiros. Ahora podéis comprender por qué me alegro de que su seducción no funcione conmigo. Es una de las pocas cosas positivas de mi capacidad para leer la mente. Por desgracia, los humanos con dones psíquicos son muy atractivos para los no muertos.

Jamás habría previsto esto cuando empecé a salir con Bill. Él se había vuelto para mí tan indispensable como el aire; y no sólo por los profundos sentimientos que albergaba hacia él, o el placer que me producía hacer el amor con él. Bill era el único seguro que impedía que otro vampiro se apropiase de mí por encima de mi voluntad.

Después de haber puesto la lavadora un par de veces y de doblar la ropa, me sentí mucho más relajada. Casi había terminado de hacer la maleta, y metí un par de novelas románticas y una de misterio por si tenía algo de tiempo para leer. Soy una autodidacta de los libros de género.

Me estiré y bostecé. Había cierta paz mental en tener un plan, y mi sueño inquieto del último día y la última noche no me habían repuesto todo lo que yo habría querido. Corría el riesgo de quedarme dormida con facilidad.

Incluso sin la ayuda de los vampiros quizá pudiera encontrar a Bill, pensé, mientras me cepillaba los dientes y me metía en la cama. Pero sacarle de cualquier prisión en la que se encontrara y huir con éxito ya era harina de otro costal. Y luego tenía que decidir qué hacer con nuestra relación.

Me desperté a eso de las cuatro de la madrugada con la extraña sensación de que me rondaba una idea de la que aún no era consciente. Había tenido un pensamiento en algún momento de la noche; el tipo de reflexión que sabes que ha estado burbujeando en tu cerebro, esperando que le des el hervor definitivo.

Al cabo de un minuto, la idea volvió a la superficie. ¿Qué pasaría si Bill no hubiera sido secuestrado, sino que hubiera desertado? ¿Qué pasaría si hubiera quedado tan prendado o se hubiera vuelto tan adicto a Lorena que hubiera decidido abandonar a los vampiros de Luisiana para unirse al grupo de Misisipi? De inmediato me surgieron dudas de que ése fuese el plan de Bill; habría sido demasiado elaborado, habrían hecho falta la filtración, a través de los informantes de Eric, del dato relativo al secuestro de Bill y la presencia confirmada de Lorena en Misisipi. Estaba claro que había formas mucho más sencillas y menos dramáticas de arreglar su desaparición.

Me preguntaba si Eric, Chow y Pam estarían en ese momento registrando su casa, situada justo al otro lado del cementerio desde la mía. No iban a encontrar lo que estaban buscando. Quizá regresaran a mi casa. No tendrían por qué recuperar a Bill si encontraban los archivos informáticos que la reina tanto quería. Me quedé dormida por puro agotamiento, creyendo haber oído a Chow riendo en el exterior.

Incluso el conocimiento de la traición de Bill no me impidió buscarlo en mis sueños. Debí de darme la vuelta tres veces, extendiendo la mano para comprobar si estaba junto a mí en la cama, como solía ocurrir muchas veces. Pero en todas las ocasiones encontré ese lado vacío y frío.

Aun así, era mejor que toparme ahí con Eric.

Me levanté y me duché con las primeras luces. Ya tenía el café hecho cuando alguien llamó a la puerta.

—¿Quién es? —pregunté, colocándome a un lado de la puerta.

—Me manda Eric —dijo una voz áspera.

Abrí la puerta y miré hacia arriba. Y luego un poco más hacia arriba.

Era enorme. Tenía los ojos verdes. Y un pelo desordenado y rizado, denso y negro como la noche. Su mente zumbaba y destellaba energía; una especie de efecto rojo. Un licántropo.

—Adelante. ¿Quieres un café?

Fuese lo que fuese lo que se esperaba, no era lo que estaba presenciando.

—Ni lo dudes, querida. ¿Hay huevos? ¿Salchichas?

—Claro —lo conduje hasta la cocina—. Me llamo Sookie Stackhouse —dije por encima del hombro. Me incliné para coger los huevos de la nevera—. ¿Y tú?

—Alcide —dijo, pronunciando «Al-si», con la «d» separada y casi muda—. Alcide Herveaux.

Me miró con tranquilidad mientras sacaba la sartén, la vieja y ennegrecida sartén de hierro de mi abuela. La había tenido desde que se casó, y la había usado tanto como cualquier mujer que se preciara. Ahora tenía su solera. Encendí uno de los fogones. Hice primero la salchicha (por la grasa), la serví sobre un papel de cocina en un plato y la metí en el horno para mantenerla caliente. Tras preguntarle a Alcide cómo le gustaban los huevos, los batí y los cociné deprisa, para deslizarlos finalmente sobre el plato caliente. Él abrió el cajón derecho para coger la cubertería de plata y se sirvió algo de zumo y café después de que le indicara silenciosamente dónde guardaba las tazas. Rellenó la mía mientras estaba a lo suyo.

Comió con pulcritud. Y se lo comió todo.

Hundí las manos en el agua caliente y jabonosa para fregar los platos sucios. Finalmente, lavé la sartén, la sequé y le unté algo de Crisco*, lanzando ocasionales miradas a mi invitado. La cocina olía divinamente a desayuno y a agua enjabonada. Era un momento peculiarmente apacible.

Era lo que menos me esperaba cuando Eric me dijo que alguien que le debía un favor sería mi billete de entrada al mundo de los vampiros de Misisipi. Mientras miraba al frío mundo que había al otro lado de la ventana de la cocina, me di cuenta de que así había visto yo mi futuro, las pocas veces que me había permitido imaginar cómo sería compartir mi casa con un hombre.

Así debía ser la vida para la gente normal. Por la mañana, hora de levantarse e ir a trabajar, hora de que la mujer le haga el desayuno al hombre si éste tenía que salir a ganarse el pan. Ese hombre, grande y áspero, estaba comiendo comida de verdad. A buen seguro tenía también una camioneta aparcada delante de mi casa.

Era un licántropo, sí, pero los licántropos podían vivir una vida mucho más parecida a la humana que los vampiros.

Por otra parte, podría llenarse un libro con todo lo que yo no sabía sobre los hombres lobo.

Terminó, enjuagó su plato en el fregadero, y se lavó y secó las manos mientras yo limpiaba la mesa. Todo fue tan fluido como si lo hubiéramos coreografiado con anterioridad. Desapareció en el cuarto de baño durante un minuto, mientras yo repasaba mi lista mental de cosas

---

* Crisco es una marca de aceite vegetal que muchas amas de casa en Estados Unidos emplean para conservar sartenes y material de cocina. *(N. del T.)*

pendientes antes de salir. Tenía que hablar con Sam, eso era lo principal. Había llamado a mi hermano la noche anterior para decirle que pasaría unos días fuera. Liz estaba en casa de Jason, por lo que él no había pensado mucho en mi marcha. Estaba dispuesto a recogerme el correo y el papeleo.

Alcide se sentó en la silla frente a mí, al otro lado de la mesa. Yo pensaba sobre cómo abordar verbalmente nuestra común tarea; trataba de prevenir momentos bochornosos. Podía ofenderle con cualquier cosa. Quizá le preocupase lo mismo que a mí. No puedo leer la mente de los cambiantes o los licántropos de forma fiable; son criaturas sobrenaturales. Puedo interpretar con cierta precisión sus estados de ánimo y entresacar alguna idea clara de vez en cuando. Vamos, que los humanos «diferentes» me resultaban mucho menos opacos que los vampiros. Aunque sé que hay un número de cambiantes y licántropos que quieren modificar las cosas, su existencia de momento sigue siendo un secreto para la sociedad. Hasta que no vean cómo les va públicamente a los vampiros, los seres sobrenaturales de doble naturaleza seguirán mostrándose feroces en lo que a su intimidad se refiere.

Los licántropos son los tipos duros del mundo de los cambiantes. Aunque pueden mutar de forma por definición, son los únicos que mantienen una sociedad propia y separada, y no dejarán que cualquiera se haga llamar licántropo delante de sus narices. Alcide Herveaux parecía sumamente duro. Era tan grande como un castillo, con unos bíceps sobre los que yo podría hacer flexiones. Era de los que tenían que afeitarse por segunda vez en el día si querían salir por la noche. Encajaría a la perfección en una obra o en un muelle de descarga.

Era un hombre hecho y derecho.

—¿Cómo te están obligando a hacer esto? —quise saber.

—Tienen marcado a mi padre —dijo, poniendo sus enormes manos sobre la mesa y apoyándose en ellas—. Son propietarios de un casino en Shreveport, ¿lo conoces?

—Claro —la excursión de fin de semana por excelencia para la gente de mi zona consistía en acudir a Shreveport o a Tunica (en Misisipi, justo al sur de Memphis), alquilar una habitación durante un par de noches, jugar en las tragaperras, ver uno o dos espectáculos y comer un montón en los bufés libres.

—Mi padre se endeudó demasiado. Tiene una empresa de peritaje, en la que también trabajo yo, pero le gusta el juego —sus ojos verdes brillaron de rabia—. Fue demasiado lejos en el casino de Luisiana, así que la deuda la tiene con tus vampiros. Si la reclaman, la empresa se irá al garete —los licántropos parecían respetar a los vampiros tanto como éstos a los primeros—. Así que —prosiguió—, para saldar la deuda, tengo que acompañarte y salir por los ambientes vampíricos de Jackson —se recostó sobre la silla, mirándome a los ojos—. Salir de bares con una chica tan guapa no suena a trabajo complicado. Ahora que te conozco, me alegro de hacerlo y sacar a mi padre de la deuda. Pero ¿por qué demonios quieres hacerlo tú? Pareces una mujer de verdad, no una de esas zorras enfermas que no saben vivir si no salen con un vampiro.

Aquélla resultaba ser una conversación refrescantemente directa, después de mi conferencia con los vampiros.

—Sólo salgo con un vampiro, y por voluntad propia —dije secamente—. Bill, mi... Bueno, ya no sé si sigue siendo mi novio. El caso es que es posible que lo tengan secuestrado los vampiros de Jackson. Intentaron hacer lo mismo conmigo anoche —pensé que sería justo que lo supiera—. Dado que el secuestrador no parecía conocer mi nombre, sino sólo que trabajo en el Merlotte's, es probable que no corra peligro en Jackson si nadie averigua que soy la chica que sale con Bill. Tengo que decirte que el hombre que trató de secuestrarme era un licántropo. Y tenía una matrícula del condado de Hinds en el coche.

Jackson estaba en el condado de Hinds.

—¿Llevaba el chaleco de una banda? —preguntó Alcide. Asentí. Alcide adquirió un aire pensativo, lo cual me pareció buena señal. No era ésa una situación que yo me tomara a la ligera, y me tranquilizaba que él tampoco lo hiciera—. En Jackson hay una pequeña banda compuesta de licántropos. Algunos de los mayores cambiantes se codean ocasionalmente con ellos; las panteras, los osos. Es muy habitual que estén a sueldo de los vampiros.

—Pues ahora tienen un miembro menos —dije.

Tras un instante para digerir la información, mi nuevo compañero me dedicó una larga y desafiante mirada.

—Bueno, y ¿qué es lo que piensa hacer una chiquilla humana contra los vampiros de Jackson? ¿Sabes artes marciales? ¿Se te dan bien las armas? ¿Has estado en el Ejército?

Tuve que sonreír.

—No. ¿Nunca has oído mi nombre?

—¿Eres famosa?

—Supongo que no —me alegré de que no supiera nada de mí—. Creo que dejaré que me vayas descubriendo.

—Siempre que no te conviertas en una serpiente...
—se levantó—. No eres un tío, ¿verdad? —ese último pensamiento hizo que abriera mucho los ojos.

—No, Alcide. Soy una mujer —traté de decirlo con naturalidad, pero me costó un poco.

—Estaba dispuesto a apostar por ello —me sonrió—. Si no eres ningún tipo de supermujer, ¿qué harás cuando sepas dónde está tu hombre?

—Llamaré a Eric, el... —de repente me di cuenta de que contar los secretos de un vampiro quizá no sería buena idea—. Eric es el jefe de Bill. Él decidirá lo que hacer a continuación.

Alcide parecía escéptico.

—No me fío de Eric. No confío en ninguno de ellos. Lo más seguro es que te traicione.

—¿Cómo?

—Quizá use a tu hombre como cebo. Quizá exija una retribución, dado que tienen a uno de los suyos cautivo. Podría usar su secuestro como una excusa para ir a la guerra, en cuyo caso a tu hombre lo ejecutarán antes de que puedas pestañear.

No había llegado a pensar eso.

—Bill sabe cosas —dije—. Cosas importantes.

—Bien, quizá eso lo mantenga con vida —entonces reparó en mi cara, y la aflicción se contagió a la suya—. Eh, Sookie, lo siento. A veces no pienso antes de hablar. Lo recuperaremos, aunque me pone enfermo pensar que una mujer como tú pueda estar con un chupasangre.

Aquello dolió, pero, sorprendentemente, resultó estimulante.

—Gracias, supongo —dije, tratando de sonreír—. Y ¿qué me dices de ti? ¿Tienes algún plan sobre cómo presentarme a los vampiros?

—Sí. Hay un club nocturno en Jackson, cerca del capitolio. Es exclusivo para sobrenaturales y sus parejas. Nada de turistas. A los vampiros no les sale a cuenta mantenerlo para ellos solos, pero, como el lugar les interesa, dejan que los de segunda, como nosotros, compartamos la diversión —sonrió. Tenía los dientes perfectos, blancos y afilados—. No sospecharán si me ven allí. Siempre me dejo caer cuando paso por Jackson. Tendrás que hacerte pasar por mi novia —parecía abochornado—. Ah, ya que pareces ir habitualmente en vaqueros, como yo, será mejor que te diga que en ese sitio les gusta que uno vista arreglado, en plan fiesta.

Temía que no tuviese vestidos elegantes; aquello pude leerlo con claridad. Y no quería que me humillaran por presentarme con la ropa equivocada. Qué hombre.

—A tu novia no le entusiasmará todo esto —dije, sonsacándole esa información por pura curiosidad.

—De hecho, ella vive en Jackson. Pero rompimos hace un par de meses —dijo—. Se enrolló con otro cambiante. El tipo se convierte en un maldito búho.

¿Es que estaba loca? Seguro que la historia era más larga, tanto como que caía en el terreno del «no es asunto tuyo».

Así que, sin decir nada, me dirigí a mi habitación para meter mis dos vestidos de fiesta y sus accesorios en una funda apropiada. Los había comprado en Prendas Tara, tienda que regentaba (y de la que ahora era propietaria) mi amiga Tara Thornton. Tara siempre me llamaba cuando había alguna ganga. De hecho, Bill era el propietario del edificio que albergaba la tienda, y había dado instrucciones a todos los negocios instalados allí para que me hicieran una cuenta que él pagaría; hasta ahora, sin embargo, me había resistido a la tentación. Bueno, a excepción de las prendas que me veía obligada a reponer cuando Bill me destrozaba las mías en nuestros momentos más encendidos.

Estaba muy orgullosa de mis dos vestidos, pues nunca había tenido nada parecido antes, y cerré la cremallera de la funda con una sonrisa.

Alcide asomó la cabeza en la habitación para preguntarme si estaba preparada. Miró las cortinas color crema y amarillo, a juego con las sábanas de la cama e hizo un gesto de aprobación con la cabeza.

—Tengo que llamar a mi jefe —dije—. Entonces nos podremos ir —me senté en el borde de la cama y cogí el teléfono.

Alcide se apoyó en la pared junto al armario mientras yo marcaba el número personal de Sam. Respondió con voz somnolienta, y me disculpé por llamarle tan temprano.

—¿Qué pasa, Sookie? —preguntó, atontado.

—Tengo que irme unos días —le dije—. Lamento no haberte avisado antes, pero llamé a Sue Jennings anoche para preguntarle si quería sustituirme. Dijo que sí, así que le he cedido mis horas.

—¿Adónde vas? —preguntó.

—Tengo que ir a Misisipi —le informé—. A Jackson.

—¿Tienes a alguien que te recoja el correo?

—Sí, mi hermano. Gracias por preguntar.

—¿Hay plantas que regar?

—Ninguna que no vaya a vivir hasta que vuelva.

—Vale. ¿Vas sola?

—No —dije, dubitativa.

—¿Con Bill?

—No, él…, eh…, no se ha presentado.

—¿Tienes problemas?

—Estoy bien —mentí.

—Dile que te acompaña un hombre —susurró Alcide, y le lancé una mirada exasperada. Estaba apoyado contra la pared, y pareció afectarle de lo lindo.

—¿Hay alguien ahí? —Sam siempre ha sido muy avispado.

—Sí, Alcide Herveaux —dije, pensando que sería inteligente decirle a alguien que se preocupaba por mí que me iba con ese tipo. Las primeras impresiones pueden ser absolutamente erróneas, y Alcide tenía que saber que había alguien que podría pedirle cuentas.

—Ajá —dijo Sam. No parecía que el nombre le fuera extraño—. Pásamelo.

—¿Por qué? —soy capaz de soportar mucho paternalismo, pero ya estaba hasta las orejas.

—Pásale el maldito teléfono —Sam casi nunca dice palabras fuertes, así que le puse una cara para escenificar lo que pensaba de su exigencia y pasé el teléfono a Alcide. Salí disparada al salón y miré a través de la ventana. Efectivamente. Una camioneta Dodge Ram. Estaba dispuesta a apostar que llevaba encima todos los extras que se le podía colocar.

Arrastré la maleta de ruedas del tirador y coloqué el bolso de viaje sobre una silla, cerca de la puerta, así que sólo me quedaba ponerme la pesada chaqueta. Me alegré de que Alcide me avisara sobre las normas de vestimenta del bar, puesto que jamás se me habría pasado por la cabeza incluir nada elegante. Estúpidos vampiros. Estúpidos códigos estéticos.

Me sentía Cascarrabias, con «C» mayúscula.

Paseé de acá para allá por el pasillo, repasando mentalmente el contenido de la maleta, mientras los dos cambiantes estaban teniendo una supuesta «conversación de hombres». Colé una mirada por la puerta de mi habitación para ver que Alcide estaba sentado, con el teléfono en la mano, en el mismo borde de la cama que acababa de dejar yo. Por alguna extraña razón encajaba perfectamente en la casa.

Regresé al salón con pasos inquietos y volví a mirar por la ventana. Puede que estuvieran hablando de cosas de cambiantes. Si bien para Alcide, Sam (que solía cambiar a la forma de un collie, aunque no estaba limitado a ella) sería un peso ligero, al menos ambos pertenecían a la misma rama del árbol. Sam, por otro lado, sería un poco suspicaz con respecto al Alcide; los licántropos tenían una mala reputación.

Alcide atravesó el pasillo haciendo resonar el suelo de madera con sus pesados zapatos.

—Le he prometido que cuidaría de ti —me dijo—. Esperemos que todo esto funcione.

Ya no sonreía.

Me había estado preparando para mostrarme enfadada, pero su última frase había sonado tan real que el aire caliente se me escapó como cuando se deshincha un globo. En la compleja relación entre vampiro, licántropo y humano había mucho espacio para que algo saliera mal en alguna parte. Después de todo, mi plan era frágil, y el poder de los vampiros sobre Alcide, tenue. Era posible que Bill no hubiera sido capturado en contra de su voluntad. Cabía la posibilidad de que disfrutara en el cautiverio de un rey, siempre que la vampira Lorena estuviese a mano. Quizá le hiciera entrar en cólera ver que había ido a buscarlo.

Quizá estuviera muerto.

Cerré la puerta con llave detrás de mí y seguí a Alcide mientras él colocaba mis cosas en la plataforma de carga de la camioneta.

El exterior de su enorme vehículo brillaba, pero estaba sucio como el coche de un hombre que se pasa la vida laboral en la carretera. Un casco de protección, facturas, presupuestos, tarjetas de visita, botas y un botiquín de primeros auxilios. Al menos no había desechos de comida. Mientras rebotábamos por mi destartalado camino de gravilla, cogí un montón de folletos sujetos con una goma que decían: «Herveaux e hijo, Peritajes de alta garantía». Saqué el primero y lo estudié con detenimiento mientras Alcide conducía por la corta distancia hasta la Interestatal 20 para ir en dirección este, por Monroe y Vicksburg, hasta Jackson.

Descubrí que los Herveaux, padre e hijo, eran propietarios de una empresa de peritajes interestatal, con oficinas en Jackson, Monroe, Shreveport y Baton Rouge. La sede, como me había dicho Alcide, se encontraba en Shreveport. En el interior había una foto de los dos hombres, y el Herveaux mayor era tan impresionante (de un modo más maduro) que el hijo.

—¿Tu padre también es licántropo? —pregunté tras digerir la información y darme cuenta de que la familia

Herveaux era cuando menos próspera, y, seguramente, rica. Habían trabajado duro; y lo seguirían haciendo a menos que el señor Herveaux, padre, no controlara su vicio con el juego.

—Mi madre también —reveló Alcide después de una pausa.

—Oh, lo siento —no estaba segura de por qué me estaba disculpando, pero era más seguro que no hacerlo.

—Es la única forma de que nazca un licántropo —me dijo al cabo de un momento. No estaba segura de si me lo explicaba para ser cortés o si de verdad pensaba que debía saberlo.

—Entonces ¿cómo es que Estados Unidos no está lleno de licántropos y cambiantes? —pregunté tras meditar sobre lo que había dicho.

—Los de la misma raza deben aparearse para producir a un tercero, lo cual no siempre es viable. Y cada unión sólo produce un hijo con el rasgo. La mortalidad infantil es alta.

—Entonces, si te casas con una licántropo, ¿uno de vuestros hijos será un bebé licántropo?

—El rasgo se manifiesta con la llegada de, eh…, la pubertad.

—Oh, eso es terrible. Ser adolescente ya es bastante difícil.

Sonrió sin apartar la vista de la carretera.

—Sí, es verdad que complica las cosas.

—Y tu ex novia…, ¿también es cambiante?

—Sí… No suelo salir con cambiantes, pero supongo que pensé que con ella sería diferente. Los licántropos y los cambiantes sienten una poderosa atracción mutua.

Magnetismo animal, supongo —dijo Alcide, en un intento de chiste.

Mi jefe, que también es un cambiante, se alegró mucho de hacer migas con otros cambiantes de la zona. Había estado saliendo con una ménade (decir que eran «novios» habría sido demasiado edulcorado para su tipo de relación), pero ella se marchó. Ahora, Sam ansiaba encontrar otra cambiante compatible con él. Se sentía más cómodo con alguien así, o con una humana extraña, como yo, que con las mujeres normales. Aunque él me lo dijo como un halago, o quizá como una mera confesión, en su día me dolió un poco. En cualquier caso, mi tara había surgido cuando yo era muy joven.

La telepatía no espera a la pubertad.

—¿Cómo es eso? —pregunté de golpe—. ¿Por qué pensaste que con ella sería diferente?

—Me dijo que era estéril. Descubrí que tomaba píldoras anticonceptivas. Y eso es muy diferente. Por ahí no paso. Una cambiante y un licántropo también pueden tener un hijo que cambie con la luna llena, aunque sólo los hijos de una pareja pura (ambos licántropos o cambiantes) muten a voluntad.

Lo que una aprende, oye.

—Entonces, sales con las chicas de toda la vida. Pero ¿no se hace difícil tener que guardar en secreto un factor tan, eh…, importante?

—Sí —admitió—. Salir con chicas normales puede ser un incordio. Pero con alguien tendré que salir —había un toque de desesperación en su retumbante voz.

Le dediqué a aquello un largo momento de meditación, y luego cerré los ojos y conté hasta diez. Echaba de menos a Bill de un modo tan elemental como inesperado. La primera pista fue el tirón que sentí bajo la cintura cuando vi el vídeo de *El último mohicano* la semana anterior y me fijé en Daniel Day-Lewis correteando por el bosque. Si tan sólo pudiera aparecer de detrás de un árbol antes que Madeleine Stowe…

Iba a tener que llevar cuidado.

—Entonces ¿si muerdes a alguien no se convierte en licántropo? —decidí cambiar la dirección de mis pensamientos. Pero recordé la última vez que Bill me había mordido, y sentí un azote de calor en…, oh, demonios.

—De ahí sale el hombre lobo, como el de las películas. Mueren bastante deprisa, pobres. Y no es hereditario, en caso de, eh…, engendrar niños en su forma humana. Si lo hacen en su forma alterada, la madre sufre un aborto y el niño no llega a nacer.

—Qué interesante —no se me ocurrió nada más que decir.

—Pero también está el elemento sobrenatural, igual que con los vampiros —dijo Alcide, aún sin apartar la vista de la carretera—. La relación de la genética y el elemento sobrenatural, eso es lo que nadie parece comprender. Nosotros no podemos decirle al mundo que existimos, como hicieron los vampiros. Nos encerrarían en zoológicos, nos esterilizarían, nos meterían en guetos porque a veces nos convertimos en animales. A los vampiros, en cambio, ese paso les ha dado un aire de seducción y riqueza —parecía algo más que amargado.

—Y ¿cómo es que me cuentas todo esto, sin más, si es tan secreto? —me había dado más información en minutos de lo que Bill me había revelado en meses.

—Si voy a pasar unos días contigo, mi vida será mucho más sencilla si lo sabes. Supongo que tendrás tus propios problemas, y parece que los vampiros también tienen cierto poder sobre ti. No creo que te vayas a ir de la lengua. Y si, en el peor de los casos, me he equivocado contigo, le pediré a Eric que se pase por tu casa y te borre la memoria —agitó la cabeza con desconcertante irritación—. La verdad es que no sé por qué, pero es como si te conociera.

No supe qué responder a eso, pero tenía que decir algo. El silencio le habría dado demasiada importancia a su última frase.

—Lamento que los vampiros tengan cogido a tu padre, pero tengo que encontrar a Bill. Si ésta es la única forma de hacerlo, esto es lo que haré. Se lo debo, a pesar de que… —la voz me falló. No quería acabar la frase. Todas las posibilidades que se me ocurrían eran demasiado tristes. Demasiado drásticas.

Se encogió de hombros. Un pronunciado movimiento en Alcide Herveaux.

—Llevar a una chica guapa a un bar no es ningún sacrificio —me volvió a tranquilizar, tratando de subirme el ánimo.

Probablemente yo no habría sido tan generosa de estar en su lugar.

—¿Tu padre es un jugador habitual?

—Sólo desde que murió mi madre —dijo Alcide, después de una larga pausa.

—Lo siento —mantuve mi mirada apartada de su cara, por si acaso necesitaba algo de privacidad—. Yo también perdí a los míos —le compensé.

—¿Hace mucho?

—Cuando tenía siete años.

—¿Quién te crió?

—Mi abuela nos crió a mi hermano y a mí.

—¿Sigue viva?

—No. Murió el año pasado. La asesinaron.

—Es duro —lo dijo en un tono de lo más flemático.

—Sí —tenía una pregunta más—. ¿Tus padres te hablaron sobre lo tuyo?

—No, me lo contó mi abuelo cuando tenía trece años. Se percató de las señales. No me imagino cómo saldrán adelante los licántropos huérfanos sin una guía.

—Sin duda será muy duro.

—Tratamos de localizar a todos los licántropos que crecen en la zona, para que nadie esté desinformado.

Incluso un aviso de segunda mano sería mucho mejor que ninguno. Pero aun así, una sesión de ésas debía de ser un trauma en la vida de cualquiera.

Hicimos una parada en Vicksburg para echar gasolina. Me ofrecí a pagar por rellenar el depósito, pero Alcide me dijo con rotundidad que podía sumarlo como gastos de empresa, dado que, de hecho, tenía que verse con algunos clientes. También rechazó mi oferta de ser yo quien echara la gasolina. Pero sí aceptó el café al que le invité, agradeciéndomelo tanto como si le hubiera comprado un traje nuevo. Era un día brillante y frío, y di un enérgico paseo por el centro de viajes para estirar las piernas antes de volver a meterme en la camioneta.

Ver los carteles que indicaban el desvío al campo de batalla me recordó uno de los días más relajantes que había tenido en mi vida adulta. Me vi hablándole a Alcide sobre el club favorito de mi abuela, el de los Descendientes de los

Muertos Gloriosos, y sobre la excursión que habíamos hecho hasta aquí hacía dos años. Yo conducía un coche, Maxine Fortenberry (abuela de uno de los mejores amigos de Jason) otro, y lo recorrimos de cabo a rabo. Cada uno de los Descendientes trajo consigo su texto favorito sobre el asedio, y una temprana parada en el centro de visitantes los había atiborrado de mapas y objetos de recuerdo. Nos lo pasamos muy bien a pesar del fallo del pañal de Velda Cannon. Leímos el cartel de cada monumento, hicimos un picnic junto al restaurado USS *Cairo*, y volvimos a casa con un botín de recuerdos y agotamiento. También fuimos al casino de Isla de Capri para pasar una hora de asombrada contemplación y alguna indulgencia con las tragaperras. Había sido un día muy feliz para mi abuela, casi tanto como la noche en que engatusó a Bill para que hablase en la reunión de los Descendientes.

—¿Por qué quiso que lo hiciera? —preguntó Alcide. Sonreía ante mi descripción de nuestra parada para cenar en un Cracker Barrel*.

—Bill es un veterano —le expliqué—. Un veterano del ejército, matizo, porque mucha gente me entiende mal y se cree que se dedica a curar animales.

—Entonces —e hizo una pausa— ¿quieres decir que tu novio es un veterano de la Guerra Civil?

—Sí. Por aquel entonces era humano. Se convirtió después de la guerra. Estaba casado y tenía hijos —me

* Cracker Barrel es una cadena de restaurantes familiares en Estados Unidos, famosos por servir comidas sureñas típicas y compartir espacio con una tienda de artículos nostálgicos de la vieja América profunda. *(N. del T.)*

costaba seguir refiriéndome a él como mi novio, dado que había estado a punto de dejarme por otra.

—¿Quién lo convirtió en vampiro? —pregunto Alcide. Ya estábamos en Jackson, y estaba dirigiéndose al centro, donde tenía un piso a nombre de la empresa.

—No lo sé —admití—. No suele hablar mucho de ello.

—Eso me suena un poco extraño.

Lo cierto es que a mí también me sonaba un poco raro, pero supuse que se trataba de algo muy personal. Ya me lo contaría cuando quisiera. Sabía que la relación entre el vampiro convertido y aquel que lo convertía era muy poderosa.

—Supongo que en realidad ya no es mi novio —admití, aunque «novio» parecía un término un poco corto para lo que Bill había sido para mí.

—¿Ah, no?

Me puse roja. No tenía que haber dicho nada.

—Pero tengo que encontrarlo.

Después de aquello, guardamos unos minutos de silencio. La última ciudad que había visitado era Dallas, y no costaba ver que Jackson distaba mucho de su tamaño (lo cual suponía una grandísima ventaja en lo que a mí concernía). Alcide señaló la figura dorada que coronaba la cúpula del nuevo capitolio, y la admiré como era debido. Pensé que era un águila, pero no estaba segura, y me daba un poco de vergüenza preguntar. ¿Necesitaría gafas? El edificio al que nos dirigíamos estaba cerca de la esquina entre las calles High y State. No era un edificio nuevo. Los ladrillos habían sido en su día de tono dorado, y ahora apenas eran de un triste marrón.

—Los pisos de aquí son más grandes que los de los edificios nuevos —me informó Alcide—. Hay un pequeño dormitorio para invitados. Todo debería estar listo para nosotros. Tienen servicio de limpieza.

Asentí en silencio. Ni siquiera podía recordar si había estado antes en un edificio de apartamentos. Luego caí en que sí, por supuesto. En Bon Temps había un edificio de apartamentos en forma de U con dos plantas. Estaba segura de que había visitado a alguien allí; en los últimos siete años, casi todo habitante de Bon Temps había alquilado un piso de los apartamentos Kingfisher en algún momento de su carrera de ligues.

Alcide me dijo que su apartamento estaba en el piso superior, el quinto. Se entraba por una rampa desde la calle, que conducía a un aparcamiento. Había un guarda en la entrada, de pie frente a su pequeña cabina. Alcide le enseñó un pase de plástico. El corpulento guarda, que llevaba un cigarrillo colgado de la boca, apenas echó una mirada a la tarjeta que Alcide mantenía delante de sus ojos antes de pulsar el botón que levantaba la barrera. La seguridad no me impresionó mucho. Me daba la sensación de que yo misma podría zurrar a ese tipo. Seguro que mi hermano Jason podría hacerle morder el polvo.

Salimos de la camioneta y recogimos el equipaje de la rudimentaria plataforma de carga. Mi bolsa de mano estaba perfectamente. Sin preguntármelo siquiera, Alcide cogió mi pequeña maleta. Me guió hacia un bloque central en la zona de aparcamiento y vi una puerta de ascensor iluminada. Pulsó el botón y se abrió de inmediato. El ascensor empezó a subir cuando Alcide pulsó la tecla del quinto piso. Al menos, estaba limpio, igual que la moqueta y el pasillo que vislumbré ante nosotros cuando las puertas se volvieron a abrir.

—Lo vendían por apartamentos, así que compramos éste —me dijo Alcide, como si tal cosa. Estaba claro que su padre y él habían hecho un buen dinero. Había cuatro apartamentos por piso, me dijo Alcide.

—¿Quiénes son tus vecinos?

—El 501 pertenece a dos senadores del Estado, pero estoy seguro de que se han ido a casa por vacaciones —dijo—. La señora de Charles Osburgh Tercero vive en el 502, con su enfermera. La señora Osburgh era una anciana independiente hasta el año pasado. No creo que ya pueda hablar. La 503 está vacía ahora mismo, a menos que el de la inmobiliaria lo haya vendido en las últimas dos semanas —abrió la puerta del 504 y me hizo un gesto para que pasara antes que él. Accedí a la silenciosa tibieza del pasillo, que se abría a mi izquierda a una cocina encerrada en encimeras; nada de paredes, para que nada molestara al ojo en la contemplación del salón comedor. Había una puerta justo a mi derecha que probablemente daba a un armario perchero, y otra un poco más al fondo, que daba a un pequeño dormitorio con una cama doble pulcramente hecha. Una puerta más allá revelaba un cuarto de baño de baldosas blancas y azules y toallas colgadas de los toalleros.

Al otro lado del salón, a mi izquierda, otra puerta conducía a un dormitorio más grande. Eché una breve ojeada al interior sin querer parecer demasiado interesada en el espacio personal de Alcide. Tenía una cama enorme. Me pregunté si Alcide y su padre recibían muchas visitas cuando estaban en Jackson.

—El dormitorio principal tiene su propio cuarto de baño —explicó Alcide—. Me encantaría cedértelo, pero el teléfono está ahí y estoy esperando algunas llamadas de negocios.

—El dormitorio pequeño estará bien —dije. Miré un poco más por ahí cuando mis cosas estuvieron por fin en la habitación.

El apartamento era una sinfonía de beis. Moqueta beis, mobiliario beis. Una especie de papel de pared de estética oriental con bambúes y fondo beis. Era muy tranquilo y estaba muy limpio.

Mientras colgaba mis vestidos en el armario, me pregunté cuántas noches tendría que acudir a ese club. Si eran más de dos, tendría que ir de compras. Pero aquello sería imposible, o al menos imprudente, dado mi presupuesto. Una preocupación que me era familiar se posó sobre mis hombros.

Mi abuela no pudo dejarme mucho, que Dios la bendiga, sobre todo después de los gastos de su funeral. La casa había sido un regalo tan maravilloso como inesperado.

El dinero que había invertido en criarnos a Jason y a mí, dinero que había surgido de un pozo de petróleo que se había agotado, hacía mucho que había desaparecido. El dinero que me habían pagado los vampiros de Dallas por el trabajo que hice allí se había ido prácticamente en mis dos vestidos, el pago de los impuestos sobre la propiedad y la tala de un árbol, porque una tormenta de hielo del último invierno había debilitado las raíces y se había inclinado demasiado cerca de la casa. Una gran rama ya se había caído y había dañado un poco el tejado de cinc. Afortunadamente, Jason y Hoyt Fortenberry sabían lo suficiente sobre techos como para reparármelo.

Me acordé de la furgoneta de los reparadores de tejados a la entrada de Belle Rive.

Me senté en la cama abruptamente. ¿Por qué me había asaltado ese recuerdo? ¿Acaso era tan mezquina como para enfadarme porque mi novio hubiera pensado en una docena de formas diferentes de asegurarse de que sus descendientes (los poco amistosos y, en ocasiones, esnobs Bellefleur) prosperaran mientras yo, el amor de su segunda vida, me preocupaba por el estado de mis finanzas hasta el borde de las lágrimas?

Seguro, era una mezquina.

Debería avergonzarme de mí misma.

Pero lo haría más tarde. No tenía la cabeza para cargar con los agravios.

Mientras pensaba en el dinero (o más bien en su ausencia), me pregunté si cuando Eric me mandó aquí se le habría ocurrido que no podría ir a trabajar y que no recibiría ninguna paga. Así las cosas, no podría pagar la luz, la televisión por cable, el teléfono o el seguro del coche… Eso sí, tenía la obligación moral de encontrar a Bill, independientemente de lo que le hubiera pasado a nuestra relación, ¿no?

Me recosté de espaldas sobre la cama y me dije que todo saldría bien. En el fondo sabía que todo lo que tenía que hacer era sentarme con Bill (suponiendo que lo recuperara alguna vez) y explicarle la situación. Así, él… Él haría algo.

Pero no podía pedirle dinero, sin más. Por supuesto, si estuviésemos casados, lo haría; los buenos matrimonios comparten sus posesiones. Pero no podíamos casarnos. Era ilegal.

Y él tampoco me lo había pedido.

—¿Sookie? —me llamó una voz desde la puerta.

Parpadeé y volví a la posición sentada. Alcide estaba apoyado contra el batiente de la puerta, con los brazos cruzados sobre el pecho.

—¿Estás bien?

Asentí sin estar muy segura.

—¿Lo echas de menos?

Me sentía demasiado avergonzada como para hablar de mis problemas económicos, y no eran más importantes que Bill, por supuesto. Para simplificar las cosas, asentí.

Se sentó a mi lado y me rodeó con un brazo. Era tan cálido. Olía a detergente Tide, a jabón Irish Spring y a hombre. Cerré los ojos y volví a contar hasta diez.

—Lo echas de menos —confirmó. Su brazo me apretó un poco contra sí y, con la otra mano, me cogió la mano izquierda.

«Ni te imaginas cómo lo echo de menos», pensé.

Por lo que parece, una vez te acostumbras al sexo de forma habitual y espectacular, el cuerpo cobra una conciencia propia (por así decirlo) al verse privado de su caramelo; eso sin incluir la parte de los abrazos y los mimos. Mi cuerpo me estaba pidiendo a gritos tumbar a Alcide Herveaux sobre la cama para saciarse con él. Ahora mismo.

—Lo echo de menos, al margen de los problemas que podamos tener —dije, y la voz me salió escasa y temblorosa. No abrí los ojos, porque si lo hacía, quizá viera en su cara un diminuto impulso, una leve inclinación, y eso sería más que suficiente—. ¿A qué hora crees que deberíamos ir al club? —pregunté, llevando la conversación en otra dirección.

Era tan cálido.

¡Cambio de dirección!

—¿Te apetecería que hiciésemos algo de cena antes de ir? —era lo mínimo que podía ofrecer. Salté de la cama como un muelle, me volví hacia él con la sonrisa más natural posible. O me alejaba de su proximidad o saltaría encima de él.

—Oh, vayamos al Mayflower Cafe. Tiene aspecto de restaurante antiguo, bueno, en realidad lo es, pero te gustará. Todo el mundo va allí, tanto senadores como carpinteros, todo tipo de gente. De alcohol sólo ponen cerveza, ¿algún problema?

Me encogí de hombros y asentí. Por mí, ningún problema.

—No bebo mucho —le dije.

—Yo tampoco —confesó—. Quizá se deba a que, de vez en cuando, mi padre se pasa con la bebida y luego toma malas decisiones —Alcide pareció arrepentirse de habérmelo contado—. Después del Mayflower iremos al club —añadió, con un tono más vigoroso—. En estas fechas anochece muy pronto, pero los vampiros no salen hasta que han tomado algo de sangre, recogido a sus parejas y hecho algunos negocios. Deberíamos estar allí a eso de las diez. Así que saldremos a cenar a las ocho, ¿te parece?

—Claro, será genial —estaba perdida. Apenas eran las dos de la tarde. Su apartamento no necesitaba limpieza. No había razón para cocinar. Si quería leer, tenía novelas románticas en la maleta. Pero, dada mi condición, no creo que fueran de mucha ayuda para mi estado… mental.

—Oye, ¿te molestaría que saliese a ver a unos clientes? —preguntó.

—Adelante, no hay problema —pensé que sería ideal que no se encontrara en la cercanía más inmediata—. Haz lo que tengas que hacer. Tengo libros para leer y hay un televisor —quizá pudiera empezar la novela de misterio.

—Si quieres…, no sé… Mi hermana, Janice, es propietaria de un salón de belleza a unas cuatro manzanas de aquí, en el centro histórico. Se casó con un tipo de la ciudad. Si quieres, puedes ir allí y arreglarte lo que necesites.

—Oh, yo… Bueno, es… —carecía de la sofisticación para pensar en un rechazo cívico y plausible, cuando la razón básica del mismo era mi falta de dinero.

De repente, hizo un gesto de entender lo que ocurría.

—Si te pasas, Janice tendría la oportunidad de hacer de anfitriona tuya. Después de todo, se supone que eres mi novia, y ella odiaba a Debbie. Le encantaría tu visita.

—Estás siendo horriblemente amable —traté de no sonar tan confundida y emocionada como me sentía—. No era lo que esperaba.

—Tú tampoco eres lo que esperaba —dijo, y dejó el número de la tienda de su hermana cerca del teléfono antes de salir a hacer sus negocios.

5

Janice Herveaux Phillips (no tardé en saber que llevaba dos años casada y era madre de un hijo) era exactamente lo que había esperado de la hermana de Alcide. Era alta, atractiva, directa y segura; y llevaba su negocio con eficiencia.

Casi nunca voy a los salones de belleza. Mi abuela siempre se había hecho sus propias permanentes de forma casera, y yo nunca me había teñido el pelo o había hecho ninguna otra cosa con él, aparte de un perfilado ocasional. Cuando le confesé eso a Janice, que se había dado cuenta de que no paraba de mirar en derredor con la curiosidad de una ignorante, su amplia cara se transformó en una sonrisa.

—Entonces vas a necesitar de todo —dijo con satisfacción.

—No, no, no —protesté, ansiosa—. Alcide...

—Me ha llamado desde el móvil y me ha dejado claro que tenía que hacer algo contigo —declaró Janice—. Y, sinceramente, cielo, cualquiera que le ayude a recuperarse de esa Debbie puede considerarse mi mejor amiga.

Tuve que sonreír.

—Pero te pagaré —le dije.

—No, aquí tu dinero no vale —sentenció—. Aunque rompieras con Alcide mañana, el que lo saques por ahí esta noche valdrá la pena.

—¿Esta noche? —volvía a tener la vertiginosa sensación de que no sabía todo lo que debía saber.

—Me han contado que esta noche esa zorra va a anunciar su compromiso en ese club al que vais —dijo Janice.

Vale, esta vez lo que no sabía era algo bastante importante.

—¿Se va a casar con... el hombre por el que dejó tirado a Alcide? —casi se me escapa «el cambiante».

—Es rápida, ¿eh? ¿Qué tendrá ése que no tenga mi hermano?

—No me lo imagino —respondí con absoluta sinceridad, ganándome una rápida sonrisa de Janice. Seguro que su hermano tendría algún defecto; a lo mejor cenaba en ropa interior, o quizá se hurgaba la nariz en público.

—Bueno, si lo descubres, no dejes de decírmelo. Y ahora vamos contigo —Janice miró a su alrededor de forma profesional—. Corinne te va a hacer la pedicura y la manicura, y Jarvis se encargará de tu pelo. Vaya, tienes una buena mata —dijo Janice de un modo más personal.

—Todo mío y natural —admití.

—¿No te lo tiñes?

—No.

—Eres una afortunada —dijo Janice, agitando la cabeza.

Ésa era una opinión minoritaria.

La propia Janice estaba ocupándose del pelo gris de una mujer cuyas doradas alhajas sugerían que era alguien adinerado, y mientras esa mujer de fríos ojos me examinaba con indiferencia, Janice lanzó unas instrucciones a sus empleados y volvió a centrarse en la señora Estoy forrada.

Jamás en la vida me había sentido tan mimada. Y todo era nuevo para mí. Corinne (manicuras y pedicuras), que estaba tan rellenita y jugosa como cualquiera de las salchichas que cociné esa misma mañana, me pintó las uñas de pies y manos de rojo chillón para ir a juego con el vestido que me iba a poner. El único hombre del establecimiento, Jarvis, tenía los dedos tan ligeros y rápidos como mariposas. Estaba tan delgado como una caña, y llevaba el pelo teñido de rubio platino. Mientras me entretenía con un torrente de conversación, me lavó y preparó el pelo antes de ponerme debajo del secador. Estaba a una silla de la señora adinerada, pero seguía recibiendo la misma escasa atención por su parte. Tenía una revista *People* para leer, y Corinne me trajo una Coca-Cola. Tener a tanta gente alrededor procurando que me relajara era sencillamente maravilloso.

Empezaba a sentirme un poco asada bajo el secador, cuando estuve lista. Jarvis me sacó de debajo y me volvió a colocar en su silla. Tras consultarlo con Janice, sacó su rizador precalentado de una especie de funda especial que estaba adosada a la pared y dispuso con mucho cuidado mi pelo en rizos sueltos que me caían por la espalda. Estaba espectacular. Y estar espectacular le pone a una contenta. Era lo mejor que me había pasado desde la marcha de Bill.

Janice se acercaba para hablar conmigo siempre que le era posible. Me pillé al borde del olvido de que Alcide no era en realidad mi novio, con las escasas probabilidades que ello conllevaba de que me convirtiera en la cuñada de Janice. No recibía a menudo ese tipo de aceptación.

Deseaba poder devolverle su amabilidad de alguna manera en cuanto se presentara la ocasión. El puesto de Jarvis estaba enfrente del de Janice, por lo que mi espalda daba justo a la espalda de la clienta de Janice. Mientras esperaba a que Jarvis regresara con una botella de acondicionador que me dijo que debería probar, vi por el espejo cómo Janice se quitaba los pendientes y los dejaba en un pequeño platillo. Puede que nunca hubiese observado lo que ocurrió a continuación si no hubiese captado un pensamiento claramente codicioso de la mente de la mujer adinerada, que se reducía a un simple «¡Ajá!». Janice se había ido a por otra toalla, y, reflejada en el espejo, pude ver cómo la clienta del pelo canoso echaba una mano hábil a los pendientes y se los guardaba en el bolsillo de la chaqueta mientras le daba la espalda.

Cuando estuve lista, ya tenía claro lo que hacer. Estaba esperando a despedirme de Jarvis, que había tenido que atender una llamada. Sabía que hablaba con su madre, gracias a las imágenes que recibía de su mente. Me deslicé fuera de mi silla de vinilo y me dirigí hacia la mujer adinerada, que estaba extendiendo un cheque a Janice.

—Disculpe —dije con una sonrisa brillante. Janice parecía un poco sorprendida, y la mujer elegante no perdía el aire esnob ni a tiros. Era una clienta que se dejaba mucho dinero allí, y seguro que Janice no querría perderla—. Tiene una mancha de gel para el pelo en la chaqueta. Si me la cede un segundo se la quitaré.

Apenas pudo negarse. Agarré la chaqueta por los hombros y tiré de ella con suavidad, haciendo que la mujer se apartara levemente para permitir que la cogiera. La chaqueta era de cuadros rojos y verdes. Me la llevé detrás del biombo que escondía la zona de lavado para la cabeza y enjuagué la zona presuntamente manchada, que estaba absolutamente limpia, para que resultara más verosímil (una gran palabra de mi calendario de la palabra diaria). Por supuesto, también extraje los pendientes y los puse en mi bolsillo.

—Aquí la tiene, ¡como nueva! —dije, mirándola fijamente y ayudándola a ponerse la chaqueta.

—Gracias, Sookie —dijo Janice, forzando una sonrisa. Sospechaba que algo no iba bien.

—¡De nada! —respondí con una sonrisa pétrea.

—Sí, claro —dijo la mujer elegante, quizá algo confundida—. Bueno, Janice, nos veremos la semana que viene.

Remarcó sus pasos con los tacones mientras se dirigía a la puerta sin volver la mirada atrás. Cuando estuvo fuera de la vista, metí la mano en mi bolsillo y extendí la mano a Janice. Abrió su mano bajo la mía y solté los pendientes en su palma.

—Ay, Dios bendito —dijo Janice, pareciendo cinco años mayor de repente—. Olvidé que había dejado algo donde ella podía cogerlo.

—¿Lo hace a menudo?

—Sí, por eso éste es ya el quinto salón de belleza del que es cliente habitual en los últimos diez años. Los otros hacían la vista gorda al principio, pero siempre llegaba un momento en el que eran demasiadas cosas. Es una mujer muy rica y educada, y se ha criado como es debido. No me explico por qué hace cosas como ésta.

Nos dedicamos mutuos encogimientos de hombros, admitiendo que los caprichos de los ricos estaban más allá de nuestra comprensión. Fue un momento de perfecta sintonía.

—Espero que no la pierdas como clienta. Traté de actuar con tacto —dije.

—Y te lo agradezco de veras. Pero hubiera odiado más perder esos pendientes que a ella como clienta. Me los regaló mi marido. Suelen pinchar al cabo de un rato, y ni siquiera lo pensé cuando me los quité.

Ya me lo había agradecido más que suficiente. Me puse mi propia chaqueta.

—Será mejor que me vaya —dije—. He disfrutado muchísimo del maravilloso regalo.

—Dale las gracias a mi hermano —dijo Janice, recuperando su amplia sonrisa—. Y, después de todo, sí que has pagado por ello —y alzó la mano para mostrar los pendientes.

Yo también sonreía mientras dejaba atrás la calidez y la camaradería del salón, aunque no me duró mucho. La temperatura había bajado en picado y el cielo se encapotaba por minutos. Recorrí la distancia de vuelta al apartamento a gran velocidad. Tras un helada subida por el chirriante ascensor, me alegré de poder usar la llave que me había dado Alcide y volver al calor. Encendí una lámpara y puse la televisión para sentirme un poco acompañada. Me encogí en el sofá mientras me perdía en los pensamientos sobre los placeres de aquella tarde. Cuando entré en calor, me di cuenta de que Alcide debió de bajar el termostato. Si bien era agradable en comparación con el exterior, en el apartamento no dejaba de hacer fresco.

El sonido de una llave en la cerradura me sacó de mis pensamientos, y Alcide entró con una carpeta llena de papeles. Parecía cansado y preocupado, pero la expresión se le relajó cuando me vio esperando.

—Janice me llamó para decirme que ya estarías aquí —dijo. Su voz se hacía cada vez más cálida a medida que hablaba—. Quería que te volviese a dar las gracias.

Me encogí de hombros.

—Es mi forma de agradecerle el pelo y las uñas nuevas —dije—. Nunca lo había hecho antes.

—¿Nunca habías estado en un salón de belleza?

—Mi abuela solía ir de vez en cuando. Una vez me cortaron las puntas.

Se quedó tan anonadado como si acabara de confesarle que nunca había visto un inodoro en el que la cisterna se accionara por medio de un botón.

Para disimular mi bochorno, le enseñé las uñas para que las admirara. No las había querido muy largas, y éstas eran las más cortas que Corinne pudo conseguir, según me dijo.

—A juego con las de los pies —le expliqué a mi anfitrión.

—A ver —dijo.

Me desaté las zapatillas y me saqué los calcetines para dejar los pies al descubierto.

—¿A que son bonitas? —pregunté.

Me miraba con aire divertido.

—Están estupendas —dijo con el tono bajo.

Miré el reloj que había encima del televisor.

—Será mejor que vaya a prepararme —dije, tratando de imaginar cómo iba a bañarme sin que eso afectara al pelo o las uñas. Pensé en lo que Janice me había contado sobre Debbie.

—¿Dispuesto a ponerte guapo para esta noche?

—Claro —dijo animosamente.

—Porque yo voy a por todas.

Eso pareció interesarle.

—¿Y eso quiere decir...?

—Espera y verás —era un tipo agradable, con una familia agradable y que me hacía un favor enorme. Bueno, lo habían coaccionado para que me lo hiciera. Pero estaba siendo extremadamente amable conmigo, fueran cuales fueran las circunstancias.

Salí de la habitación una hora más tarde. Alcide estaba de pie en la cocina, sirviéndose una Coca-Cola. Dejó que desbordara el vaso cuando me vio entrar.

Aquello era un auténtico halago.

Mientras Alcide limpiaba la encimera con un papel de cocina, no dejó de lanzarme miradas. Me di la vuelta lentamente.

Iba de rojo, rojo chillón, rojo camión de bomberos. Iba a congelarme la mayor parte de la noche, porque mi vestido dejaba los hombros al desnudo, aunque sí llevaba unas mangas separadas que se podían quitar y poner. Se abrochaba con cremallera por la espalda y tenía algo de brillo por debajo de la cadera. Mi abuela se habría lanzado a la puerta para impedir que saliera vestida así. A mí me encantaba. Lo había comprado en unas rebajas de liquidación en Prendas Tara; sospechaba que, de alguna manera, Tara lo había dejado apartado para mí. Actuando sobre un impulso tan poderoso como imprudente, me compré un bolso y lápiz de labios a juego. ¡Que ahora además me iban con las uñas, gracias a Janice! También llevaba un chal gris y negro con flecos para abrigarme, así como un diminuto bolso a juego con los zapatos. El bolso estaba adornado con abalorios.

—Date la vuelta otra vez —sugirió Alcide, un poco ronco.

Él llevaba un traje negro convencional, camisa blanca y una corbata de diseños verdes que encajaba con sus ojos. Al parecer, nada podía domar su pelo. Quizá debería haber ido él al salón de belleza de Janice, y no yo. Parecía duro y guapo, aunque tal vez «atractivo» fuera la palabra más adecuada.

Me di la vuelta lentamente. No tenía tanta confianza como para impedir que las cejas se me arquearan en una pregunta silenciosa mientras completaba el giro.

—La boca se me hace agua sólo con verte —dijo con sinceridad. Lancé un suspiro, inconsciente hasta el momento de que había estado conteniendo el aliento.

—Gracias —dije, tratando de no parecer demasiado idiota.

Me costó meterme en la camioneta de Alcide, dada la brevedad del vestido y la altura de los tacones, pero con un empujón táctico de Alcide lo conseguí.

Nuestro destino estaba en un pequeño lugar en la esquina de las calles Capitol y Roach. Aunque no impresionaba mucho desde fuera, el Mayflower Cafe era tan interesante como había predicho Alcide. Algunas de las personas sentadas a aquellas mesas repartidas por el suelo de baldosas blancas y negras vestían de lo más elegante, igual que Alcide y yo. Otras llevaban franela y vaqueros. Algunos, incluso, habían llevado consigo su propio vino o licor. Me alegré de que no fuéramos a beber demasiado; Alcide se tomó una cerveza y eso fue todo. Yo opté por un té helado. La comida estaba muy buena, pero no era precisamente ostentosa. La cena fue larga e interesante. Mucha gente conocía a Alcide, y bastantes de ellos se acercaron a la mesa para saludarle y saber quién era yo. Algunos de los visitantes estaban relacionados con el gobierno del Estado, otros pertenecían al negocio de la construcción, como Alcide, y los había que parecían amigos de su padre.

Unos cuantos de los presentes no daban la impresión de respetar mucho la ley; aunque siempre he vivido en Bon Temps, reconozco a un delincuente cuando veo lo que destila su mente. No digo que fueran a asesinar a cualquiera, o a sobornar a un senador ni nada parecido. Pero sus pensamientos estaban impregnados de avaricia; por el dinero, por mí y, hasta en un caso, por Alcide (de lo cual puedo decir que él pasaba olímpicamente).

Y, sobre todas las cosas, esos hombres sentían avaricia por el poder. Supongo que en una capital de Estado, el hambre de poder es inevitable; incluso en uno tan asolado por la pobreza como es Misisipi.

Las mujeres que acompañaban a los hombres más avariciosos eran las más acicaladas y las mejor vestidas. Por una noche podía estar a su altura en ese sentido, así que mantuve la cabeza bien alta. Una de ellas pensó que tenía aspecto de puta de lujo, pero me lo tomé como un cumplido. Al menos pensaba que era cara. Una mujer, una banquera, conocía a Debbie, la ex de Alcide, y me escrutó de pies a cabeza, segura de que Debbie querría una rigurosa descripción.

Por supuesto, ninguna de esas personas sabía nada de mí. Era maravilloso estar entre gente que no tenía ni idea de mi trasfondo, de cómo me había criado, de mi trabajo o mis habilidades. Decidida a disfrutar de la sensación, me concentré en no hablar a menos que me dirigieran la palabra, en no mancharme el vestido con la comida y cuidar los modales, tanto los sociales como los cívicos de la mesa. Mientras disfrutaba, pensé que sería una lástima que avergonzara a Alcide, dado que yo sólo estaba de paso por su vida.

Alcide agarró la cuenta antes de que yo pudiera hacerme con ella y me frunció el ceño cuando abrí la boca para protestar. Finalmente sacudí ligeramente la cabeza. Tras la silenciosa pugna, me alegré de ver que Alcide dejaba generosas propinas. Aquello le hizo ganar puntos en mi estima. A decir verdad, ya estaba demasiado arriba en mi estima. Y eso que yo tenía todos los sentidos puestos en detectar cualquier cosa negativa en él. Cuando volvimos a la camioneta de Alcide (esta vez me ayudó más si cabe para entrar en la cabina, y me di cuenta de que disfrutaba con el proceso), ambos estábamos callados y pensativos.

—No has hablado mucho durante la cena —dijo—. ¿Lo has pasado mal?

—Oh, de ninguna manera. Simplemente pensé que no era el mejor momento para empezar a lanzar mis opiniones.

—¿Qué piensas de Jake O'Malley? —O'Malley, un hombre que estrenaba los sesenta y de densas cejas grises, había estado hablando con Alcide al menos cinco minutos, sin dejar de lanzar ocasionales miradas a mis pechos.

—Creo que piensa joderte de seis formas distintas a partir del domingo.

Menos mal que aún no había arrancado del bordillo. Encendió las luces del techo y me miró con expresión sombría.

—¿De qué estás hablando? —inquirió.

—Va a ofrecer un presupuesto más competitivo que el tuyo en el próximo concurso porque ha sobornado a una mujer de tu despacho, una tal Thomasina no sé qué, para chivarle todos tus presupuestos. Y entonces…

—¿Qué?

Me alegré de que la calefacción estuviese al máximo. Cuando un licántropo se enfada, se puede sentir la ira en el aire. Esperaba que así no tuviera que explicarme ante él. Había disfrutado tanto de mi anonimato.

—¿Qué… eres? —me preguntó, asegurándose de que le entendía.

—Telépata —dije entre dientes.

Cayó un largo silencio, mientras Alcide digería la noticia.

—Y ¿has escuchado algo bueno por su parte? —preguntó finalmente.

—Claro. La señora O'Malley estaba deseando echarse encima de ti —le dije con una amplia sonrisa. Tuve que recordarme que no tenía una coleta que tensar.

—¿Eso es bueno?

—Hombre, en comparación… —dije—, será mejor que te follen a que te jodan económicamente —la señora O'Malley era al menos veinte años más joven que su marido, y era la mujer más arreglada que había visto nunca. Estaba dispuesta a apostar a que se cepillaba las pestañas cien veces por noche.

Alcide agitó la cabeza. No tenía muy claro lo que estaba pensando.

—Y ¿qué hay de mí? ¿Me has leído también?

Ajá.

—No es tan fácil con los cambiantes —dije—. No soy capaz de detectar una clara línea de pensamiento, sino más bien el humor general, las intenciones y cosas así. Supongo que si hubieras pensado directamente en mí, lo habría sentido. ¿Quieres probar? Piensa en algo.

«Los platos que uso en mi apartamento tienen un borde de rosas amarillas.»

—Yo no diría que fueran rosas —dije, dubitativa—. Son más bien cinias, diría yo.

Pude sentir cómo se retraía, cómo se preocupaba. Suspiré. Lo de siempre, como siempre. La verdad es que me dolió un poco, porque me gustaba.

—Pero captar pensamientos concretos que se te pasen en el momento, eso es más complicado —dije—. No puedo hacerlo constantemente con los cambiantes y los licántropos —otras criaturas sobrenaturales eran relativamente fáciles de leer, pero no vi la necesidad de sacar eso a colación en aquel momento.

—Gracias a Dios.

—¿Oh? —dije, pícaramente, en un intento de levantar los ánimos—. ¿Qué temes que vaya a leer?

Alcide me dedicó una sonrisa antes de apagar la luz interior y abandonar el aparcamiento.

—No importa —dijo, ausente—. No importa. Entonces, lo que harás esta noche será leer mentes para recabar alguna pista sobre el paradero de tu vampiro, ¿no?

—Eso es. No puedo leer a los vampiros; no parecen emitir ninguna onda cerebral. Así es como lo entiendo yo. No sé cómo lo hago, o si hay un término científico que lo defina —no mentía del todo. Las mentes de los no muertos eran realmente ilegibles, salvo algún destello tan fugaz como ocasional (lo cual casi no contaba y nadie debía saberlo). Si los vampiros averiguaban que podía leer sus mentes, ni siquiera Bill podría salvarme. Eso en el caso de que quisiera.

Cada vez que me olvidaba, aunque fuese por un segundo, de que nuestra relación había cambiado radicalmente, me dolía tener que recordármelo.

—Entonces ¿qué plan tienes?

—Me centraré en los humanos que salgan o sirvan a los vampiros locales. Los secuestradores eran humanos. Se lo llevaron de día. Al menos eso es lo que le dijeron a Eric.

—Debí de habértelo preguntado antes —dijo, más para sí mismo—. Sólo por si acaso escucho algo de la manera tradicional, con los oídos, deberías contarme los detalles.

Mientras atravesábamos lo que Alcide dijo que era la antigua estación de trenes, le hice un rápido resumen. Vi escuetamente un cartel de indicación que ponía AMITE mientras nos deteníamos bajo una marquesina que se extendía sobre una porción vacía de acera en los alrededores del centro de Jackson. La zona inmediatamente debajo de la marquesina estaba iluminada por una luz fría y brillante. De alguna manera, esa extensión de acera se me antojaba repugnantemente ominosa, sobre todo porque el resto de la calle estaba sumida en la oscuridad. La inquietud me recorrió la columna. Me sentí muy reacia a detenerme en ese sitio.

Era una sensación estúpida, me dije a mí misma. No era más que un tramo de cemento. No había bestias a la vista. Después de que cerraran los negocios a las cinco,

Jackson no era una ciudad precisamente concurrida, ni siquiera en circunstancias normales. Estaba dispuesta a apostar a que la mayoría de las aceras del estado de Misisipi estaban desiertas en esa fría noche de diciembre.

Pero algo sospechoso flotaba en el aire, algo que nos vigilaba con una carga de malicia. Los ojos que nos observaban eran invisibles, pero ahí estaban a pesar de todo. Cuando Alcide salió de la camioneta y la rodeó para ayudarme a bajar, me di cuenta de que había dejado las llaves en el contacto. Saqué las piernas y puse las manos en sus hombros, con mi estola de seda firmemente enrollada y suelta por detrás, y sus flecos temblando bajo un soplo de aire helado. Me impulsé mientras él tiraba de mí y finalmente me encontré en la acera.

La camioneta se perdió en la noche.

Miré de lado a Alcide para ver si aquello lo había dejado también a él de una pieza, pero parecía antojársele lo más normal del mundo.

—Los vehículos aparcados en la parte de delante atraen al público general —me dijo, reduciendo su voz a un susurro en el vasto silencio de esa extensión de acera.

—¿Puede entrar la gente normal? —pregunté, señalando a la solitaria puerta metálica. Reunía todos los requisitos para que una puerta no invitase a ser atravesada. No había ningún letrero; ni en ella, ni en el edificio. Tampoco había adornos de Navidad. (Obviamente los vampiros no celebran las vacaciones, salvo Halloween. Es la antigua festividad de Samhain, y está llena de disfraces que a los vampiros les encantan. Halloween es su gran momento, y se celebra en las comunidades vampíricas de todo el mundo.)

—Claro, si están dispuestos a pagar veinte dólares por beber los peores brebajes en cinco estados. Servidos por los camareros más groseros. Y sin prisas.

Traté de sonreír. No era precisamente un lugar que invitara a reír.

—Y ¿si salen de ésa?

—No hay espectáculos, nadie hablará con ellos, y si insisten en quedarse, se encontrarán en la acera, metiéndose en su coche sin un solo recuerdo de cómo llegaron aquí.

Tomó el pomo de la puerta y la abrió. El espanto que atenazaba el aire no pareció afectar a Alcide.

Dimos a un corto pasillo que estaba bloqueado por otra puerta, situada a algo más de un metro. De nuevo sentí que nos observaban, aunque no fui capaz de divisar ninguna cámara o mirilla disimulada en ninguna parte.

—¿Cómo se llama este sitio? —susurré.

—El vampiro propietario lo llama el Josephine's —dijo con mi mismo tono de voz—. Pero los licántropos lo llamamos el Club de los Muertos.

Consideré la idea de reírme, pero, justo en ese momento, se abrió la puerta interior.

El portero era un trasgo.

Nunca había visto uno antes, pero la palabra «trasgo» me surgió en la mente, como si tuviera un diccionario sobrenatural impreso detrás de mis ojos. Era muy bajito y tenía aspecto de ser muy gruñón, con una cara llena de protuberancias y manos muy grandes. Sus ojos destilaban fuego y maldad. Nos lanzó una mirada hacia arriba, como si lo último que necesitaran allí fueran clientes.

Me preguntaba qué persona normal querría meterse en el Josephine's tras el efecto acumulativo de la acera encantada, el vehículo que desaparece solo y el trasgo de la puerta... Bueno, supongo que algunos nacen entusiasmados de que alguien los mate.

—Señor Herveaux —dijo el trasgo lentamente, con una voz profunda y ronca—. Qué alegría volverlo a ver. ¿Y su compañera es...?

—La señorita Stackhouse —me presentó Alcide—. Sookie, te presento al señor Hob.

El trasgo me examinó con ojos brillantes. Parecía algo incómodo, como si no pudiese encajarme en la escena, pero al cabo de un momento se apartó y nos dejó pasar.

El Josephine's no estaba muy concurrido. Claro que era un poco temprano para las costumbres de sus clientes. Tras la extraña atmósfera del principio, la amplia sala se parecía decepcionantemente a cualquier bar. La propia barra estaba en el centro de la sala, un espacio cuadrado con un panel levadizo para que pudiera pasar el personal. Me pregunté si el propietario se habría tragado demasiadas reposiciones de *Cheers*. Los vasos pendían boca abajo de los colgadores. Estaba adornado con plantas artificiales y al tenue ambiente de luz contribuía una música no muy alta. Había taburetes esmaltados a intervalos regulares alrededor de la barra. A su izquierda, una pequeña pista de baile y, más allá, un diminuto escenario para las bandas o los *disc-jockeys*. A los otros tres lados del cuadrado podían verse las típicas mesas pequeñas, de las cuales apenas la mitad estaban ocupadas.

Entonces divisé un listado de ambiguas reglas colgadas en la pared, reglas diseñadas para ser comprendidas por los clientes habituales, y no tanto por los turistas ocasionales. «Prohibido transformarse en el local», decía una escuetamente. Los licántropos y los cambiantes no podían transformarse mientras estuvieran en el bar; bueno, era comprensible. «Prohibido cualquier tipo de mordisco», decía otra. «Prohibidos los aperitivos vivos», marcaba una tercera. Agh.

Había vampiros diseminados por el local, algunos en compañía de sus propios congéneres, y otros con humanos. Se celebraba una escandalosa fiesta de cambiantes en la esquina sureste del bar, donde se habían juntado varias mesas para dar cabida a la cantidad de asistentes. El centro de la fiesta parecía ser una mujer joven y alta, de pelo corto y brillante, constitución atlética y rostro largo y estrecho. Se enroscaba alrededor de un hombre cuadrado de su misma edad, que supuse sería de unos veintiocho años. Él tenía los ojos redondos y la nariz chata, y el pelo de aspecto más suave que jamás había visto (casi tan fino como el de un bebé, tan ligero y rubio que parecía blanco). Me pregunté si sería una fiesta de compromiso y si Alcide sabía que iba a tener lugar. Su atención estaba definitivamente centrada en ese grupo.

Como era natural, no tardé en comprobar qué llevaban puesto las demás mujeres del bar. Las vampiras y las humanas que acompañaban a vampiros lucían un estilo comparable al mío. Las cambiantes no iban tan arregladas. La mujer del pelo negro, que había dado por sentado que era Debbie, vestía una blusa de seda dorada y pantalones de cuero muy ajustados con botas. Se rió ante algún comentario del rubio y sentí cómo el brazo de Alcide se ponía rígido bajo mis dedos. Sí, ésa debía de ser la ex novia,

Debbie. Estaba segura de que su diversión había ganado enteros desde que vio entrar a Alcide.

«No es más que una zorra farsante», decidí en el tiempo que lleva chasquear los dedos, y me dispuse a actuar conforme a mi reflexión. El trasgo Hob nos condujo hasta una mesa vacía, desde donde gozábamos de una panorámica de la feliz fiesta, y me acomodó en una silla. Le hice un gesto de cortesía con la cabeza y me desenrollé el chal, lo doblé y lo colgué de una silla vacía. Alcide se sentó en la silla de mi derecha, para dar la espalda al rincón donde los cambiantes se lo estaban pasando tan bien.

Una vampira esquelética vino a tomar nota de lo que queríamos beber. Alcide me hizo un cortés gesto con la cabeza para que pidiera primero.

—Un cóctel de champán —dije, sin la menor idea de a qué sabría. Nunca me había molestado en prepararme uno en el Merlotte's, pero ahora estaba en el bar de otro y pensé que merecía la pena probarlo. Alcide pidió una Heineken. Debbie lanzaba no pocas miradas hacia nosotros, así que me incliné hacia delante y deshice un enredo en el pelo rizado de Alcide. Pareció sorprendido, aunque, evidentemente, Debbie no podía saberlo.

—¿Sookie? —dijo, más bien dubitativo.

Le sonreí, no con mi sonrisa nerviosa, ya que, por una vez, no lo estaba. Gracias a Bill, ahora tenía un poco más de confianza sobre mi atractivo físico.

—Eh, soy tu cita de esta noche, ¿recuerdas? Actúo como tal —le dije.

En ese momento volvió la vampira espigada con nuestras bebidas, y brindé haciendo chocar mi copa con su botella.

—Por nuestra aventura conjunta —dije, y sus ojos se iluminaron. Bebimos.

Descubrí que me encantaban los cócteles de champán.

—Háblame más de tu familia —le pedí, pues disfrutaba escuchando su estruendosa voz. Tendría que esperar a que hubiera más humanos en el bar para empezar a oír los pensamientos ajenos.

Alcide empezó contándome lo pobre que era su padre cuando se metió en el negocio de los peritajes, y el tiempo que le había llevado prosperar. Me hablaba de su madre, cuando Debbie se levantó y vino hacia nosotros.

Era cuestión de tiempo.

—Hola, Alcide —ronroneó. Como él no la había visto acercarse, su fuerte rostro se estremeció—. ¿Quién es tu nueva amiga? ¿La has contratado para la noche?

—Oh, no sólo esta noche —dije con claridad, dedicándole una sonrisa que emparejaba a la perfección con su sinceridad.

—¿En serio? —sus cejas describieron un arco más alto si cabe de lo que ya estaban.

—Sookie es una buena amiga —dijo Alcide, impasiblemente.

—¿Ah, sí? —Debbie no lo creyó—. No hace tanto que me dijiste que no volverías a tener otra «amiga» mientras no pudieras tener… Vaya —sonrió.

Cubrí la enorme mano de Alcide con la mía y lancé a Debbie una mirada que lo decía todo.

—Dime —insistió Debbie, con los labios encrespados en una mueca escéptica—, ¿qué te parece la marca de nacimiento de Alcide?

¿Quién habría podido prever que estaría tan dispuesta a ejercer como la zorra que era? La mayoría de las mujeres tratan de ocultarlo, al menos, ante los desconocidos.

«La tengo en la nalga derecha. Tiene forma de conejo.» Vaya, qué mono. Alcide había recordado lo que le había dicho y me había lanzado directamente un pensamiento.

—Me encantan los conejitos —dije, sin perder la sonrisa, arrastrando la mano hacia la parte inferior de la espalda de Alcide para acariciar, con mucha delicadeza, la parte superior de su nalga.

Por un segundo vi pura rabia en la cara de Debbie. Estaba tan centrada, tan controlada, que su mente resultaba mucho menos opaca que la mayoría de los cambiantes. Estaba pensando en su novio búho, sobre lo malo que era en la cama con respecto a Alcide, aunque le sobraba la pasta y estaba dispuesto a tener hijos, lo cual no pasaba con Alcide. Y ella era más fuerte que el búho, podía dominarlo.

Ella no era ningún demonio (por supuesto, su pobre novio tendría una vida útil muy corta si ella lo fuese), pero tampoco era un encanto de persona.

Debbie podría haber salvado los trastos, pero al descubrir que yo conocía el pequeño secreto de Alcide se volvió loca. Cometió un gran error.

Me repasó con una mirada tan incendiaria que podría haber paralizado a un león.

—Se ve que has estado en el salón de Janice hoy —dijo, reparando en los rizos que me caían de forma casual y en las uñas. Su pelo liso había sido cortado en grupos asimétricos y pequeños mechones de longitud variable, haciéndole parecer una perra en un espectáculo canino, puede que una afgana. Su estrecha cara potenciaba la similitud—. De allí no sale nadie que parezca vivir en este siglo.

Alcide abrió la boca, con los músculos tensos por la rabia. Puse mi mano sobre su brazo.

—¿Qué opinión tienes tú sobre mi pelo? —pregunté con mucha tranquilidad, moviendo la cabeza para que los rizos me acariciaran los hombros. Cogí la mano de Alcide y entrelacé sus dedos con los rizos que me caían sobre el pecho. ¡Vaya, eso se me daba bien! Sookie, la gatita salida.

Alcide contuvo el aliento. Sus dedos se pasearon por mis rizos y sus nudillos rozaron mi clavícula.

—Creo que está precioso —dijo él con una voz sincera y ronca.

Le sonreí.

—Parece que en vez de contratarte, te ha alquilado —dijo Debbie, ahondando en su error irreparable.

Era un insulto terrible, para ambos. Necesité cada gramo de determinación disponible para mantener el control que se le suponía a una dama. Sentí el yo primitivo, mi yo más auténtico, nadar hacia arriba hasta casi emerger a la superficie. Permanecimos sentados, observando a la cambiante, quien palideció ante el silencio.

—Vale, no debí decir eso —dijo, nerviosa—. Olvídalo.

Como era una cambiante, me habría dado mil vueltas en una pelea justa. Pero, por supuesto, llegado el caso, mi intención era hacer trampas.

Me recliné hacia delante y apunté con una de las uñas rojas a sus pantalones de cuero.

—¿No había otro disfraz?

Inesperadamente, Alcide estalló en risas. Le sonreí mientras redoblaba sus carcajadas y, cuando volví a alzar la mirada, Debbie volvía a grandes zancadas a su fiesta, cuyos participantes habían guardado silencio durante nuestro breve encuentro.

Recordatorio: no ir al aseo sola durante la noche.

Cuando pedimos la segunda ronda, el sitio ya estaba lleno. Vinieron algunos amigos licántropos de Alcide, un grupo amplio. Los licántropos viajan en manadas, según tengo entendido. En los cambiantes depende del animal en el que cada cual se transforme más a menudo. A pesar de su teórica versatilidad, Sam me dijo que los cambiantes suelen transformarse siempre en el mismo tipo de animal, que suele ser una criatura por la que sienten alguna afinidad. Y pueden llamarse entre sí por el nombre de dicha criatura: perro, murciélago, tigre. Pero nunca «licántropos» a secas, que era un término reservado para los hombres lobos. Los auténticos licántropos menospreciaban esa diversidad en la transformación, y no tenían en buena estima a los cambiantes en general. Los hombres lobo, licántropos por excelencia, se consideraban la crema de la crema en la sociedad de los cambiantes.

Los demás cambiantes, por su parte, según me explicó Alcide, consideraban a los licántropos como los matones del escenario sobrenatural.

—Y no somos pocos en los negocios de la construcción —dijo, como si tratara de ser justo—. Muchos licántropos son mecánicos, albañiles, fontaneros o cocineros.

—Oficios útiles —dije.

—Sí —coincidió—, pero no precisamente de alto nivel social. Así que, si bien colaboramos unos con otros, hasta cierto punto existe mucha discriminación de clase.

Llegó un pequeño grupo de licántropos moteros. Todos lucían el mismo chaleco de cuero con una cabeza de lobo en la espalda que el que me había atacado en el Merlotte's. Me pregunté si habrían empezado a echar en falta a su camarada. ¿Tendrían ya una idea más clara de a quién estaban buscando? ¿Qué harían si descubrían quién era yo? Los cuatro hombres pidieron otras tantas jarras de cerveza y empezaron a hablar de forma muy reservada, con las cabezas muy juntas y las sillas pegadas a la mesa.

Un *disc-jockey*, que parecía vampiro, empezó a pinchar con el volumen perfecto; las canciones eran identificables, pero se podía seguir hablando.

—Bailemos —sugirió Alcide.

Eso no me lo esperaba; pero me acercaría a los vampiros y a sus humanos, así que acepté. Alcide me apartó la silla y me cogió de la mano mientras nos dirigíamos a la pequeña pista de baile. El vampiro cambió el estilo de un *heavy metal* a algo de Sarah McLachlan. Era *Good Enough*, lento, pero con ritmo.

No sé cantar, pero sí bailar, y, al parecer, Alcide también.

Lo bueno de bailar es que puedes no hablar durante un rato, si te has quedado sin tema de conversación. Lo malo es que te vuelve exageradamente consciente del cuerpo de tu compañero. Y yo ya era muy consciente del —que me perdone— atractivo animal de Alcide. Ahora, tan cerca, balanceándome rítmicamente junto a él, siguiendo cada movimiento, me sumí en una especie de trance. Cuando terminó la canción, permanecimos en la pequeña pista de baile; en mi caso, con los ojos clavados en el suelo. Cuando empezó la siguiente, un corte más rápido (no sabría decir cuál, aunque mi vida dependiese de ello), volvimos a bailar, y me meneé, contoneé y disfruté con el licántropo.

Entonces, el tipo achaparrado que estaba sentado en un taburete detrás de nosotros le dijo a su compañero vampiro:

—Aún no ha dicho nada. Y Harvey ha llamado hoy. Dice que han registrado la casa, pero que no han encontrado nada.

—Estamos en público —dijo el compañero con voz afilada. El vampiro era un hombre muy pequeño; quizá se hubiera convertido en vampiro cuando la estatura media de los hombres era menor.

Sabía que estaban hablando de Bill, porque el humano estaba pensando en él cuando soltó «Aún no ha dicho nada». Y el humano era un emisor excepcional en cuanto a imágenes y sonidos.

Cuando Alcide trató de apartarme de su órbita, me resistí. Mirando hacia su rostro sorprendido, hice un gesto con los ojos hacia la pareja. Con los ojos me hizo ver que me entendía, pero no pareció muy contento.

Bailar y tratar de leer la mente de otra persona al mismo tiempo no es algo que yo recomendaría. Me esforzaba mentalmente, y mi corazón dio un brinco al percibir la imagen de Bill. Afortunadamente, Alcide se excusó justo entonces para ir al servicio, dejándome en un taburete de la barra, junto al vampiro. Traté de mantener la mirada en los demás bailarines, en el *disc-jockey*, en cualquier cosa excepto el hombre y el vampiro que tenía a la izquierda, el hombre cuya mente trataba de descifrar.

Estaba pensando en lo que había hecho durante el día; había tratado de mantener despierto a alguien, alguien que realmente necesitaba dormir… Un vampiro. Bill.

Mantener a un vampiro despierto durante el día era la peor de las torturas. También era una tarea difícil. La compulsión de dormir cuando amanece es imperativa, y el propio sueño es como la muerte.

Por alguna razón, nunca se me había pasado por la cabeza (quizá porque soy estadounidense) que los vampiros que habían raptado a Bill pudieran estar recurriendo a medidas nocivas para hacerle hablar. Si querían información, naturalmente no iban a esperar a que Bill estuviese de humor para dársela. Estúpida de mí, tonta, tonta, tonta. Incluso a sabiendas de que Bill me había traicionado, de que se le había pasado por la cabeza abandonarme por su amante vampira, sentía un gran dolor por él.

Sobrecogida por mis tristes pensamientos, no percibí el problema cuando estuvo justo a mi lado. Hasta que me agarró del brazo.

Uno de los miembros de la banda de licántropos, un tipo grande de pelo oscuro, muy pesado y que olía muy fuerte, me tenía apresada del brazo. Estaba dejando sus grasientas huellas por toda la manga de mi precioso vestido rojo, y traté de librarme de la presa.

—Ven a nuestra mesa para que te conozcamos un poco, preciosidad —me dijo, dedicándome una sonrisa. Tenía un par de pendientes en una oreja. Me pregunté qué pasaría con ellos durante la luna llena. Pero, casi de inmediato, me di cuenta de que tenía problemas más acuciantes que resolver. La expresión de su cara era excesivamente franca; los hombres no miran así a las mujeres a menos que éstas estén en una esquina con pantalones ajustadísimos y en sujetador: en otras palabras, creía que era una tía fácil.

—No, gracias —le dije educadamente. Tenía la preocupante sensación de que aquello no iba a acabar ahí, pero no perdía nada por probar. Había tenido innumerables experiencias en el Merlotte's con tíos pesados, pero allí siempre conté con ayuda. Sam no toleraba que se metiesen con sus camareras o las insultasen.

—Claro, bonita. Claro que quieres acompañarnos —insistió.

Por primera vez en mi vida, deseé que Bubba estuviera conmigo.

Empezaba a acostumbrarme a que los que me molestaban acabaran mal. Y quizá me estaba acostumbrando demasiado a que otros resolvieran mis problemas.

Pensé en asustar al licántropo con leerle la mente. No debería ser nada complicado: era diáfano para tratarse de uno de su especie. Pero sus pensamientos no sólo eran aburridos y poco sorprendentes (lujuria, agresividad), sino que, si estaban encargados de buscar a la novia del Bill el vampiro, y sabían que era telépata además de camarera, y yo hacía gala de esas habilidades, bueno…

—No, he dicho que no quiero acompañarte —dije con tono inamovible—. Déjame en paz —me deslicé fuera del taburete para evitar que me acorralara.

—No tienes a ningún hombre que te acompañe. Nosotros somos hombres de verdad, cariñito —con la mano libre se tocó las partes. Oh, qué encantador. Eso sí que me ponía cachonda—. Te mantendremos contenta.

—No podrías mantenerme contenta aunque fueses Santa Claus —dije, pisándole el empeine con todas mis fuerzas. Si no hubiera llevado botas de motorista, quizá habría sido una maniobra eficaz. Así las cosas, estuve a punto de romperme un tacón. No dejaba de maldecir mentalmente mis uñas falsas porque me ponían difícil cerrar el puño. Iba a golpearle en la nariz con mi mano libre; un golpe en la nariz duele de lo lindo. Tendría que dejarme en paz.

Me lanzó un gruñido, pero un gruñido de verdad, cuando le clavé el tacón, pero no aflojó la presa. Su mano libre me agarró por el hombro desnudo y me clavó los dedos.

Había tratado de mantenerme tranquila, de resolver aquello sin ajetreos, pero ya habíamos pasado ese punto.

—¡Déjame! —grité, mientras realizaba el heroico intento de clavarle la rodilla en los testículos. Tenía los muslos duros y la postura cerrada, por lo que no pude lanzar un golpe certero. Pero sí conseguí sobresaltarlo y, a pesar de que sus uñas me arañaron el hombro, logré que me soltara.

Parte de aquello se debía al hecho de que Alcide le tenía agarrado por el cogote. El señor Hob apareció justo cuando los demás miembros de la banda se dispusieron a acudir en ayuda de su colega. Por lo que se veía, el trasgo que nos hizo de guía en el establecimiento era también el portero. A pesar de aparentar ser un hombre muy pequeño por fuera, rodeó la cintura del motero con sus brazos y lo levantó sin dificultades. El motero empezó a gritar y el olor a carne quemada se extendió por todo el bar. La camarera esquelética encendió un extractor de alto rendimiento, que sirvió de bastante, aunque se pudieron seguir escuchando los gritos del motero mientras recorría un oscuro y estrecho pasillo del que no me había percatado anteriormente. Debía de conducir a la salida trasera del edificio. Luego se produjo un gran ruido metálico, un grito, y, de nuevo, otro ruido metálico. Estaba claro que habían abierto la puerta de atrás y habían tirado fuera al elemento conflictivo.

Alcide se giró para enfrentarse a los amigos del motero, mientras yo permanecía temblorosa detrás de él. Los arañazos me sangraban. Necesitaba algo de Neosporin*, que era lo que me había puesto siempre mi abuela en todas las heridas cuando me negaba a ponerme Campho-Phenique. Sin embargo, los primeros auxilios tendrían que esperar: al parecer estaba a punto de estallar otra pelea. Miré en derredor en busca de algo que pudiera servir como arma, y vi que la camarera se había hecho con un bate de béisbol y lo había depositado sobre la barra. No perdía detalle de la situación. Cogí el bate y me puse junto a Alcide. Puse el bate en posición y aguardé al siguiente movimiento. Tal como me había enseñado mi hermano Jason (después de tantas peleas en bares, me temo), me centré en un hombre concreto, me imaginé a mí misma agitando el bate y golpeándolo en la rodilla, que era más accesible que la cabeza. Eso bastaría para derribarlo, con toda seguridad.

Entonces, alguien entró en el territorio de nadie que había entre Alcide y yo y los otros licántropos. Era el pequeño vampiro, el que había estado hablando con el humano cuya mente había sido tal fuente de malas noticias.

Mediría 1,65 con los zapatos puestos y también era de constitución ligera. Cuando murió, tendría veintipocos.

* Marca comercial de un antibiótico de aplicación tópica. *(N. del T.)*

De rostro muy afeitado y pálido, sus ojos eran del color del chocolate amargo, en fuerte contraste con su pelo rojo.

—Señorita, lamento el inconveniente —dijo con voz suave y un acusado acento del sur. No escuchaba un acento tan marcado desde que mi bisabuela muriera veinte años atrás.

—Lamento que se haya perturbado la paz del bar —dije, aunando tanta dignidad como me fue posible con un bate de béisbol en la mano. Me había deshecho instintivamente de mis zapatos de tacón para poder luchar mejor. Abandoné mi postura de combate y le dediqué una inclinación de cabeza, aceptando su autoridad.

—Ustedes deberían marcharse ya —dijo el hombrecillo, volviéndose hacia el grupo de licántropos—, después de disculparse con esta señorita y su acompañante.

Se removieron, incómodos, pero ninguno de ellos quiso ser el primero en dar su brazo a torcer. Uno de ellos, aparentemente más joven y tonto que los demás, era rubio, con una tupida barba y lucía un pañuelo de colores vivos en la cabeza de un modo bastante estúpido. Llevaba el fuego de la batalla en los ojos; con tanto orgullo no podría copar con la situación. El motero telegrafió su movimiento antes de emprenderlo siquiera y, rápida como un rayo, lancé el bate al vampiro, que lo cogió con un movimiento tan rápido, que mis ojos no fueron capaces de registrarlo. Lo utilizó para romper la pierna del licántropo.

El bar estaba sumido en un absoluto silencio mientras el motero herido era arrastrado por sus compañeros.

—Disculpen, disculpen —decían los licántropos al unísono, mientras se llevaban al rubio.

La música volvió a sonar, el pequeño vampiro devolvió el bate a la barman, Alcide me escrutó en busca de heridas y yo empecé a temblar.

—Estoy bien —dije, deseando que todo el mundo mirara hacia otra parte.

—Pero está usted sangrando, querida —dijo el vampiro.

Era verdad; mi hombro aún sangraba por culpa de las uñas del motero. Conocía la etiqueta habitual, así que me incliné hacia delante para que el vampiro me lamiera la herida.

—Gracias —dijo al instante, antes de lanzar un lengüetazo. Sabía que me curaría mejor y más rápido con su saliva, así que me quedé quieta, aunque, a decir verdad, era como dejar que alguien se lo hiciese conmigo en público. A pesar de mi incomodidad, sonreí, aunque sé que la sonrisa no era tampoco del todo cómoda. Alcide me cogió de la mano, lo cual me tranquilizó.

—Lamento no haber vuelto antes —se disculpó.

—No podías saberlo —lametón, lametón, lametón. Oh, vamos, ya debía de haber dejado de sangrar.

El vampiro se estiró, se relamió y me sonrió.

—Ha sido toda una experiencia. Permita que me presente, me llamo Russell Edgington.

Russell Edgington, rey de Misisipi; por la reacción de los moteros, ya me lo temía.

—Es un placer conocerle —dije educadamente, preguntándome si debía hacer una reverencia. Pero no se había presentado por su título—. Yo soy Sookie Stackhouse, y éste es mi amigo, Alcide Herveaux.

—Hace años que conozco a la familia Herveaux —dijo el rey de Misisipi—. Es un placer tenerte aquí, Alcide. ¿Cómo está tu padre? —podría haberse tratado de una escena típicamente diurna frente a la iglesia presbiteriana, en lugar de un bar de vampiros a media noche.

—Bien, gracias —dijo Alcide, un poco rígido—. Lamentamos los problemas.

—No ha sido culpa vuestra —dijo el vampiro con gentileza—. A veces, los hombres tienen que dejar a sus mujeres a solas, y las mujeres no son culpables de los malos modales de los necios —dijo Edgington, dedicándome una reverencia. No tenía la menor idea de cómo corresponder, pero una inclinación más profunda parecía la opción más juiciosa—. Eres como una rosa que crece en un jardín desatendido, querida.

«Y tú estás hasta arriba de mierda.»

—Gracias, señor Edgington —dije, bajando la mirada para que no leyera el escepticismo en mis ojos. Quizá debería haberle llamado «alteza»—. Alcide, creo que ya he tenido suficiente por esta noche —añadí, tratando de sonar suave y amable, a la par que agitada. No me resultó muy difícil.

—Claro, cariño —dijo él al instante—. Deja que vaya a por tus cosas —emprendió el camino hacia la mesa sin perder el tiempo, que Dios lo bendiga.

—Bien, señorita Stackhouse, nos encantaría que volviese mañana por la noche —invitó Russell Edgington. Su amigo humano estaba detrás de él, con las manos posadas sobre los hombros de Russell. El vampiro subió una de sus manos para dar unas palmadas en la del otro—. No quisiéramos que se espantara por los malos modales de un individuo.

—Gracias, se lo mencionaré a Alcide —dije, arrancando todo atisbo de entusiasmo de mi voz. Esperaba parecer subordinada con respecto a Alcide, sin llegar a la ñoñería. La gente ñoña no dura mucho cerca de los vampiros. Russell Edgington estaba convencido de que irradiaba la apariencia de un caballero sureño al viejo estilo, y si eso era lo que quería, nada me costaba alimentarlo.

Alcide regresó con una expresión sombría.

—Me temo que tu chal ha tenido un accidente —dijo, y supe que estaba furioso—. Supongo que fue Debbie.

Mi precioso chal de seda tenía un enorme agujero de quemadura. Traté de mantenerme impasible, pero no se me dio demasiado bien. Lo cierto es que las lágrimas empezaron a agolparse en mi ojos, supongo que porque el incidente con el motero ya me había predispuesto.

Edgington, por supuesto, no perdía detalle de todo aquello.

—Mejor el chal que yo —dije, tratando de encoger los hombros. Obligué a las comisuras de mis labios a que transformaran mi boca en una sonrisa. Al menos, mi pequeño bolso parecía intacto, aunque no llevaba en él más que mi maquillaje y el pintalabios rojo, así como dinero suficiente para pagar la cena. Para gran bochorno mío, Alcide se quitó la chaqueta de su traje y la dispuso para que yo me la pusiera sobre los hombros. Empecé a protestar, pero su mirada denotaba que no iba a aceptar un no por respuesta.

—Buenas noches, señorita Stackhouse —se despidió el vampiro—. ¿Te veré mañana, Herveaux? ¿Los negocios te mantienen en Jackson?

—Así es —dijo Alcide amablemente—. Me alegro de haberte visto, Russell.

La camioneta estaba fuera cuando salimos. La acera no parecía menos amenazadora que cuando habíamos llegado. Me preguntaba cómo podían llevar a cabo todos esos efectos, pero estaba demasiado deprimida para interrogar a mi acompañante.

—No debiste darme tu abrigo, tienes que estar muerto de frío —dije, cuando ya llevábamos un par de manzanas recorridas.

—Llevo puesta más ropa que tú —declaró Alcide.

No temblaba como yo, a pesar de no llevar abrigo. Me arrebujé en él, disfrutando del forro de seda, el calor y el olor.

—No debí dejarte sola con esos cerdos del club.

—Todo el mundo necesita ir al servicio —dije con tranquilidad.

—Debí pedirle a alguien que se quedara contigo.

—Ya soy mayorcita. No necesito que siempre estén cuidando de mí. Paso por infinidad de incidentes como éste en el bar —si mi tono sonaba precavido, era porque lo estaba siendo. No se conoce precisamente el mejor aspecto de los hombres cuando se es camarera, incluso en un lugar como el Merlotte's, donde el propietario cuida de nosotras y casi toda la clientela es conocida.

—Entonces, no deberías trabajar ahí —Alcide sonaba categórico.

—Bien, entonces cásate conmigo y sácame de toda esta miseria —dije, impasible, y obtuve una mirada asustada a cambio. Le sonreí—. Tengo que ganarme la vida, Alcide. Y la verdad es que me gusta mi trabajo.

Parecía pensativo y poco convencido. Era hora de cambiar de tema.

—Tienen a Bill —dije.

—¿Estás segura?

—Sí.

—¿Por qué? ¿Qué podría saber que Edgington quisiera averiguar tan desesperadamente, tanto como para arriesgarse a ir a una guerra?

—No te lo puedo decir.

—Pero ¿lo sabes?

Responder la verdad a esa pregunta significaría que confiaba en él. Me encontraría en el mismo peligro que Bill si salía a la luz que yo sabía tanto como él. Y yo me doblegaría mucho más rápido.

—Sí —dije—. Lo sé.

6

Guardamos silencio en el ascensor. Mientras Alcide abría la puerta del apartamento, yo permanecí apoyada contra la pared. Estaba hecha unos zorros: cansada, confusa y agitada por el incidente con el motero y el vandalismo de Debbie.

Sentía ganas de disculparme, pero no tenía muy claro el porqué.

—Buenas noches —dije, al llegar a la puerta de mi habitación—. Oh, toma. Gracias —me quité su chaqueta y se la di. La dejó colgada sobre uno de los taburetes de la barra de la cocina.

—¿Necesitas que te ayude con la cremallera? —se prestó.

—Sería genial que me la bajaras un poco —le di la espalda. Él me la había subido los últimos centímetros mientras me vestía, y agradecí que pensara en ello antes de desaparecer en su habitación.

Sentí sus grandes dedos en mi espalda, y el leve siseo de la cremallera. Entonces ocurrió algo inesperado; sentí que me volvía a tocar.

Me estremecí mientras sus dedos recorrían mi piel.

No sabía qué hacer.

No sabía qué era lo que quería.

Me obligué a volverme. Su rostro estaba sumido en la misma incertidumbre que el mío.

—Es el peor de los momentos posibles —dije—. Tú estás en esto de rebote. Yo estoy buscando a mi novio, vale, mi novio infiel, pero aun así…

—Mal momento —convino, y posó sus manos sobre mis hombros. Luego se inclinó y me besó. Apenas hizo falta medio segundo para que mis brazos le rodearan la cintura y que su lengua se metiera en mi boca. Besaba con suavidad. Deseaba pasar mis dedos por su pelo y descubrir la anchura de su pecho, y si su culo estaba realmente tan prieto y respingón como aparentaba tras los pantalones… Oh, demonios. Lo empujé con suavidad.

—Mal momento —dije. Me sonrojé al darme cuenta de que, con la cremallera medio bajada, Alcide podía ver mi sujetador y la parte superior de mis pechos con bastante facilidad. Bueno, menos mal que llevaba un sujetador bonito.

—Oh, Dios —dijo, después de echar una mirada. Hizo un enorme esfuerzo y cerró esos ojos verdes suyos—. Mal momento —volvió a convenir—. Aunque guardo la esperanza de que no tarde mucho en ser un mejor momento.

Sonreí.

—¿Quién sabe? —dije, y retrocedí hacia mi habitación mientras aún podía moverme en esa dirección. Tras cerrar la puerta con suavidad, colgué el vestido rojo, feliz porque aún tuviera buen aspecto y no estuviera manchado. Las mangas estaban hechas un desastre, con marcas de grasa y algo de sangre. Suspiré, apesadumbrada.

Tendría que moverme rápidamente de puerta a puerta cuando quisiera usar el cuarto de baño. No quería provocarle, y mi bata era definitivamente muy corta, de nailon y rosa. Así que me deslicé a toda prisa, ya que podía escuchar a Alcide rebuscando en la cocina. Entre unas cosas y otras, permanecí en el cuarto de baño un rato. Cuando salí, todas las luces del apartamento estaban apagadas, a excepción de la de mi habitación. Cerré las persianas sintiéndome un poco tonta, pues ningún otro edificio de las cercanías tenía cinco pisos. Me puse el camisón rosa, me metí en la cama y leí un capítulo de la novela romántica para calmarme. Era ésa en la que la heroína finalmente se lleva a la cama al héroe, así que no surtió el efecto deseado, pero me sirvió para dejar de pensar en la piel del motero ardiendo al contacto con el trasgo y en la estrecha cara llena de malicia de Debbie. Y para olvidarme de que estaban torturando a Bill.

La escena de amor (en realidad de sexo) azuzó mi imaginación hacia la tibia boca de Alcide.

Apagué la lámpara de la mesilla tras poner el marcapáginas en el libro. Me hundí en la cama y me tapé con las sábanas hasta la cabeza. Por fin me sentía caliente y segura.

Alguien llamó a mi ventana.

Lancé un grito ahogado. Luego, imaginando quién podía ser, me envolví en mi bata, me la até a la cintura y abrí las persianas.

No cabía duda de que Eric estaba flotando al otro lado de la ventana. Volví a encender la lámpara y forcejeé esa ventana que no me era nada familiar.

—¿Qué demonios quieres? —dije, mientras Alcide entraba en la habitación como una exhalación.

Apenas lo miré por encima del hombro.

—Más te vale dejarme en paz y permitirme que duerma un poco —le dije a Eric, ajena a cómo pudiera sonar—, ¡y más te vale dejar de aparecer en medio de la noche esperando que te deje pasar!

—Déjame pasar, Sookie —pidió Eric.

—¡No! Bueno, en realidad es la casa de Alcide. Alcide, tú decides.

Me volví para mirarlo como era debido, y traté de que la boca no se me quedara abierta. Alcide dormía con esos pantalones de cordel largos. Caramba. Si hubiese estado sin camiseta media hora antes, el momento habría sido perfecto.

—¿Qué es lo que quieres, Eric? —inquirió Alcide con mucha más calma que yo.

—Tenemos que hablar —dijo Eric, impaciente.

—Si dejo que pase ahora, ¿puedo rescindir la invitación más tarde? —me preguntó Alcide.

—Claro —le sonreí a Eric—. Puedes hacerlo cuando quieras.

—Vale, puedes pasar, Eric —Alcide quitó la rejilla de la ventana y Eric pasó con los pies por delante. Cerré la ventana cuando pasó. Ahora volvía a tener frío. Alcide tenía el pecho en carne de gallina, y sus pezones… Me obligué a centrar la mirada en Eric.

Eric nos propinó una afilada mirada a ambos; sus ojos azules brillaban como zafiros bajo una luz.

—¿Qué has descubierto, Sookie?

—Los vampiros de la ciudad lo tienen.

Puede que los ojos de Eric se ensancharan un poco, pero aquélla fue toda su reacción. Parecía estar sumido en sus pensamientos.

—¿No corres peligro por estar en el territorio de Edgington de incógnito? —preguntó Alcide. Volvía a hacer eso de apoyarse contra la pared. Él y Eric eran hombres corpulentos, y la habitación parecía atestada de repente. Puede que sus egos estuvieran consumiendo demasiado oxígeno.

—Oh, sí —dijo Eric—. Mucho —añadió con una radiante sonrisa.

Me pregunté si se darían cuenta si me volvía a la cama. Bostecé. Dos pares de ojos se clavaron en mí.

—¿Necesitas algo más, Eric? —pregunté.

—¿Tienes algo más que contarme?

—Sí, lo han torturado.

—Entonces no lo dejarán marchar.

Pues claro que no. No se suelta a un vampiro al que se ha torturado. Tendrías que vigilarte las espaldas por el resto de tu vida. Aunque no había pensado en ello, podía ver la verdad que aquello entrañaba.

—¿Piensas atacar? —no quería estar cerca de Jackson cuando eso ocurriera.

—Deja que me lo piense —dijo Eric—. ¿Vuelves al bar mañana por la noche?

—Sí, Russell me ha invitado.

—Sookie atrajo su atención esta noche —añadió Alcide.

—¡Eso es perfecto! —saltó Eric—. Mañana siéntate con la gente de Edgington y bárreles el cerebro, Sookie.

—Es algo que jamás se me habría ocurrido, Eric —dije, aburrida—. Vaya, no sabes cuánto me alegro de que me hayas despertado esta noche para explicármelo.

—No ha sido nada —dijo Eric—. Siempre que quieras que te despierte, Sookie, sólo tienes que decírmelo.

Suspiré.

—Lárgate, Eric. Buenas noches de nuevo, Alcide.

Alcide se envaró, a la espera de que Eric volviese a salir por la ventana. Eric esperó a que Alcide se marchara.

—Rescindo la invitación a mi apartamento —dijo Alcide, y, de forma abrupta, Eric se dirigió hacia la ventana, la abrió y se lanzó al exterior. No dejaba de mirar con el ceño fruncido. Una vez fuera, recuperó la compostura y nos sonrió, saludando mientras descendía hasta desaparecer.

Alcide cerró la ventana de golpe y bajó las persianas.

—No, hay muchos hombres a los que no les gusto en absoluto —le dije. Vale, esa vez había sido fácil de leer.

Me lanzó una mirada extraña.

—¿De verdad?

—Sí.

—Si tú lo dices.

—La mayoría de la gente, o sea, la gente normal… piensa que estoy como una cabra.

—¿De veras?

—¡Que sí! Y les pone muy nerviosos que les sirva.

Empezó a reírse, una reacción que distaba tanto de lo que yo había pretendido, que no se me ocurrió qué decir a continuación.

Salió de la habitación, aún entre risas.

Vaya, eso sí que había sido raro. Apagué la lámpara y me quité la bata, extendiéndola a los pies de la cama. Volví a hundirme entre las sábanas, con la manta subida hasta la barbilla. Fuera estaba muy oscuro y hacía mucho frío, pero allí estaba yo, al fin, caliente, segura y sola.

Muy, muy sola.

A la mañana siguiente, Alcide ya se había marchado cuando yo me levanté. El sector de la construcción y del peritaje madruga mucho, y yo estaba acostumbrada a dormir hasta tarde, en parte debido a mi trabajo en el bar y en parte porque salía con un vampiro. Si quería pasar tiempo con Bill, tenía que ser por la noche, obviamente.

Había una nota pegada a la cafetera. Me dolía un poco la cabeza, dado que no estoy acostumbrada a beber y la noche anterior tomé un par de copas. No se trataba realmente de una resaca, pero tampoco estaba de mi habitual y alegre humor. Bizqueé para leer la nota.

«Estoy haciendo unos recados. Siéntete como en casa. Estaré de vuelta por la tarde.»

Por un momento me sentí decepcionada y alicaída, pero me recuperé. Tampoco era que él hubiera acudido a mí tras planear un fin de semana romántico o que nos conociéramos bien. Alcide había recibido la obligación de mi compañía. Me encogí de hombros y me serví un café. Me hice unas tostadas y puse las noticias. Tras ver un ciclo de titulares de la CNN, decidí ducharme. Me tomé mi tiempo. ¿Qué otra cosa tenía que hacer?

Corría el peligro de experimentar un estado desconocido: el aburrimiento.

En casa siempre había algo que hacer, aunque no fuese algo de lo que disfrutara particularmente. Cuando tienes una casa, siempre hay alguna tarea pendiente. En Bon Temps siempre me quedaba la biblioteca, la tienda de todo a un dólar o el supermercado. Desde que salía con Bill, también le había hecho algunos recados que sólo podían realizarse de día, cuando las oficinas están abiertas.

Cuando Bill se cruzó por mi mente, estaba tironeando de un mechón de pelo de mi flequillo, inclinándome sobre el lavabo mientras me miraba al espejo del baño. Tuve que dejar las pinzas y me senté en el borde de la bañera. Mis sentimientos hacia Bill eran tan confusos y conflictivos, que no vi la posibilidad de aclararlos a corto plazo. Pero ser consciente de que estaba metido en problemas y que no sabía dónde encontrarlo era una losa insoportable. Jamás creí que nuestra relación de amor iría como la seda. Después de todo, se trataba de una relación entre dos especies distintas. Y Bill era mucho mayor que yo. Pero ese doloroso cisma que sentía ahora que había desaparecido... era algo que jamás habría imaginado.

Me puse unos vaqueros y un suéter e hice la cama. Ordené todo mi maquillaje en el cuarto de baño y colgué la toalla. Habría arreglado también la habitación de Alcide de no sentir que sería impertinente tocar sus cosas. Así que leí unos cuantos capítulos de mi libro, hasta que llegué a la conclusión de que no podía quedarme sentada en el apartamento por más tiempo.

Dejé una nota a Alcide diciendo que había salido de paseo, y bajé en el ascensor con un hombre vestido de manera informal que llevaba una bolsa de palos de golf. Reprimí el impulso de decir: «¿Va a jugar a golf?», y me limité a decir que era un buen día para pasear. Estaba despejado, hacía sol y la temperatura superaba los diez grados. Era un día alegre, con todos los adornos navideños brillando al sol y mucho tráfico por las compras.

Me preguntaba si Bill estaría de regreso en casa por Navidad. Me preguntaba si podría acompañarme a la iglesia en Nochebuena, o si querría hacerlo. Pensé en la nueva sierra Skil que le había comprado a Jason; había hecho que me la reservaran en el Sears de Monroe hacía meses, y la había recogido apenas hacía una semana. Había comprado un juguete para cada uno de los hijos de Arlene, y un suéter para ella. Lo cierto es que no me quedaba nadie más a quien comprarle un regalo, y resultaba patético. Decidí que le compraría un CD a Sam ese año. La idea me alegró. Me encanta hacer regalos. Habrían sido mis primeras Navidades con novio...

Oh, demonios, había completado el ciclo, como los titulares de las noticias.

—¡Sookie! —me llamó una voz.

Sacada con sobresalto de mis propias preocupaciones, miré alrededor para ver que Janice me estaba saludando desde la puerta de su establecimiento, al otro lado de la calle. Inconscientemente, había tomado el camino que conocía. Le devolví el saludo.

—Ven aquí —dijo.

Fui hasta la esquina y crucé en el semáforo. El negocio estaba concurrido, y Jarvis y Corinne estaban hasta arriba de clientes.

—Esta noche habrá muchas fiestas navideñas —me explicó Janice, mientras sus manos recogían el pelo negro de una señora que le llegaba a los hombros—. Los sábados no solemos abrir después de las doce.

La mujer, cuyas manos estaban decoradas con un impresionante conjunto de todo tipo de anillos de diamantes, no paraba de hojear un ejemplar de *Southern Living* mientras Janice trabajaba en su cabeza.

—¿Te suena bien esto? —le preguntó a Janice—. Albóndigas de jengibre —una brillante uña señalaba la receta.

—¿Es algo oriental? —preguntó Janice.

—Hmmm, algo así —leyó la receta entera—. Nadie más se atrevería con algo así —dijo entre dientes—. Se podrían presentar en palillos.

—¿Qué vas a hacer hoy, Sookie? —me preguntó Janice cuando estuvo segura de que su clienta tenía las ideas puestas en la carne picada.

—Dar una vuelta, poco más —dije, encogiéndome de hombros—. Tu hermano me ha dejado una nota diciendo que iba a hacer unos recados.

—¿Te ha dejado una nota diciendo lo que iba a hacer? Chica, deberías sentirte orgullosa. Ese hombre no ha puesto un bolígrafo sobre el papel desde los días del instituto —me miró de reojo y sonrió—. ¿Os lo pasasteis bien anoche?

Me lo pensé.

—Ah, no estuvo mal —dije, dubitativa. Al fin y al cabo, el baile estuvo bien.

Janice estalló en una carcajada.

—Si tienes que pensártelo tanto, no debió de ser una noche perfecta.

—La verdad es que no —admití—. Hubo una especie de pelea en el bar, y tuvieron que expulsar a un tipo. Y, bueno, Debbie estaba allí.

—¿Cómo fue su fiesta de compromiso?

—Había mucha gente en su mesa —dije—. Pero, al cabo de un rato, se acercó a nosotros y nos hizo un montón de preguntas —sonreí ante el recuerdo—. ¡Lo que está claro es que no le gustó un pelo ver a Alcide con otra!

Janice volvió a reírse.

—¿Quién se ha comprometido? —preguntó la clienta, decidiendo que la receta no le convencía.

—Oh, Debbie Pelt. La que solía salir con mi hermano —informó Janice.

—La conozco —dijo la mujer del pelo negro con un eco de placer en la voz—. ¿Salía con tu hermano, Alcide? ¿Y cómo es que se va a casar con otro?

—Se casa con Charles Clausen —dijo Janice, agitando la cabeza con gravedad—. ¿Lo conoces?

—¡Pues claro! Fuimos juntos al instituto. ¿Se casa con Debbie Pelt? Bueno, pues mejor él que tu hermano —dijo la clienta con aire confidencial.

—Ya lo había pensado yo —dijo Janice—, pero ¿sabes algo que no sepa?

—Esa Debbie se trae cosas raras entre manos —dijo la del pelo negro, arqueando las cejas para enfatizar sus palabras.

—¿Como qué? —pregunté, casi conteniendo la respiración ante la expectación. ¿Sería posible que esa mujer supiera acerca de los cambiantes y los licántropos? Mis ojos se encontraron con los de Janice y vi la misma aprensión en ellos.

Janice sabía lo de su hermano. Conocía su mundo.

Y sabía que yo también.

—Dicen que adoran al diablo —nos reveló la del pelo negro—. Brujería.

Ambas nos quedamos mirando a su reflejo en el espejo. Había conseguido la reacción que estaba buscando. Asintió con satisfacción. La adoración del diablo y la brujería no eran exactamente sinónimos, pero no tenía intención de discutir con esa mujer; no era ni el lugar ni el momento apropiado.

—Sí, señora, eso es lo que llega a mis oídos. En cada luna llena, ella y sus amigos se van al bosque y hacen cosas, aunque nadie sabe exactamente el qué —admitió.

Janice y yo exhalamos a la vez.

—Oh, Dios mío —dije con un hilo de voz.

—Entonces tanto mejor si mi hermano ha roto con ella. No nos gustan esas cosas —dijo Janice con tono puritano.

—Por supuesto que no —convine.

En ese momento, nuestras miradas no se encontraron.

Después de ese pequeño episodio, hice por marcharme, pero Janice me preguntó qué me iba a poner esa noche.

—Oh, es un vestido de color champán —dije—. Más bien beis brillante.

—Entonces las uñas rojas no servirán —dijo Janice—. ¡Corinne!

A pesar de todas mis protestas, salí del establecimiento con las uñas de las manos y los pies de color bronce, y Jarvis volvió a arreglarme el pelo. Traté de pagar a Janice, pero, como mucho, dejó que diera una propina a sus empleados.

—Nunca me habían agasajado tanto en la vida —le confesé a Janice.

—¿A qué te dedicas, Sookie? —de alguna manera, el tema no había salido el día anterior.

—Soy camarera —dije.

—Eso sí que es un cambio con respecto a Debbie —dijo Janice. Parecía pensativa.

—¿Ah, sí? ¿A qué se dedica ella?

—Es asistente legal.

No cabía duda de que Debbie tenía una ventaja en cuanto a su educación. Yo no llegué a la universidad. Económicamente habría sido complicado, aunque supongo que podría haber encontrado una solución. Pero mi tara ya me dificultó bastante el paso por el instituto. Una adolescente telépata puede pasarlo muy mal allí, os lo puedo jurar. Y por aquel entonces apenas lo podía controlar. Cada día había sido un cúmulo de dramas: los dramas de otros chavales. Tratar de concentrarme para escuchar en clase, hacer exámenes en una clase llena de cerebros que no paraban de zumbar… Lo único que se me daba bien era hacer los deberes en casa.

A Janice no pareció importarle demasiado que fuese camarera, profesión no precisamente destinada a impresionar a los familiares de un novio.

Tuve que recordarme de nuevo que mi relación con Alcide no era más que un arreglo temporal que él nunca había pedido, y cuando descubriese el paradero de Bill —eso, Sookie, ¿recuerdas a tu novio, Bill?— no volvería a ver a Alcide. Bueno, podría pasarse por el Merlotte's si le pillaba de camino entre Shreveport y Jackson, pero eso sería todo.

Janice esperaba que yo pasara a formar parte de la familia permanentemente. Era un encanto. Me caía estupendamente. Casi me encontré deseando gustarle realmente a Alcide y que hubiese una verdadera probabilidad de convertirme en cuñada de Janice.

Dicen que soñar es gratis, pero el caso es que a veces sale caro.

7

Cuando volví, Alcide estaba esperándome. Un montón de regalos envueltos sobre la encimera de la cocina me dieron una pista de lo que había hecho a lo largo de la mañana. Alcide había salido a rematar sus compras navideñas.

A juzgar por su aspecto avergonzado (no era precisamente el señor Sutil), había hecho algo que no estaba seguro de si me gustaría. Fuese lo que fuese, aún no estaba preparado para contármelo, así que traté de ser educada y no meterme en su cabeza. Mientras atravesaba el escueto pasillo formado por la pared del dormitorio y la encimera de la cocina, olí algo menos agradable. ¿Habría basura que sacar? ¿Qué basura íbamos a haber generado en tan poco tiempo y con tan mal olor? Pero recordar el placer de haber hablado con Janice, y disfrutar con el de tener delante a su hermano me ayudaron a olvidar.

—Tienes buen aspecto —dijo.

—Hice una visita a Janice —temí que pensara que me estaba aprovechando de la generosidad de su hermana—. Se le da muy bien que una acepte lo que en un principio no quería aceptar.

—Es buena —dijo llanamente—. Sabe lo mío desde que íbamos al instituto, y jamás se lo ha contado a nadie.

—Doy fe.

—¿Cómo…? Ah, ya —agitó la cabeza—. Como pareces la persona más normal del mundo, a veces me cuesta recordar tus habilidades.

Nadie lo había definido así nunca.

—De camino hacia aquí, ¿oliste algo extraño por…? —empezó, pero entonces sonó el timbre.

Alcide fue a responder mientras yo me quitaba el abrigo.

Parecía contento, y me volví para mirar la puerta con una sonrisa. El joven que entró no se sorprendió de verme, y Alcide me lo presentó como el marido de Janice, Dell Phillips. Le estreché la mano, esperando disfrutar de su compañía tanto como lo hacía de la de Janice.

Me tocó muy brevemente, y luego me ignoró.

—Me preguntaba si te podrías pasar esta tarde para ayudarme con las luces navideñas —dijo Dell, dirigiéndose a Alcide, y sólo a Alcide.

—¿Dónde está Tommy? —preguntó Alcide. Parecía decepcionado—. ¿No lo has traído para que lo vea? —Tommy era el bebé de Janice.

Dell me miró y meneó la cabeza.

—Tienes una mujer aquí, no me pareció apropiado. Está con su madre.

El comentario resultó tan inesperado, que lo único que pude hacer fue permanecer allí en silencio. La actitud de Dell también cogió a Alcide por sorpresa.

—Dell —dijo—, no seas maleducado con mi amiga.

—Duerme en tu apartamento, yo diría que es más que una amiga —sentenció Dell—. Lo siento, señorita, pero esto no me parece correcto.

—No juzguéis y no seréis juzgados —dije, esperando no sonar tan furiosa como mi atenazado estómago me decía que estaba. Quizá citar la Biblia no fuera lo más apropiado cuando una está sumida en un mar de ira. Me metí en el cuarto de invitados y cerré la puerta.

Cuando escuché que Dell Phillips se marchaba, Alcide llamó a la puerta.

—¿Quieres jugar al Scrabble? —me preguntó.

—Claro —parpadeé.

—Mientras buscaba las cosas de Tommy, compré un juego.

Ya lo había colocado sobre la mesa de centro, frente al sofá, pero no había sentido la confianza suficiente como para quitarle el envoltorio y preparar el tablero.

—Serviré unas Coca-Colas —dije. No era la primera vez que notaba que el apartamento estaba bastante frío, aunque, por supuesto, se estaba mejor que en la calle. Lamenté no haberme traído una sudadera, y me pregunté si ofendería a Alcide preguntando si podía subir un poco la calefacción. Entonces recordé lo cálida que era su piel, e imaginé que era una de esas personas calurosas. O quizá todos los licántropos fueran así. Me puse el suéter que había usado el día anterior, pasándolo con cuidado por el pelo.

Alcide se había sentado en el suelo, a un lado de la mesa, y yo hice lo propio en el otro. Había pasado mucho tiempo desde que cualquiera de los dos hubiera jugado al Scrabble, así que repasamos las reglas durante un momento antes de empezar.

Alcide se había graduado en la Politécnica de Luisiana. Yo no había ido a la universidad, pero leía mucho, así que estábamos bastante igualados en cuanto a nuestro vocabulario. Alcide era mejor estratega, y parecía que yo pensaba más deprisa.

Hice buena puntuación con «azotar», a lo que él me sacó la lengua. Yo me reí, y él dijo:

—No me leas la mente, eso es trampa.

—Jamás se me ocurriría hacer tal cosa —dije tímidamente, y me miró con el ceño fruncido.

Perdí, pero sólo por doce puntos. Tras reunir las piezas entre amables discusiones, Alcide se incorporó y llevó los vasos a la cocina. Los depositó y empezó a buscar por los armarios, mientras yo guardaba las piezas y colocaba la tapa.

—¿Dónde quieres que ponga esto? —pregunté.

—Oh, en el armario, junto a la puerta. Hay un par de estantes.

Me puse la caja bajo el brazo y me dirigí hacia el armario. El olor que había notado antes parecía más fuerte.

—¿Sabes, Alcide? —dije, esperando no sonar demasiado picajosa—. Hay algo que huele a podrido por aquí.

—También me he dado cuenta. Por eso estoy aquí rebuscando en los armarios. Puede que haya un ratón muerto.

Giré el pomo mientras hablaba.

Descubrí el origen del olor.

—Oh, no —dije—. Oh, no, no, no, no, no.

—No me digas que se ha colado una rata y se ha muerto ahí —dijo Alcide.

—No es una rata —corregí—. Es un licántropo.

Había un estante sobre una barra, y el armario no era muy grande; estaba previsto más que nada para guardar los abrigos de los visitantes. Ahora todo lo llenaba el hombre moreno del Club de los Muertos, el que me había agarrado del hombro. Estaba muerto de verdad. Llevaba varias horas así.

Fui incapaz de desviar la mirada.

La presencia de Alcide a mis espaldas resultó un inesperado alivio. Miró por encima de mi cabeza mientras posaba sus manos sobre mis hombros.

—No hay sangre —dije con voz nerviosa.

—El cuello —Alcide estaba tan conmocionado como yo.

Su cabeza descansaba literalmente sobre su hombro, aún prendida al tronco. Qué asco. Tragué saliva con fuerza.

—Deberíamos llamar a la policía —dije, sin sonar demasiado segura de ello. Reparé en la forma en la que habían encajado el cuerpo en el armario. El muerto estaba casi de pie. Supongo que lo habían metido a empujones, y quienquiera que lo hubiera hecho forzó la puerta para cerrarla. Se había quedado tieso en esa posición.

—Pero si llamamos a la policía… —la voz de Alcide se fue desvaneciendo. Respiró profundamente—. Jamás creerán que no lo hicimos nosotros. Tomarán declaración a sus amigos, y ellos dirán que estuvo en el Club de los Muertos anoche, y lo comprobarán. Descubrirán que tuvimos un rifirrafe porque se metió contigo. Nadie creerá que no tuvimos nada que ver en su muerte.

—Por otra parte —dije lentamente, pensando en voz alta—, ¿crees que mencionarían de verdad el Club de los Muertos?

Alcide se lo pensó. Se puso el dedo gordo sobre la boca mientras reflexionaba.

—Quizá tengas razón. Y si no sacan lo del Club de los Muertos, ¿cómo explicarían el…, eh, enfrentamiento? ¿Sabes lo que harían? Querrían arreglar el problema por su cuenta.

Era un argumento irrefutable. Me di por vencida: nada de policía.

—Entonces, tendremos que encargarnos de él —dije, entrando en materia—. ¿Cómo lo haremos?

Alcide era un hombre práctico. Estaba acostumbrado a solucionar problemas, empezando siempre por el más importante.

—Hemos de llevarlo al campo. Para ello, tendremos que bajarlo al aparcamiento —dijo, al cabo de unos minutos de meditación—. Y para eso habrá que envolverlo.

—¿La cortina de la ducha? —sugerí, haciendo un gesto con la cabeza en dirección al cuarto de baño—. Hmmm, ¿sería posible que cerrásemos el armario y fuésemos a otra parte mientras lo pensamos?

—Claro —dijo Alcide, de repente tan ansioso como yo de perder de vista el tétrico espectáculo que teníamos delante.

Así que nos quedamos en el salón y tuvimos nuestra sesión de planificación. Lo primero que hice fue apagar la calefacción de todo el apartamento y abrir las ventanas. El cadáver no había delatado su presencia antes porque a Alcide le gustaba mantener la temperatura baja, y porque la puerta del armario estaba bien cerrada. Ahora teníamos que dispersar el mal olor, aunque fuera leve.

—Son cinco pisos, y no creo que pueda acarrear con él tanto —dijo Alcide—. Tendremos que bajarlo en el ascensor al menos un tramo. Ésa es la parte más peligrosa.

Seguimos debatiéndolo y refinando ideas, hasta que llegamos a la conclusión de que teníamos un plan viable. Alcide me preguntó dos veces si me encontraba bien, y por dos veces lo tranquilicé. Concluí que se le estaría pasando por la cabeza que quizá podría estallar en un brote de histeria o desmayarme.

—Nunca he sido demasiado remilgada —dije—. No va conmigo.

Si Alcide esperaba o deseaba que le pidiera sales aromáticas, o le rogara que me salvara, a mí, la pobre niña asustada, del lobo grande y malo, se había equivocado de mujer.

Estaba decidida a mantener la serenidad, aunque eso no significara exactamente que estuviese tranquila. Me encontraba tan nerviosa cuando fui a buscar la cortina de la ducha, que tuve que refrenar mi impulso de arrancarla de las anillas de plástico. Me obligué a hacerlo lenta y sostenidamente. Inspira, espira, coge la cortina de la ducha y extiéndela sobre el suelo del pasillo.

Era azul y verde, con peces amarillos nadando serenamente en filas iguales.

Alcide había bajado al aparcamiento para dejar su camioneta todo lo cerca posible de la puerta de las escaleras. Había tenido la inteligencia de traerse consigo de vuelta unos guantes de trabajo. Inhaló profundamente mientras se los ponía (quizá no fuese lo más adecuado, dada la proximidad del cadáver). Su rostro se volvió una helada máscara de determinación. Agarró el cadáver por los hombros y tiró de él bruscamente.

Los resultados fueron más dramáticos de lo que nos podríamos haber imaginado. El motero salió despedido del armario de una sola y rígida pieza. Alcide tuvo que saltar a la derecha para esquivar el cuerpo, que chocó contra la encimera de la cocina y luego cayó de lado sobre la cortina de la ducha.

—Caray —dije con voz temblorosa, mientras contemplaba el resultado—. Sí que ha salido bien.

El cadáver estaba casi justo donde lo queríamos. Alcide y yo hicimos un conciso gesto con la cabeza y nos arrodillamos uno a cada lado. Cogimos al tiempo uno de los extremos de la cortina y cubrimos el cuerpo. Luego hicimos lo mismo con el otro. Ambos nos relajamos cuando su rostro quedó cubierto. Alcide también se había subido un rollo de cinta adhesiva (algo que los hombres de verdad siempre llevan en sus camionetas), que usamos para sellar el cadáver dentro de la cortina que lo envolvía. A continuación doblamos los extremos y los sellamos también. Afortunadamente, el licántropo no era muy alto a pesar de ser fornido.

Nos incorporamos y nos permitimos un leve momento para recuperarnos. Alcide habló primero:

—Parece un enorme burrito verde —observó.

Tuve que echarme la mano a la boca para reprimir un acceso de risa. Alcide me miró con ojos sorprendidos sobre el cadáver envuelto. De repente, él también empezó a reírse.

Cuando nos calmamos, le pregunté:

—¿Listo para la segunda fase?

Asintió, y yo me puse el abrigo y pasé junto a Alcide y el cadáver. Me dirigí hacia el ascensor, cerrando la puerta del apartamento tras de mí a toda prisa, por si acaso pasaba alguien.

Justo cuando pulsé el botón, apareció un hombre por la esquina para esperarlo junto a mí. Quizá fuera un familiar de la vieja señora Osburgh, o quizá uno de los senadores había volado de regreso a Jackson. Fuese quien fuese, iba bien vestido y tendría alrededor de sesenta años. Era lo bastante educado como para sentirse obligado a iniciar una conversación.

—Hace un frío que pela, ¿verdad?

—Sí, pero no tanto como ayer —no dejaba de mirar las puertas del ascensor, deseosa de que llegara para marcharnos cuanto antes.

—¿Acaba de mudarse?

Nunca en la vida me había sentido tan irritada con una persona cortés.

—Sólo estoy de visita —dije con un tono de voz que indicaba que la conversación se había acabado.

—Oh —dijo alegremente—, ¿a quién?

Afortunadamente, el ascensor escogió ese preciso momento para llegar y sus puertas se abrieron justo a tiempo para salvar a ese tipo tan amable de que le arrancara la cabeza. Hizo un gesto de la mano para ofrecerme que pasara primero, pero di un paso atrás y dije:

—¡Ay, Dios, me he olvidado las llaves!

Me marché de allí sin mirar hacia atrás. Me dirigí hacia la puerta del apartamento que había junto al de Alcide, el que me dijo que estaba vacío, y llamé a la puerta. Oí cómo se cerraban las puertas del ascensor detrás de mí y lancé un suspiro de alivio.

Cuando imaginé que el señor Palique habría tenido tiempo de llegar a su coche y salir del aparcamiento (a menos que planeara desquiciar al vigilante de seguridad con su cháchara), volví a llamar al ascensor. Era sábado, así que no había forma de prever las agendas de la gente. Según Alcide, muchos de los apartamentos habían sido adquiridos a modo de inversión, y eran subarrendados a los senadores, la mayoría de los cuales estaría ya fuera como preámbulo de las vacaciones. Los que sí vivían allí todo el año, sin embargo, pasarían por el lugar como de costumbre porque no sólo era fin de semana, sino que apenas faltaban quince días para Navidad. Cuando el chirriante ascensor llegó a la quinta planta, estaba vacío.

Volví a acercarme a la 504, llamé dos veces a la puerta y regresé corriendo al ascensor para mantener las puertas abiertas. Alcide salió del apartamento precedido por las piernas del cadáver. Se movió con toda la rapidez posible para un hombre que llevaba un cadáver tieso al hombro.

Aquél fue el momento más vulnerable. El paquete que llevaba encima Alcide se parecía precisamente a un cadáver envuelto en una cortina de ducha. El plástico atenuaba el olor, pero seguía notándose en las distancias cortas. Bajamos un piso sin problemas, y luego el siguiente. En el tercer piso se nos pusieron los pelos como escarpias. El ascensor se detuvo. Para nuestro inmenso alivio, las puertas se abrieron y no había nadie en el pasillo. Lancé una mirada furtiva fuera y hacia la puerta de las escaleras, manteniendo las del ascensor abiertas. A continuación, salí corriendo escaleras abajo delante de él y miré por el panel de cristal de la puerta que daba al aparcamiento.

—Ay, ay —dije, manteniendo una mano en alto. Una mujer de mediana edad y una adolescente estaban descargando el maletero de su Toyota al tiempo que mantenían una fuerte discusión. Habían invitado a la

154

muchacha a una fiesta nocturna, y su madre se negaba en redondo a que fuera.

Ella tenía que ir. Todos sus amigos estarían allí. Y su madre insistía que sólo iría por encima de su cadáver.

Pero mamá, todas las madres dejan ir a sus hijos. Que no.

—Por favor, no decidáis subir por las escaleras —susurré.

Y la discusión escaló en gravedad mientras llamaban el ascensor. Pude escuchar cómo la chica interrumpía su tren de quejas para decir: «Agh, ¡qué mal huele!», antes de que se cerraran las puertas.

—¿Qué pasa? —susurró Alcide.

—Nada. Veamos si dura la calma.

Y así fue. Salí por la puerta en dirección a la camioneta de Alcide lanzando miradas a izquierda y derecha para asegurarme de que estábamos verdaderamente solos. No estábamos a la vista del guarda de seguridad, que seguía en su caseta de cristal en la rampa de acceso.

Abrí el portón trasero de la camioneta; afortunadamente el compartimiento de carga podía cubrirse con un plástico. Echando una nueva mirada más detallada al aparcamiento, volví corriendo a la puerta de las escaleras y le di varios golpes. Al cabo de un segundo, se abrió.

Alcide salió disparado hacia su vehículo más rápido de lo que yo habría creído que podía moverse con la carga que llevaba. Empujamos tanto como pudimos, y el cuerpo quedó finalmente depositado en la zona de carga de la camioneta. Con un gran alivio, cerramos el portón.

—Segunda fase completada —dijo Alcide con un aire que yo habría tildado de aturdido, de no ser un hombre tan grande.

Conducir por las calles de una ciudad con un cadáver a bordo es un espeluznante ejercicio de paranoia.

—No te saltes ni una sola señal de tráfico —le recordé a Alcide, molesta por el tono nervioso con el que me había salido la voz.

—Vale, vale —gruñó con una voz igual de tensa.

—¿Crees que los de ese todo terreno nos están mirando?

—No.

Estaba claro que me vendría muy bien estar callada, así que eso hice. Nos incorporamos a la Interestatal 20, la misma carretera por la que habíamos entrado en Jackson, y avanzamos hasta que los sembrados sustituyeron al panorama urbano.

Cuando llegamos a la altura de la salida de Bolton, Alcide dijo:

—Esto tiene buena pinta.

—Claro —dije. Tenía la sensación de que ya no podía seguir en el vehículo con un cadáver a cuestas. La extensión entre Jackson y Vicksburg es bastante plana y no está elevada; casi todo son campos abiertos ocasionalmente rotos por brazos de río, algo típico de la zona. Salimos de la interestatal y fuimos hacia la zona boscosa del norte. Al cabo de unos kilómetros, Alcide giró a la derecha en una carretera que llevaba años pidiendo a gritos que la volvieran a pavimentar. Los árboles crecían a ambos lados de aquel firme salpicado de parches. El descolorido cielo invernal apenas tenía opciones de iluminar el lugar con tamaña competencia, y yo me estremecí en la cabina de la camioneta.

—No queda mucho —dijo Alcide. Asentí nerviosamente.

Un diminuto camino asfaltado se bifurcaba a la izquierda, y lo señalé. Alcide frenó y analizamos las probabilidades. Intercambiamos un movimiento seco de la cabeza para escenificar nuestro acuerdo. Alcide se metió marcha atrás, lo cual me sorprendió, pero decidí que era buena idea. Cuanto más nos adentrábamos en el bosque, más me gustaba el lugar escogido. Habían cubierto con grava el camino hacía no demasiado tiempo, así que no dejaríamos huellas de neumáticos. Algo es algo. Pensé que era probable que el rudimentario camino condujera hasta un coto de caza, lo cual aseguraba la escasa presencia humana, ahora que la temporada del ciervo se había terminado.

Cuando recorrimos cierta distancia, vi una señal clavada en un árbol. Ponía: «PROPIEDAD PRIVADA DEL CLUB DE CAZA KILEY-ODUM — PROHIBIDO EL PASO».

Seguimos, avanzando marcha atrás por el camino lenta y cuidadosamente.

—Aquí —dijo cuando nos adentramos lo suficiente en el bosque como para no ser vistos desde la carretera. Echó el freno de mano—. Escucha, Sookie, no tienes por qué salir.

—Lo haremos más rápido si trabajamos juntos.

Trató de lanzarme una mirada que me amedrentara, pero yo se la devolví con una expresión pétrea. Finalmente, suspiró.

—Vale, acabemos con esto —dijo.

El aire era frío y húmedo, y esa fría humedad te calaba hasta los huesos si te quedabas un rato quieta. Estaba segura de que la temperatura estaba cayendo en picado, y el cielo despejado de la mañana se estaba convirtiendo en un bonito recuerdo. Era un día adecuado para enterrar un

157

cadáver. Alcide abrió el portón de la camioneta, nos pusimos los guantes y nos dispusimos a tirar del paquete azul y verde. Los alegres peces amarillos parecían casi obscenos en el bosque helado.

—Con todas tus fuerzas —me aconsejó Alcide y, a la cuenta de tres, tiramos cuanto pudimos. Conseguimos sacar la mitad del bulto. Uno de sus extremos sobresalía por el portón de una manera muy fea—. ¿Lista? Otra vez. ¡Una, dos tres! —volví a tirar, y la propia gravedad del cuerpo hizo que cayera directamente en el camino.

Si hubiésemos podido marcharnos en ese momento, me habría sentido mucho mejor; pero habíamos decidido que teníamos que llevarnos de vuelta la cortina de la ducha. A saber cuántas huellas podían extraerse de ella. Y seguro que había pruebas microscópicas que ni era capaz de imaginarme.

No suelo ver el Discovery Channel.

Alcide tenía una navaja multiusos, así que le dejé el honor de esa particular tarea. Mantuve abierta una bolsa de basura mientras él cortaba la cortina y la iba metiendo. Traté de no mirar, pero no pude evitar hacerlo.

El aspecto del cadáver no había mejorado.

La tarea concluyó antes de lo que había imaginado. Me dispuse a volverme para entrar de nuevo en la camioneta, pero Alcide se quedó de pie, con la cara apuntando al cielo. Parecía que estaba husmeando el bosque.

—Esta noche habrá luna llena —dijo. Todo su cuerpo pareció estremecerse. Cuando me miró, sus ojos tenían algo extraño. No sabría decir si cambiaron de color o de contorno, pero era una persona diferente la que miraba por ellos.

Me encontraba sola en el bosque con un compañero que había adquirido una dimensión completamente nueva. Luché contra los impulsos encontrados de gritar, romper a llorar y correr. Le sonreí ampliamente mientras esperaba. Tras una larga y densa pausa, Alcide dijo:

—Volvamos a la camioneta.

No cabía en mí de alivio cuando me senté en la cabina.

—¿Qué crees que lo ha matado? —pregunté cuando me pareció que Alcide había tenido tiempo para volver a la normalidad.

—Creo que alguien le ha roto el cuello —dijo Alcide—. Lo que no imagino es cómo habrá llegado al apartamento. Sé que cerré la puerta con llave anoche. Estoy seguro. Y esta mañana seguía cerrada.

Traté de darle vueltas por un rato, pero fui incapaz de llegar a ninguna conclusión. Luego me dio por divagar sobre cómo moriría uno cuando le rompían el cuello. Pero decidí que no era algo tan divertido en lo que pensar.

De vuelta al apartamento hicimos una parada en el centro comercial. En un fin de semana tan próximo a las Navidades, estaba hasta la bandera de gente. Volví a recordar que no le había comprado nada a Bill.

Sentí una dolorosa punzada en el corazón cuando pensé que quizá nunca llegara a comprarle un regalo de Navidad a Bill.

Necesitábamos ambientadores, un spray limpiador de moquetas y una cortina de ducha nueva. Aparté mi tristeza y caminé con más aplomo. Alcide dejó que yo me encargara de la cortina, y he de decir que disfruté con ello. Pagó en metálico para que no hubiera ningún registro de nuestra presencia.

Comprobé mis uñas después de volver a montarme en la camioneta. Estaban bien. Luego pensé en lo cruel que podía ser por preocuparme por algo tan nimio como mi manicura. Acababa de deshacerme de un cadáver. Durante varios minutos permanecí quieta, ahondando en mi desdicha.

Se lo hice saber a Alcide, que ahora que habíamos vuelto a la civilización y nos habíamos deshecho de nuestro silencioso pasajero parecía más accesible.

—Bueno, tú no lo mataste —señaló—. ¿O sí?

Miré sus ojos verdes con un leve atisbo de sorpresa.

—Por supuesto que no. ¿Y tú?

—No —contestó, y por su expresión diría que había estado esperando a que se lo preguntase. No se me había ocurrido en ningún momento.

Aunque no había sospechado de Alcide en ningún momento, estaba claro que alguien había liquidado al licántropo. Por primera vez, traté de dilucidar quién habría metido el cadáver en el armario. Hasta ese momento, había estado demasiado ocupada pensando en cómo deshacernos del cuerpo.

—¿Quién más tiene tus llaves? —pregunté.

—Sólo mi padre y yo, y la mujer de la limpieza que se encarga de casi todos los apartamentos del edificio. Pero no se la queda ella, siempre se la da el administrador del edificio —giramos por una hilera de contenedores y Alcide metió la bolsa que contenía la cortina.

—Es una lista bastante corta.

—Así es —dijo Alcide lentamente—. Es verdad, pero sé que mi padre está en Jackson. Hablé con él por teléfono esta mañana, justo después de levantarme. La mujer de la limpieza sólo viene cuando dejamos un mensaje al administrador. Él guarda una copia de nuestras llaves, se la pasa cuando la necesita y ella se la devuelve cuando termina.

—Y ¿qué hay del guarda del aparcamiento? ¿Trabaja toda la noche?

—Sí, porque es la única línea de seguridad entre la gente que quiera colarse y el ascensor. Casi siempre se entra así, aunque hay puertas en la parte frontal del edificio que dan a la calle principal. Ésas están cerradas con llave en todo momento. Allí no hay guarda, pero sí que hacen falta unas llaves para abrirlas.

—Entonces, si alguien puede despistar al guarda, podría subir en ascensor hasta tu piso sin que nadie lo detuviera.

—Oh, claro.

—Y esa persona tendría que forzar la cerradura de tu puerta.

—Sí, y arrastrar y guardar el cuerpo en el armario. Y eso parece muy improbable —dijo Alcide.

—Pero eso es lo que parece que ha pasado. Oh, hmmm… ¿Alguna vez le diste una llave a Debbie? Quizá alguien se la haya quitado —me esforcé por sonar neutral, pero no creo que me saliera muy bien.

Una larga pausa.

—Sí, tenía una llave —dijo Alcide, rígido.

Me mordí el labio para no formular la siguiente pregunta.

—No, no me la llegó a devolver.

No me hizo falta formularla.

Rompiendo un silencio algo cargado, Alcide sugirió que almorzáramos. Por extraño que pudiera parecer, me di cuenta de que estaba hambrienta.

Comimos en Hal and Mal's, un restaurante cerca del centro. Era un viejo almacén, y las mesas estaban lo bastante separadas entre sí como para permitirnos tener nuestra conversación sin que nadie llamara a la policía.

—No creo —murmuré— que nadie pudiera pasearse por los alrededores de tu edificio con un cadáver al hombro, fuese cual fuese la hora.

—Pues nosotros acabamos de hacerlo —dijo, irrefutablemente—. Supongo que debió de pasar entre, digamos, las dos y las siete de la mañana. Estábamos dormidos a las dos, ¿verdad?

—Más bien a las tres, considerando la visita de Eric.

Nuestras miradas se cruzaron. Eric. ¡Eureka!

—Pero ¿por qué iba a haber hecho eso? ¿Es que está enamorado de ti? —preguntó Alcide sin rodeos.

—Yo no diría tanto —murmuré, avergonzada.

—Ya, quiere acostarse contigo.

Asentí sin mirarle a los ojos.

—Parece que le pasa a más de uno —dijo Alcide con un suspiro.

—Eh —dije despectivamente—. Sigues afectado por lo de esa Debbie, y lo sabes.

Nos miramos mutuamente. Sería mejor sacar el tema a la luz y zanjarlo definitivamente.

—Puedes leerme la mente mejor de lo que había creído —admitió Alcide. La expresión de su amplia cara parecía triste—. Pero ella no… Y ¿qué me importa ella? Ni siquiera estoy seguro de que me guste. Tú sí que me gustas.

—Gracias —dije, esbozando una sonrisa de corazón—. Tú también me gustas muchísimo.

162

—Está claro que tú y yo estamos más hechos el uno para el otro que cualquiera de las personas con las que hemos salido —dijo.

Era innegablemente cierto.

—Sí, y creo que sería feliz contigo.

—Y a mí me encantaría compartir mi rutina contigo.

—Pero parece que no vamos a llegar a eso.

—No —dijo con un pesado suspiro—. Supongo que no.

La joven camarera se nos quedó mirando mientras nos marchábamos, asegurándose de que Alcide se diera cuenta de lo bien enfundada que estaba en sus vaqueros.

—Lo que creo que haré —dijo Alcide— será sacar a Debbie de mi vida, de raíz. Y entonces me presentaré en tu puerta cuando menos te lo esperes con la esperanza de que, para entonces, hayas pasado de tu vampiro.

—Y ¿seremos felices para siempre jamás desde ese momento? —sonreí.

Asintió.

—Bueno, es algo que me gustaría mucho —le dije.

8

Estaba tan cansada cuando volvimos al apartamento de Alcide, que sólo me quedaban ánimos para una siesta. Estaba siendo uno de los días más largos de mi vida, y aún era media tarde.

Aun así, tuvimos que hacer algunas tareas domésticas antes. Mientras Alcide colgaba la nueva cortina de la ducha, yo me dediqué a limpiar la alfombra del armario con el spray, abrí uno de los ambientadores y lo deposité sobre el estante. Cerramos todas las ventanas, encendimos la calefacción y catamos el aire mientras nos mirábamos mutuamente.

El apartamento olía bien. Lanzamos un suspiro de alivio al unísono.

—Acabamos de hacer algo muy ilegal —dije, aún incómoda por mi inmoralidad—. Con todo, me alegro mucho de que lo hayamos resuelto.

—No te preocupes por no sentirte culpable —dijo Alcide—. No tardará en surgir algo por lo que lo harás. Ahorra energías.

Era un consejo tan bueno, que decidí probarlo.

—Me voy a echar una siesta —dije— para estar un poco despierta esta noche —no conviene estar lenta cerca de los vampiros.

—Buena idea —convino Alcide, levantándome una ceja. Yo me reí, agitando la cabeza. Me metí en el dormitorio pequeño, cerré la puerta, me quité las zapatillas y me dejé caer en la cama con un tranquilo deleite. Al cabo de un rato, extendí la mano hacia un lado de la cama, agarré el borde de la colcha de felpilla y me tapé con ella. En aquel apartamento silencioso, con la calefacción a un nivel adecuado y estable, apenas necesité varios minutos para quedarme dormida.

Me desperté de golpe, completamente alerta. Sabía que había alguien más en el apartamento. Quizá mi subconsciente había escuchado que llamaban a la puerta, o quizá había percibido el murmullo de voces en el salón. Me deslicé fuera de la cama en silencio y me pegué a la puerta, sin que mis calcetines hicieran ningún ruido sobre la alfombra beis. Como la puerta sólo estaba entornada, acerqué la oreja al vano para poder escuchar.

—Jerry Falcon se pasó por mi apartamento anoche —decía una voz grave.

—No lo conozco —replicó Alcide. Sonaba calmado, pero cauto.

—Dice que le metiste en problemas en el Josephine's anoche.

—¿Que yo me metí con él? Si es el tío que agredió a la chica con la que iba, ¡él mismo se metió en el problema!

—Cuéntame lo que pasó.

—Le entró a mi chica mientras yo estaba en los aseos. Cuando protestó, empezó a meterse con ella, y llamó la atención.

—¿Le hizo daño?

—La puso de los nervios y le hizo algo de sangre en el hombro.

—Una ofensa de sangre —la voz se volvió mortalmente seria.

—Sí.

Así que la uña clavada en mi hombro suponía una ofensa de sangre, fuese lo que fuese eso.

—¿Y después?

—Salí de los aseos, se lo quité de encima y apareció el señor Hob.

—Eso explica las quemaduras.

—Sí. Hob lo echó por la puerta de atrás. Y ésa fue la última vez que lo vi. ¿Dices que se llama Jerry Falcon?

—Sí. Vino derechito a mi casa después de aquello, cuando el resto de los muchachos abandonó el bar.

—Intervino Edgington. Estaban a punto de echársenos encima.

—¿Edgington estaba allí? —la voz profunda no parecía nada contenta.

—Oh, sí, con su novio.

—¿Cómo se implicó Edgington?

—Les dijo que se marcharan. Dado que es el rey, y como ellos trabajan para él de vez en cuando, no esperaba sino obediencia. Pero un cachorro se le puso chulo, así que Edgington le rompió la rodilla y obligó a los demás a que se lo llevaran. Lamento que haya habido problemas en tu ciudad, Terence, pero nosotros no tuvimos la culpa.

—Tienes privilegios de invitado en nuestra manada, Alcide. Te respetamos. Y aquellos de los nuestros que trabajan para los vampiros, bueno, ¿qué puedo decir? No son precisamente ciudadanos ejemplares. Pero Jerry es su líder, y fue avergonzado delante de su gente anoche. ¿Cuánto tiempo piensas quedarte en nuestra ciudad?

—Sólo una noche más.

—Y es luna llena.

—Sí, lo sé. Trataré de pasar desapercibido.

—¿Qué vas a hacer esta noche? ¿Tratarás de no cambiar o te unirás a mí en mi territorio de caza?

—Trataré de mantenerme ajeno a la luna, no quiero estresarme.

—Entonces no irás al Josephine's.

—Desgraciadamente, Russell insistió en que volviésemos esta noche. Se sentía culpable por los problemas sufridos por mi invitada. No habría aceptado un no por respuesta.

—El Club de los Muertos en una noche de luna llena, Alcide. No es muy inteligente.

—Y ¿qué le voy a hacer? Russell es el que parte el bacalao en Misisipi.

—Comprendo. Pero ten cuidado, y si ves a Jerry Falcon por ahí, cámbiate de acera. Ésta es mi ciudad —la profunda voz se cargó de autoridad.

—Lo entiendo, líder de la manada.

—Bien. Ahora que tú y Debbie Pelt habéis roto, espero que pase un tiempo antes de que te volvamos a ver por aquí, Alcide. Deja que las cosas se calmen. Jerry es un hijo de puta vengativo. Irá a por ti si puede, antes siquiera de empezar una pelea.

—Él fue quien causó la ofensa.

—Lo sé, pero gracias a su larga asociación con los vampiros está muy pagado de sí mismo. No siempre sigue las tradiciones de la manada. Sólo acudió a mí, como debía, porque Edgington os favoreció a vosotros.

Jerry no seguiría ninguna tradición jamás. Jerry yacía en los bosques del oeste.

Mientras dormía la siesta, había oscurecido. Oí un golpecito en el cristal de la ventana. Di un respingo, pero luego atravesé la habitación muy silenciosamente. Corrí la cortina y crucé mis labios con un dedo. Era Eric. Esperaba que a nadie de la calle le diera por mirar hacia arriba. Me sonrió e hizo un gesto para que abriese la puerta. Agité la cabeza con vehemencia e insistí con el dedo sobre los labios. Si dejaba pasar a Eric, Terence lo escucharía y mi presencia quedaría al descubierto. Y no tenía la más mínima duda de que a Terence no le gustaría saber que alguien había escuchado su conversación a escondidas. Volví de puntillas a la puerta y seguí escuchando. Se estaban despidiendo. Volví a mirar hacia la ventana para comprobar que Eric me contemplaba con sumo interés. Alcé un dedo para indicar que era cuestión de un minuto.

Oí cómo se cerraba la puerta del apartamento. Un instante después, alguien llamó a la de mi habitación. Mientras hacía pasar a Alcide, esperaba no tener las arrugas de las sábanas pegadas en la cara.

—Alcide, lo he oído casi todo —dije—. Lamento haber escuchado a escondidas, pero parecía concernirme. Eh, Eric está aquí.

—Ya lo veo —dijo Alcide sin entusiasmo—. Supongo que será mejor que lo haga pasar —dijo, mientras abría la ventana.

Eric entró con toda la limpieza que puede hacerlo un hombre alto por una ventana pequeña. Vestía un traje completo, incluido chaleco y corbata. Tenía el pelo recogido en una cola de caballo. También llevaba gafas.

—¿Vas disfrazado? —pregunté. Apenas podía creerlo.

—Así es —se miró de arriba a abajo con orgullo—. ¿No parezco diferente?

—Sí —admití—. Pareces básicamente Eric, trajeado por una vez.

—¿Te gusta el traje?

—Claro —dije. Mis conocimientos sobre la ropa elegante masculina son limitados, pero estaba dispuesta a apostar a que ese conjunto de tres piezas marrón oliva había costado más de lo que yo ganaba en dos semanas. O cuatro. Quizá yo no habría escogido ese color para alguien de ojos azules, pero tuve que admitir que tenía un aspecto espectacular. Si sacasen un especial de vampiros en el *GQ*, sin duda querrían una foto suya—. ¿Quién te ha arreglado el pelo? —pregunté, dándome cuenta por primera vez de que se lo habían entrelazado de forma intrincada.

—Ohhh, ¿celosa?

—No, tan sólo pensé que me podrían enseñar cómo hacérmelo en el mío.

Alcide tuvo suficiente de cháchara sobre estilismo.

—¿Por qué me has dejado un muerto en el armario? —inquirió con tono beligerante.

Pocas veces he visto a Eric carecer de palabras, pero sin duda no sabía qué decir… al menos durante treinta segundos.

—El del armario no sería Bubba, ¿verdad?

Era nuestro turno de quedarnos boquiabiertos; Alcide porque no sabía quién demonios era Bubba, y yo porque no podía imaginar qué le habría pasado al vampiro retrasado.

Informé rápidamente a Alcide sobre Bubba.

—Eso explica los avistamientos —dijo, agitando la cabeza de lado a lado—. Maldita sea, ¡eran ciertos!

—El grupo de Memphis quería quedarse con él, pero fue del todo imposible —explicó Eric—. Sólo quería volver a casa, y eso habría provocado incidentes. Así que nos lo fuimos pasando.

—Y ahora lo habéis perdido —observó Alcide, no demasiado afectado por el problema de Eric.

—Es posible que la gente que trataba de pillar a Sookie en Bon Temps se topara con Bubba en su lugar —dijo Eric. Se estiró el chaleco, mirando hacia abajo con satisfacción—. Bueno, entonces ¿quién estaba en el armario?

—El motero que molestó a Sookie anoche —explicó Alcide—. La marcó mientras yo estaba en los aseos.

—¿La marcó?

—Sí, una ofensa de sangre —dijo Alcide de modo significativo.

—No mencionasteis nada de ello anoche —Eric alzó una ceja.

—No me apetecía hablar de ello —dije. No me gustó cómo lo dije, sonaba un poco desamparada—. Además, no fue mucha sangre.

—Déjame ver.

Desesperada, puse los ojos en blanco, pero estaba convencida de que Eric no se daría por vencido. Retiré el suéter del hombro, junto con el tirante del sujetador. Afortunadamente, el suéter era tan viejo que había perdido su elasticidad y permitió bastante bien el movimiento. Las marcas de las uñas eran como medias lunas incrustadas, hincadas y rojas, a pesar de habérmelas desinfectado con cuidado la noche anterior. Sé cuántos gérmenes puede haber bajo las uñas.

—¿Ves? —dije—. No es para tanto. Estaba más enfadada que asustada o dolorida.

Eric mantuvo la mirada sobre las feas heridas hasta que volví a cubrirlas con la ropa. Entonces miró a Alcide.

—Y ¿dices que estaba muerto en el armario?

—Sí —confirmó Alcide—. Llevaba horas muerto.

—¿Qué lo mató?

—No lo habían mordido —dije—. Parecía que le habían roto el cuello. No nos apeteció entrar en los detalles. ¿No lo mataste tú?

—No, aunque habría sido un placer hacerlo.

Me estremecí, sin ganas de explorar ese oscuro pensamiento.

—Entonces ¿quién lo ha metido ahí? —pregunté, para reanudar la conversación.

—Y ¿por qué? —añadió Alcide.

—¿Sería mucho preguntar dónde está ahora? —Eric logró sonar como si estuviese perdonando a dos críos pendencieros.

Alcide y yo intercambiamos miradas.

—Hmmm, bueno, está… —la voz se me quebró.

Eric inhaló, catando la atmósfera del apartamento.

—El cuerpo ya no está aquí. ¿Habéis llamado a la policía?

—Pues no —murmuré—. En realidad, nosotros, eh…

—Lo dejamos tirado en el campo —dijo Alcide. Sencillamente no había una forma agradable de decirlo.

Conseguimos sorprender a Eric por segunda vez.

—Vaya —dijo llanamente—. Si resulta que sois todos unos emprendedores.

—De algún modo había que solucionarlo —dije, quizá sonando un poco a la defensiva.

Eric sonrió. No era un panorama agradable.

—Sí, apuesto a que lo habéis hecho.

—El líder de la manada ha venido a verme hoy —dijo Alcide—. De hecho, hace un momento. Y no sabía que Jerry hubiera desaparecido. De hecho, Jerry acudió a Terence para quejarse, después de abandonar el bar anoche. Le dijo que yo le había causado un agravio. Así que fue visto después del incidente en el Josephine's.

—Así que os habéis librado.

—Eso creo.

—Teníais que haberlo quemado —dijo Eric—. Habría acabado con cualquier rastro de vuestro olor en él.

—No creo que nadie pueda detectar nuestro olor —le dije—. De verdad lo digo. Creo que en ningún momento llegamos a tocarlo con la piel desnuda.

Eric miró a Alcide, y éste asintió.

—Estoy de acuerdo —convino—. Y lo digo como uno de la doble estirpe.

Eric se encogió de hombros.

—No se me ocurre quién lo habrá matado y lo habrá dejado en tu apartamento. Es obvio que alguien quería culparos de su muerte.

—Si eso es así, ¿por qué no llamó a la policía desde una cabina y les dijo que había un cadáver en el 504?

—Buena pregunta, Sookie, y una a la que no puedo dar respuesta ahora mismo —Eric pareció perder el interés de golpe—. Esta noche estaré en el club. Si necesito hablar contigo, Alcide, dile a Russell que soy tu amigo del pueblo y que me has invitado para conocer a Sookie, tu nueva novia.

—Vale —dijo Alcide—. Pero no comprendo por qué quieres ir allí. Es buscarse problemas. ¿Qué pasa si uno de los vampiros te reconoce?

—No conozco a ninguno.

—¿Por qué te arriesgas? —quise saber—. ¿Por qué te metes en la boca del lobo?

—Puede que oiga algo que tú no, o que se le escape a Alcide por no ser un vampiro —dijo Eric razonablemente—. Discúlpanos un momento, Alcide. Sookie y yo tenemos cosas de las que hablar.

Alcide me miró para asegurarse de que eso no suponía un problema para mí, antes de asentir a regañadientes y dirigirse al salón.

—¿Quieres que te cure las marcas del hombro? —preguntó Eric abruptamente.

Pensé en las feas cicatrices costrosas y en los finos tirantes del vestido que planeaba ponerme. Casi accedí, pero me lo pensé dos veces.

—¿Cómo explicártelo, Eric? Todo el bar lo vio agredirme.

—Tienes razón —Eric agitó la cabeza con los ojos cerrados, como si estuviera enfadado consigo mismo—. Por supuesto, no eres licántropo ni no muerta. ¿Cómo se iba a haber curado tan deprisa?

Entonces hizo otra cosa inesperada. Me cogió la mano derecha con las suyas y la aferró. Me miró directamente a la cara.

—He registrado Jackson. He buscado en almacenes, cementerios, granjas y cualquier sitio con un mínimo olor a vampiro: cada propiedad de Edgington y algunas de las de sus seguidores. No he encontrado el menor rastro de

Bill. Sookie, temo que lo más probable es que Bill haya muerto. Definitivamente.

Me sentí como si me hubiese golpeado en la frente con un mazo. Me fallaron las rodillas. De no ser por sus increíbles reflejos, habría acabado en el suelo. Eric se sentó en la silla que había en el rincón de la habitación y me sostuvo en su regazo.

—Te he alterado demasiado. Tan sólo pretendía ser práctico, pero en vez de ello he sido…

—Brutal —sentí la tibieza de las lágrimas resbalándome desde los ojos.

Eric sacó la lengua y noté su humedad mientras lamía mis lágrimas. Parece que a los vampiros les gusta todo fluido corporal, a falta de sangre, y aquello no me molestaba en particular. Me alegraba de que alguien me consolara, aunque fuese Eric. Ahondé en mi desdicha mientras él reflexionaba.

—El único sitio donde no he mirada es en el complejo de Russell Edgington: su mansión y los edificios aledaños. Me asombraría que Russell fuese tan imprudente como para mantener cautivo a otro vampiro en su propia casa. Pero lleva cien años siendo rey. Así que puede haberse confiado. Quizá podría colarme por el muro, pero no podría volver a salir. Tiene licántropos patrullando el terreno. Es muy poco probable que podamos acceder a un lugar tan vigilado, y él no nos invitará, salvo en circunstancias muy inusuales —Eric dejó que todo aquello cuajara—. Creo que deberías contarme todo lo que sabes sobre el proyecto de Bill.

—¿Para eso es todo esto de las manos agarradas y las palabras dulces? —estaba furiosa—. ¿Para sacarme información? —me quité de un salto, revitalizada por la ira.

Eric se incorporó también y se me acercó cuanto pudo.

—Creo que Bill está muerto —dijo—. Y trato de salvar mi vida y la tuya, mujer estúpida —Eric sonaba tan enfurecido como yo.

—Encontraré a Bill —dije, pronunciando cada palabra con mucho cuidado. No estaba segura de cómo iba a hacerlo, pero empezaría por husmear esa noche como nunca lo había hecho, y algo sacaría. No soy precisamente Pollyanna, pero siempre he sido optimista.

—No le puedes hacer ojitos a Edgington, Sookie, no le interesan las mujeres. Y si yo flirteara con él, sospecharía. No es muy habitual que un vampiro se líe con otro. Edgington no ha llegado donde está siendo ingenuo. Puede que su lugarteniente, Betty Joe, se interese por mí, pero también es vampira y la misma regla es aplicable. No sabes lo inusual que es la fascinación que siente Bill por Lorena. De hecho, habitualmente desaprobamos que los vampiros se enamoren entre sí.

Pasé por alto las dos últimas frases.

—¿Cómo descubriste todo esto?

—Tuve un encuentro con una joven vampira anoche. Su novio solía ir a las fiestas en la casa de Edgington.

—Oh, ¿es bisexual?

Eric se encogió de hombros.

—El novio es licántropo, así que supongo que su naturaleza es dual en más de un sentido.

—Pensaba que las vampiras no salían con licántropos.

—Es una pervertida. A los jóvenes les gusta experimentar.

Puse los ojos en blanco.

—Entonces, lo que dices es que tengo que centrarme en conseguir que me inviten al complejo de Edgington porque no queda lugar en Jackson donde pueda estar Bill. ¿Es eso?

—Puede que esté en otro punto de la ciudad —dijo Eric, cauteloso—. Pero no lo creo. La probabilidad es nimia. Recuerda, Sookie. Hace días que está en sus manos —cuando Eric me miró, vi lástima en sus ojos.

Aquello me asustaba más que cualquier otra cosa.

9

Me atenazaba la escalofriante sensación que precede al peligro. Era la última noche que Alcide podría ir al Club de los Muertos: Terence le había advertido de que debía marcharse de manera muy clara. Después, estaría sola, si es que me permitían la entrada en el club sin la compañía de Alcide.

Mientras me vestía, me sorprendí deseando haber tenido que ir a un bar de vampiros normal, el típico sitio al que acuden humanos normales para alucinar con los vampiros. Fangtasia, el bar de Eric en Shreveport, era ese tipo de sitio. De hecho, la gente acudía en excursiones organizadas, pasaban la noche vestidos de negro, puede que tomando algo de sangre falsa o insertándose unos lechosos colmillos de pega. Se dedicaban a observar a los vampiros, distribuidos estratégicamente por el bar, maravillándose de su propia osadía. De vez en cuando, alguno de esos turistas cometía el error de atravesar la línea de seguridad que les mantenía seguros. Quizá le entraba a uno de los vampiros o le faltaba el respeto a Chow, el barman. Más tarde, seguramente, ese turista acabaría descubriendo dónde se había metido.

En un bar como el Club de los Muertos, todas las cartas estaban descubiertas sobre la mesa. Los humanos eran meros adornos emperifollados. Los sobrenaturales eran los verdaderos clientes.

A esas horas, la noche anterior me había sentido emocionada. Ahora sólo notaba una especie de determinación desafecta, como si me encontrase bajo los efectos de una poderosa droga que me separaba de la mayoría de las emociones más mundanas. Me puse las medias con unas bonitas ligas negras que Arlene me había regalado por mi cumpleaños. Sonreí mientras pensaba en mi amiga pelirroja y su increíble optimismo acerca de los hombres, incluso después de sus cuatro matrimonios. Arlene me diría que disfrutara de cada momento, de cada segundo, con cada gramo de entusiasmo que fuera capaz de aunar. Me diría que nunca se sabe a qué hombre puedes conocer, que quizá esta noche fuese la mágica. Que tal vez llevar medias cambiara el curso de mi vida. Eso me diría Arlene.

No puedo decir que consiguiera levantarme una sonrisa, pero me sentí un poco menos apesadumbrada mientras me deslizaba el vestido por la cabeza. Era de color champán. Y bastante escueto. Me puse unos zapatos de tacón negros y pendientes azabache, mientras trataba de decidir si mi viejo abrigo resultaría demasiado horrible o si debería limitarme a abrigarme con la vanidad y helarme el trasero. Contemplando el desgastado tejido azul del abrigo, suspiré. Lo llevé al salón sobre el hombro. Alcide estaba listo, esperándome de pie en el centro de la habitación. Justo cuando me percataba del hecho de que estaba visiblemente nervioso, Alcide tiró de una de las cajas envueltas que estaba entre el montón que había acumulado durante sus compras matutinas. Tenía esa mirada tímida impresa en la cara, la misma que le había visto cuando volví al apartamento.

—Creo que te debo esto —dijo, extendiéndome la amplia caja.

—¡Oh, Alcide! ¿Me has comprado un regalo? —ya sé, ya sé, era evidente que sí, puesto que yo ya tenía la caja en la mano. Pero tenéis que comprender que eso no era algo que me pasara muy a menudo.

—Ábrela —dijo con sequedad.

Dejé el abrigo sobre la silla más cercana y rompí el envoltorio de la caja de forma torpe; no estaba acostumbrada a las uñas falsas. Tras unas cuantas maniobras, abrí la caja de cartón blanco para descubrir que Alcide me había comprado un chal nuevo. Aparté la tapa rectangular lentamente, saboreando el momento. Era precioso; un chal de terciopelo negro con adornos en los bordes. No pude evitar darme cuenta de que costaba cinco veces lo que yo me gasté en el que me habían destrozado.

Me quedé sin palabras. Es algo que casi nunca me pasa. Pero tampoco recibo muchos regalos, y sé valorarlos. Me enrollé en el terciopelo, entregándome al lujo de su tacto. Froté mi mejilla en él.

—Gracias —dije con voz temblorosa.

—Es un placer —dijo él—. Por Dios, no llores, Sookie. Lo que pretendía era hacerte feliz.

—Soy muy feliz —dije—. No voy a llorar —me tragué las lágrimas y fui a verme en el espejo del cuarto de baño—. Oh, es precioso —añadí, con el corazón en la garganta.

—Bueno, me alegro de que te guste —dijo Alcide bruscamente—. Pensé que era lo mínimo que podía hacer —me arregló el chal de modo que me cubriera las costras rojas de mi hombro izquierdo.

—No me debías nada —dije—. Soy yo quien te lo debe —he de decir que mi seriedad preocupó a Alcide tanto como mis pucheros—. Vamos —añadí—. El Club de los Muertos nos espera. Averiguaremos todo lo necesario esta noche y nadie saldrá lastimado.

Lo cual viene a demostrar que carezco de un sexto sentido.

Alcide y yo llevábamos un traje y un vestido distintos, pero el Josephine's seguía igual que la noche anterior. Acera desierta, atmósfera escalofriante. Esta noche hacía incluso más frío, tanto como para ver mi aliento dibujado en el aire, tanto como para sentirme patéticamente agradecida por el calor que me daba el chal de terciopelo. Esta vez, Alcide prácticamente saltó de la camioneta hasta el cobijo de la marquesina, sin siquiera ayudarme a bajar, para esperarme allí.

—Luna llena —explicó concisamente—. Será una noche tensa.

—Lo siento —dije, sintiéndome desamparada—. Tiene que ser horriblemente duro para ti.

Si no le hubieran obligado a acompañarme, podría estar en los bosques persiguiendo ciervos y conejos. Mis disculpas hicieron que se encogiera de hombros.

—Siempre hay un mañana por la noche —replicó—. Es casi igual de bueno —pero zumbaba de tensión.

Esa noche no me sobresalté tanto cuando la camioneta emprendió la marcha, aparentemente por su propia cuenta, y ni siquiera me estremecí cuando el señor Hob abrió la puerta. No puedo decir que el trasgo pareciera alegrarse de vernos, pero tampoco distinguí qué significaba su expresión facial normal. De modo que, podría haber estado haciendo cabriolas emocionales de alegría, y yo no me habría dado cuenta.

De alguna manera, sabía que no estaba muy emocionado con mi presencia por segunda noche consecutiva en su club. A todo esto, ¿era el dueño? Era difícil imaginar al señor Hob bautizando a su club como «Josephine's». «Perro muerto podrido» quizá, o tal vez «Gusanos flamígeros», pero no «Josephine's».

—No quiero problemas esta noche —dijo el señor Hob sombríamente. Su voz era desigual y oxidada, como si no hablara mucho y no le gustara cuando lo hacía.

—No fue culpa de ella —dijo Alcide.

—Aun así —dijo Hob, y lo dejó ahí. Probablemente sentía que no necesitaba decir nada más y tenía razón. El trasgo bajo y abultado indicó con la cabeza un grupo de mesas que habían juntado—. El rey os espera.

Los hombres se levantaron cuando me acerqué a la mesa. Russell Edgington y su amigo especial, Talbot, encaraban la pista de baile. Frente a ellos había un vampiro más anciano (o, al menos, era más anciano cuando lo convirtieron en vampiro) y una mujer que, por supuesto, se quedó sentada. La recorrí con la mirada y me estremecí de alegría.

—¡Tara!

Mi amiga del instituto también se estremeció y saltó de la silla. Nos abrazamos con fuerza, en vez de hacerlo casi de pasada, como era nuestra costumbre. Aquí, en el Club de los Muertos, ambas éramos extrañas en un terreno desconocido.

181

Tara, que es varios centímetros más alta que yo, tiene el pelo y los ojos negros y la piel de un tono oliva. Lucía un vestido de manga larga en oro y bronce que brillaba con cada uno de sus movimientos, así como unos zapatos de tacón muy alto. Estaba a la altura de su acompañante.

Mientras me separaba del abrazo con unas palmadas en la espalda de Tara, me di cuenta de que encontrármela allí era lo peor que podría haber pasado. Me proyecté hacia su mente y vi que estaba a punto de preguntarme qué hacía allí con alguien que no era Bill.

—¡Vamos, chica, acompáñame al aseo un momento! —dije alegremente, y ella agarró su bolso mientras le dedicaba una sonrisa a su acompañante, al tiempo prometedora y dolida por tener que marcharse de golpe. Me despedí con un gesto de la mano de Alcide y me disculpé ante los demás señores antes de dirigirnos con paso decidido hacia los aseos, que estaban en el pasillo que conducía a la puerta trasera. Los aseos estaban vacíos. Me apoyé de espaldas contra la puerta para impedir que entrara nadie. Tara me miraba, con la expresión iluminada por todas las preguntas pendientes.

—Tara, por favor, no digas nada sobre Bill ni sobre Bon Temps.

—¿Me vas a decir por qué?

—Tú... —traté de pensar en algo razonable, pero no se me ocurrió—. Tara, si lo haces mi vida correrá peligro.

Se crispó y me dedicó una prolongada mirada. Y ¿quién no lo haría? Pero Tara había pasado por mucho en su vida, y era un alma dura, aunque herida.

—Me alegro mucho de verte por aquí —me dijo—. Me sentía sola entre esta gente. ¿Quién es tu amigo? ¿Qué es?

Siempre se me olvidaba que los demás no podían saberlo. Y a veces casi se me olvidaba que otras personas no sabían nada de licántropos o cambiantes.

—Es perito —dije—. Ven, te lo presentaré.

—Lamento haberles dejado a la primera de cambio —dije, dedicando una amplia sonrisa a todos los hombres—. He perdido los modales —presenté a Tara y Alcide, que fueron correspondientemente cordiales. Luego fue el turno de Tara.

—Sook, éste es mi amigo, Franklin Mott.

—Encantada de conocerle —dije, extendiendo la mano, antes de darme cuenta de mi desliz. Los vampiros no estrechan las manos—. Ruego que me disculpes —dije rápidamente, y le dediqué un saludo con la cabeza—. ¿Vive aquí, en Jackson, señor Mott? —estaba decidida a no avergonzar a Tara.

—Por favor, llámame Franklin —dijo él. Tenía una voz encantadoramente suave, con un rastro de acento italiano. Cuando murió, probablemente tuviese cincuenta y muchos o sesenta. Su pelo y el bigote tenían un color blanco metálico y su cara era recia. Tenía aspecto vigoroso y muy masculino.

—Sí, pero soy propietario de un negocio que tiene una franquicia en Jackson, otra en Ruston y otra en Vicksburg. Conocí a Tara en la reunión de Ruston.

Poco a poco, fuimos progresando en el ritual social de sentarnos, explicar a los hombres cómo Tara y yo fuimos al instituto juntas y pedir las bebidas. Evidentemente, todos los vampiros pidieron sangre sintética, y Talbot, Tara, Alcide y yo nos decantamos por unos combinados. Decidí que otro cóctel de champán no me vendría mal. La camarera, una cambiante, se movía de una forma extraña, casi a hurtadillas, y no parecía estar de humor para hablar demasiado. La noche de luna llena se dejaba sentir de todas las maneras posibles.

Aquella noche había muchos menos parroquianos de naturaleza dual en el bar. Me alegré al comprobar que Debbie y su novio no estaban, y que sólo había un par de moteros licántropos. Había más vampiros y humanos. Me preguntaba cómo se las arreglarían los vampiros de Jackson para mantener ese bar en secreto. Entre los humanos que acudían con parejas sobrenaturales, seguro que más de uno o dos, estaban dispuestos a dejar escapar algo o hablar con sus amigos de la existencia del bar.

Se lo pregunté a Alcide, quien me respondió en voz baja:

—El bar está encantado. No podrías decirle a nadie cómo llegar hasta aquí aunque lo intentaras.

Tendría que experimentar con eso más tarde para ver si de verdad funcionaba. Me preguntaba quién habría lanzado el conjuro, o como se llamara. Si podía creer en vampiros, licántropos y cambiantes, no era muy descabellado hacerlo también en brujos.

Me encontraba entre Talbot y Alcide, así que, para mantener la conversación, le pregunté a Talbot acerca del secretismo. A Talbot no pareció molestarle charlar conmigo, y Alcide y Franklin Mott descubrieron que tenían conocidos en común. Talbot se había puesto demasiada colonia, pero no se lo dije. Era un hombre enamorado y, además, adicto al sexo con vampiros…, estados que no siempre van de la mano. Era un hombre despiadado e inteligente, incapaz de comprender cómo su vida había dado un giro tan exótico. También era un formidable emisor, razón por la cual pude captar tantos detalles sobre su vida.

Repitió la historia de Alcide sobre el conjuro que afectaba al bar.

—Pero la forma de mantener en secreto lo que aquí ocurre es diferente —dijo Talbot, como si estuviese meditando entre ofrecerme una respuesta larga y una corta. Miré su encantadora y bella cara y hube de recordarme que sabía que Bill estaba siendo torturado y que no le importaba. Ojalá volviera a pensar en Bill para poder averiguar más; al menos sabría si Bill estaba vivo o muerto—. Bien, señorita Sookie, el secreto se mantiene mediante el terror y el castigo.

Talbot saboreó las palabras mientras las pronunciaba. Le encantaba haberse ganado el corazón de Russell Edgington, un ser capaz de matar sin pestañear y digno de ser temido.

—Cualquier vampiro o licántropo, de hecho cualquier ser sobrenatural, y no los has visto todos, créeme, que traiga a un humano es responsable del comportamiento de dicho humano. Por ejemplo, si esta noche quisieras hablar con la prensa sensacionalista nada más salir de aquí, sería deber de Alcide buscarte y matarte.

—Ya veo —y tanto que lo veía—. Y ¿qué pasaría si Alcide no lo lograra?

—Entonces su cabeza tendría precio, y el trabajo pasaría a alguno de los cazarrecompensas.

Cristo Santísimo, Pastor de Judea.

—¿Hay cazarrecompensas? —Alcide podría haberme dicho muchas más cosas de las que me contó; aquél fue un desagradable hallazgo. La voz me salió un poco ronca.

—Claro. Los licántropos que van con la guisa de moteros son los de esta zona. De hecho, esta noche están haciendo preguntas por el bar porque... —su expresión se afiló y se tornó suspicaz—... el hombre que te estaba molestando... ¿Lo volviste a ver anoche, después de salir del bar?

—No —dije, contando técnicamente la verdad. No lo había vuelto a ver... anoche. Sabía qué opinión tenía Dios sobre las verdades técnicas, pero también imaginaba que Él esperaba que salvase mi propio pellejo—. Alcide y yo volvimos derechos a su apartamento. Yo estaba bastante molesta —bajé la mirada como una chica modesta poco acostumbrada a que le entren en un bar, lo cual también distaba unos pasos de la verdad. Aunque Sam mantenía ese tipo de incidentes bajo mínimos y era comúnmente sabido que yo era una loca y, por lo tanto, inestable, más de una vez tuve que hacer frente a un acoso algo violento, así como a algunas insinuaciones indiferentes de tíos que estaban demasiado borrachos para que les importaran mis condiciones mentales.

—Mostraste mucho valor cuando todo apuntaba a que habría una pelea —observó Talbot. Pensaba que mi valor de la noche anterior no pegaba mucho con la modestia de la que hacía gala en ese instante. Maldición, me había pasado en mi papel.

—Valor es el segundo nombre de Sookie —dijo Tara. Resultó una interrupción de lo más oportuna—. Cuando bailábamos juntas en el escenario, hace cosa de un millón de años, ¡ella era la que ponía el arrojo, no yo! Yo me meaba del miedo.

Gracias, Tara.

—¿Bailabas? —preguntó Franklin Mott, atraído por la conversación.

—Oh, sí, y participamos en un concurso de talentos —le dijo Tara—. Lo que no sabíamos, hasta que nos graduamos y adquirimos algo de experiencia en el mundo, era que nuestra pequeña exhibición era, eh…

—Sugerente —dije, llamando a las cosas por su nombre—. Éramos las chicas más inocentes de nuestro pequeño instituto, y allí estábamos, con esa exhibición de baile que habíamos sacado directamente de la MTV.

—Nos llevó años darnos cuenta de por qué el rector sudaba tanto —dijo Tara, con una sonrisa tan granuja como encantadora—. De hecho, creo que ahora mismo voy a hablar con el *disc-jockey* —se levantó y se dirigió hacia el vampiro que tenía el puesto montado en un pequeño escenario. Se inclinó, escuchó con atención y asintió.

—Oh, no —iba a pasar una terrible vergüenza.

—¿Qué? —Alcide parecía divertido.

—Va a hacer que lo repitamos otra vez.

Tara se abrió paso entre el gentío para volver hacia mí, radiante de alegría. Se me habían ocurrido dos docenas de razones para no hacer lo que ella quería, cuando me agarró de las manos y dio un tirón para que me levantara. Estaba claro que sólo saldría de ésa huyendo hacia delante. Tara tenía todas sus expectativas puestas en esa exhibición, y era mi amiga. La gente se apartó para dejar espacio cuando empezó a sonar *Love Is a Battlefield*, de Pat Benatar.

Lamentablemente, recordaba cada giro y cada meneo, cada golpe de cadera.

En nuestra inocencia, Tara y yo habíamos planificado nuestra exhibición prácticamente como una pareja de patinaje, por lo que estábamos en contacto (o casi) durante todo el proceso. ¿Se podía parecer más a un espectáculo lésbico de un bar de *strippers*? La verdad es que no. No es que haya estado en muchos locales de ese tipo o en cines porno, pero entiendo que el subidón colectivo de lujuria en el Josephine's aquella noche debió de ser muy similar. No me gustaba ser el centro de todo aquello, aunque reconozco que sentí cierto flujo de poder.

Bill le había enseñado a mi cuerpo lo que es el buen sexo, y estaba segura de que entonces bailaba como quien sabe disfrutar de él, igual que Tara. En cierto modo perverso, estábamos teniendo un momento «Soy mujer, oídme rugir». Y por Dios que, como decía el título de la canción, el amor era un campo de batalla. Benatar tenía razón al respecto.

Estábamos de perfil al público. Tara me agarraba de la cintura mientras movíamos las caderas al unísono y acabamos con las manos sobre el suelo. La música se detuvo. Hubo un fugaz segundo de silencio y luego un estallido de aplausos y silbidos.

Los vampiros pensaban en la sangre que fluía por nuestras venas, estaba segura de ello por su mirada hambrienta, especialmente hacia las que recorrían el interior de nuestros muslos. Y pude escuchar cómo los licántropos se imaginaban el buen sabor que tendríamos. Así que me sentí bastante comestible, en más de un sentido, mientras regresaba a nuestra mesa. Tara y yo recibimos palmadas y cumplidos mientras caminábamos, y no fueron pocas las invitaciones que recibimos. Estuve a punto de aceptar la invitación a bailar de una vampira morena de pelo rizado que era más o menos de mi tamaño y más mona que una conejita. Pero me limité a sonreír y seguir mi camino.

Franklin Mott estaba encantado.

—Oh, habéis estado perfectas —dijo, mientras sujetaba la silla de Tara para que se sentase. Me di cuenta de que Alcide permanecía sentado, clavándome la mirada, obligando a Talbot a hacer lo propio con mi silla en un improvisado y torpe gesto de cortesía (recibió una caricia de Russell en el hombro por hacerlo).

—No puedo creer que no os expulsaran, chicas —dijo Talbot para enterrar el embarazoso momento. Jamás habría pensado que Alcide era de los que realizan gestos posesivos.

—No teníamos ni idea —protestó Tara entre risas—. Ni idea. No comprendíamos el porqué de tanto alboroto.

—¿Qué mosca te ha picado? —le pregunté a Alcide en voz muy baja. Pero, escuchando atentamente, pude identificar la fuente de su insatisfacción. Lamentaba el hecho de reconocer ante mí que aún llevaba a Debbie en su corazón porque, de lo contrario, haría un decidido esfuerzo por compartir la cama conmigo esa noche. Se sentía a la par culpable y furioso por ello, dado que era luna llena. En cierto modo, era su mejor momento del mes. En cierto modo.

—No pareces estar buscando a tu novio con mucho ahínco —me soltó con frialdad, empleando un tono desagradable.

Era como si me hubiese echado un cubo de agua helada a la cara. Me sorprendió, y me dolió terriblemente. Las lágrimas se agolparon en mis ojos. A los demás miembros de la mesa también les resultó obvio que me había dicho algo que me había alterado.

Talbot, Russell y Franklin lanzaron a Alcide una serie de miradas que rayaban con la amenaza. La mirada de

Talbot era un débil eco de la de su amante, así que era prescindible, pero, a fin de cuentas, Russell era el rey, y Franklin parecía ser un vampiro influyente. Alcide recordó dónde y con quién estaba.

—Perdona, Sookie, tan sólo me sentí celoso —dijo lo suficientemente alto como para que toda la mesa lo escuchase—. Ha sido muy interesante.

—¿Interesante? —dije con toda la suavidad posible. Estaba bastante enfadada. Pasé los dedos por su pelo mientras me inclinaba hacia él—. ¿Sólo interesante? —nos dedicamos una mutua sonrisa bastante falsa, pero los demás se lo tragaron. Tenía muchas ganas de agarrarle de ese pelo negro y darle un buen tirón. Puede que no fuese un telépata como yo, pero pudo leer ese impulso alto y claro. Alcide tuvo que forzarse para no dar un respingo.

Tara volvió a intervenir para preguntarle a Alcide a qué se dedicaba (que Dios la bendiga), y así pasó de largo otro extraño momento. Retrasé mi silla un poco con respecto al círculo que rodeaba la mesa y dejé libre la mente. Alcide tenía razón sobre que era mejor que me pusiera manos a la obra a que me divirtiera; pero no vi la posibilidad de decir que no a Tara en algo que la hacía tan feliz.

En uno de los vaivenes de la pequeña pista de baile, tuve ocasión de ver a Eric, que estaba apoyado contra la pared que había más allá. Sus ojos estaban posados en mí, llenos de calor. Así que había alguien que no estaba cabreado conmigo, alguien que se había tomado nuestra pequeña exhibición tal como era su intención.

Eric tenía bastante buen aspecto con su traje y sus gafas. De alguna manera, decidí, las gafas le restaban aire amenazador, lo cual me ayudó a meterme en faena. El que hubiese menos licántropos y humanos me facilitó escuchar a cada uno, rastrear cada hilo de pensamiento hasta su propietario. Cerré los ojos para concentrarme más, y, casi de inmediato, capté un retazo de monólogo que me dejó atónita.

«Martirio», pensaba el hombre. Sabía que era un hombre y que sus pensamientos procedían de un punto que se encontraba detrás de mí, la zona que había justo al pasar la barra. Mi cabeza empezó a girar, pero me detuve. Mirar no ayudaría, a pesar de ser un impulso casi irresistible. En vez de ello, miré hacia abajo para que los movimientos de los demás parroquianos no me distrajeran.

La gente, cuando piensa, no elabora frases completas. Lo que hago al tratar de desentrañar sus pensamientos es traducirlos.

«Cuando muera, mi nombre será reconocido», pensó. «Casi ha llegado. Dios, haz que no duela. Al menos está aquí, conmigo… Espero que la estaca esté suficientemente afilada.»

Oh, maldita sea. Lo siguiente que recuerdo es que me levanté, alejándome de la mesa.

Caminé lentamente, bloqueando el sonido de la música y las voces para escuchar claramente lo que se decía en silencio. Era como andar debajo del agua. En la barra, apurando de golpe un vaso de sangre sintética, había una mujer de peinado muy llamativo. Llevaba un vestido ajustado con falda suelta que revoloteaba alrededor de ella. Sus brazos musculosos y anchos hombros desentonaban con la vestimenta; pero jamás se lo diría a la cara, ni ninguna persona en su sano juicio. Debía de ser Betty Joe Pickard, la lugarteniente de Russell Edgington. También llevaba unos guantes y zapatos de tacón blancos. Sólo le faltaba un sombrero con medio velo, pensé. Estaba dispuesta a apostar a que Betty Joe había sido una gran fan de Mamie Eisenhower.

Y, detrás de esa formidable vampira, también encarados hacia la barra, se encontraban dos humanos. Uno era alto y me resultaba extrañamente familiar. Tenía el pelo largo y castaño, surcado de canas, y lo llevaba bien peinado. Parecía el típico corte masculino, uno de esos que permitía al pelo crecer como quisiera. No pegaba con su traje. Su compañero, más bajo, tenía un pelo fosco, alborotado y negro, salpicado de gris. El segundo hombre lucía una chaqueta deportiva que bien podía haber salido de unas rebajas de JCPenney.

Y, dentro de esa chaqueta barata, en un bolsillo especialmente confeccionado, llevaba una estaca.

Dudé ante el horror. Si lo detenía, revelaría mi talento oculto, y eso significaría desvelar mi identidad. Las consecuencias de dicha revelación dependerían de lo que Russell Edgington supiera de mí; al parecer sabía que la novia de Bill era una camarera del Merlotte's, en Bon Temps, pero no el nombre. Por esa razón no había dudado en presentarme como Sookie Stackhouse. Si Russell sabía que la novia de Bill era telépata, y descubría que yo lo era, ¿quién sabe lo que podría pasar a continuación?

Bueno, la verdad es que podía imaginármelo.

Mientras dudaba, avergonzada y asustada, alguien tomó la decisión por mí. El hombre del pelo negro se metió la mano en la chaqueta mientras el fanatismo de su mente alcanzaba un pico. Sacó una larga pieza de fresno afilado y luego se desató la locura.

—¡Estaca! —grité, y me lancé hacia el brazo del fanático, agarrándolo con las dos manos. Los vampiros y sus humanos se arremolinaron en busca de la amenaza, mientras los cambiantes y los licántropos se dispersaban oportunamente hacia las paredes del local para dejar el terreno libre a los vampiros. El hombre alto me golpeó con sus grandes manos en la cabeza y los hombros mientras su compañero se retorcía el brazo, tratando de librarse de mis puños. Se movió bruscamente de un lado a otro para deshacerse de mí.

De alguna manera, durante la trifulca, mis ojos se encontraron con los del hombre más alto, y nos reconocimos. Era G. Steve Newlin, antiguo líder de la Hermandad del Sol, una organización militante antivampiros cuya rama de Dallas había mordido el polvo en cierta medida después de la visita que les hice. Seguro que les diría quién era yo, ya lo sabía, pero no podía permitirme perder de vista al tipo de la estaca. Estaba forcejeando sobre mis tacones, tratando de mantener el equilibrio, cuando el asesino tuvo un destello de astucia y pasó la estaca de su mano derecha a la izquierda, que estaba libre.

Con un último golpe a mi espalda, Steve Newlin corrió hacia la salida y pude ver como un grupo de criaturas salía en su persecución. Escuché muchos aullidos y chillidos agudos. Entonces, el del pelo negro echó hacia atrás el brazo derecho y me clavó la estaca en la cintura, por el lado derecho.

Le solté el brazo, para mirar lo que acababa de hacerme. Alcé la mirada para encontrar sus ojos y quedarme

193

con ellos durante un largo instante, apenas captando nada más que el horror que reflejaba el mío propio. Entonces, Betty Joe Pickard cargó su puño enguantado y le golpeó dos veces. El primer golpe le partió el cuello, y el segundo le destrozó el cráneo. Pude escuchar cómo se rompían los huesos.

Se precipitó sobre el suelo y, dado que mis piernas estaban entrelazadas a las suyas, yo fui detrás. Caí a peso, de espaldas.

Me quedé mirando al techo del bar, al ventilador que giraba, solemne, sobre mi cabeza. Me pregunté por qué estaría el ventilador encendido en pleno invierno. Vi un halcón volar por el techo, esquivando con suavidad las aspas del ventilador. Un lobo se puso a mi lado y me lamió la cara entre sollozos, pero se giró y se marchó. Tara estaba gritando. Yo no. Tenía mucho frío.

Con mi mano derecha, cubrí el punto por el que me había entrado la estaca. No quería verlo; me daba miedo mirar hacia abajo. Podía sentir cómo los alrededores de la herida cada vez estaban más húmedos.

—¡Llamad al teléfono de emergencias! —gritó Tara, mientras aterrizaba de rodillas junto a mí. La barman y Betty Joe intercambiaron miradas por encima de mí. Lo comprendí.

—Tara —dije con un leve graznido—. Cielo, los cambiantes están mutando. Es luna llena. La policía no puede entrar aquí, y lo hará si alguien llama al teléfono de emergencias.

La parte del cambio de forma no pareció cuajar en la mente de Tara, que no sabía que tales cosas fueran posibles.

—Los vampiros no van a dejar que te mueras —dijo, confiada—. ¡Acabas de salvar a uno de ellos!

Yo no estaba tan segura de eso. Vi la cara de Franklin Mott sobre la de Tara. Estaba mirándome, y pude leer su expresión.

—Tara —susurré—. Tienes que salir de aquí. Esto se está poniendo feo, y si hay una mínima posibilidad de que venga la policía, tú no puedes quedarte.

Franklin Mott asintió en aprobación.

—No te pienso abandonar hasta que llegue la ayuda —dijo Tara con una voz llena de determinación. Bendita sea.

Estaba rodeada de vampiros. Uno de ellos era Eric. No fui capaz de descifrar su expresión.

—El rubio alto me ayudará —le dije a Tara con apenas un susurro por voz. Apunté a Eric con el dedo. No me atreví a mirarlo por temor a ver rechazo en sus ojos. Si no me ayudaba él, sospechaba que moriría ahí mismo, sobre ese suelo de madera pulida de un bar de vampiros en Jackson, Misisipi.

Mi hermano Jason se cabrearía de lo lindo.

Tara coincidió con Eric en Bon Temps, pero su presentación se produjo en una fiesta muy tensa. No pareció reconocer al rubio alto que conoció aquella noche, con sus gafas, su traje y su pelo repeinado hacia atrás y recogido en una trenza.

—Por favor, ayuda a Sookie —le dijo directamente, mientras Franklin Mott prácticamente tiraba de ella para ponerla de pie.

—Este joven estará encantado de ayudar a tu amiga —dijo Mott, y le dedicó a Eric una afilada mirada, expresando que más le valdría estar de acuerdo.

195

—Oh, por supuesto. Soy un buen amigo de Alcide —dijo Eric, mintiendo sin pestañear.

Ocupó el sitio de Tara junto a mí y supe, cuando estuvo de rodillas, que sintió el olor de mi sangre. Se puso incluso más pálido y los huesos se antojaron más pronunciados bajo su piel. Los ojos le centellearon.

—No sabes lo difícil que es —me susurró— no echarme encima y lamerte.

—Si lo haces, todos lo harán también —dije—. Y no sólo lamerán. También morderán.

Había un pastor alemán observándome con unos luminosos ojos amarillos, justo más allá de mis pies.

—Es lo único que me detiene.

—¿Quién eres tú? —preguntó Russell Edgington. Contemplaba a Eric al detalle. Estaba de pie, a mi otro lado, y se inclinó sobre ambos. Ya me había sentido bastante amenazada, podía jurarlo, pero no estaba en posición de hacer nada al respecto.

—Soy amigo de Alcide —repitió Eric—. Me invitó esta noche para conocer a su nueva novia. Me llamo Leif.

Russell miró hacia abajo a Eric, pues éste estaba arrodillado, y sus ojos marrón dorado se zambulleron en los azules de Eric.

—Alcide no tiene muchos amigos vampiros —dijo Russell.

—Soy uno de los pocos.

—Tenemos que sacar a esta señorita de aquí —sugirió Russell.

La algarabía que había a unos pocos metros aumentó su intensidad. Parecían haberse reunido un montón de animales alrededor de algo tirado en el suelo.

—¡Sacad eso de aquí! —rugió el señor Hob—. ¡Por la puerta trasera! ¡Ya conocéis las reglas!

Dos de los vampiros levantaron el cadáver sobre el que se agolpaban licántropos y cambiantes, y lo sacaron por la puerta trasera seguidos de los animales. Mala suerte para el fanático del pelo negro.

Aquel mismo día, Alcide y yo nos habíamos deshecho de un cadáver. No se nos pasó por la cabeza llevarlo allí y dejarlo en el callejón. Por supuesto, éste estaba fresco.

—… quizá se haya astillado en el riñón —estaba diciendo Eric. Durante unos momentos había estado inconsciente o, al menos, en otro sitio.

Sudaba mucho y el dolor era insoportable. Sentí una punzada de pesadumbre cuando me di cuenta de que estaba dejando el vestido sudado. Pero, con toda probabilidad, el gran agujero sanguinolento ya había dado al traste con él.

—La llevaremos a mi casa —dijo Russell y, de no haber estado segura de encontrarme gravemente herida, me habría reído—. La limusina está de camino. Estoy seguro de que un rostro familiar hará que se sienta más cómoda, ¿no crees?

Creo que lo que Russell no quería era llevarme él y mancharse el traje. Y lo más probable era que Talbot no pudiese cargarme en brazos. Si bien el pequeño vampiro de pelo negro y rizado seguía ahí, con la sonrisa aún prendida en sus labios, creo que yo resultaría demasiado voluminosa para él…

Y perdí algo más de tiempo.

—Alcide se ha convertido en lobo y ha salido detrás del compañero del asesino —me estaba diciendo Eric, aunque no recuerdo haberlo preguntado. Empecé a decirle de quién se trataba, pero me di cuenta de que sería mejor no hacerlo.

—Leif —murmuré, tratando de recordar el nombre—. Leif, creo que se me ven las ligas. ¿Quiere eso decir…?

—¿Sí, Sookie?

Y volví a desvanecerme. Luego fui consciente de que me estaba moviendo, y me di cuenta de que Eric me llevaba en brazos. Nada me había dolido tanto en mi vida, y no fue la primera vez que pensé que jamás había puesto un pie en un hospital hasta que conocí a Bill, y ahora parecía que me pasaba la mayor parte del tiempo siendo golpeada y recuperándome de las palizas. Aquello era muy significativo e importante.

Un lince salió del bar junto a nosotros. Miré hacia abajo a sus ojos dorados. Menuda noche se estaba poniendo en Jackson. Esperaba que toda la gente de bien hubiera tenido la idea de quedarse en casa durante la misma.

Y, de repente, estábamos en la limusina. Mi cabeza descansaba sobre el muslo de Eric, enfrente se sentaba Talbot, Russell y el pequeño vampiro del pelo rizado. Un bisonte cruzó al trote cuando nos detuvimos en un semáforo.

—Menos mal que no hay nadie en el centro de Jackson en una noche de fin de semana de diciembre —constató Talbot, a lo que Eric correspondió con unas risas.

Circulamos durante un rato. Eric me aflojó la falda sobre las piernas y me apartó el pelo de la cara. Lo miré y…

—¿… sabía lo que iba a hacer? —preguntaba Talbot.

—Dijo que vio cómo se sacaba la estaca —mintió Eric—. Se dirigía a la barra a por otra copa.

—Qué suerte la de Betty Joe —dijo Russell, con su suave acento sureño—. Imagino que aún estará dando caza al que se escapó.

Luego nos adentramos por un camino y nos detuvimos ante una puerta. Un vampiro barbudo se asomó y miró por la ventanilla, repasando cuidadosamente a todos los ocupantes. Estaba mucho más alerta que el guarda del apartamento de Alcide. Escuché un zumbido eléctrico, y la puerta se abrió. Proseguimos por el camino de entrada (podía escuchar la grava del suelo) y giramos para pararnos delante de la mansión. Estaba iluminada como una tarta de cumpleaños y, mientras Eric me sacaba con cuidado de la limusina, vi que nos encontrábamos bajo un pórtico con el mismo toque de estilo que el resto del edificio. Hasta el cobertizo para los coches tenía columnas. No me habría extrañado ver a Vivien Leigh bajando por las escaleras.

Tuve otro de esos saltos en el tiempo, y me vi en un vestíbulo. El dolor parecía desvanecerse, y, en su ausencia, me sentí aturdida.

Como señor de la mansión que era, el regreso de Russell supuso un gran acontecimiento, y cuando sus habitantes olieron la sangre fresca, no perdieron el tiempo para agolparse a nuestro alrededor. Me sentía como si acabase de aterrizar en un concurso de modelos para portadas de novelas románticas. Nunca había visto tantos hombres atractivos en el mismo sitio a la vez. Pero estaba segura de que no eran para mí. Russell era como el Hugh Hefner de los vampiros gay, y ésta era su mansión Playboy, con énfasis en lo de «boy».

—Agua, agua por todas partes, y ni una gota me puedo beber —dije, y Eric estalló en risas. Por eso me caía bien, pensé alegremente; me tenía cogido el tranquillo.

—Bien, el calmante ha surtido efecto —dijo un hombre de pelo blanco que iba con camiseta de deportes y pantalones de pinzas. Era humano, y ni aunque hubiera llevado un estetoscopio tatuado en el cuello me habría dado cuenta más rápido de que era médico—. ¿Me vas a necesitar más?

—Quédate un rato —sugirió Russell—. Josh te hará compañía, estoy seguro.

No llegué a ver qué aspecto tenía el tal Josh, porque en ese momento Eric me estaba llevando escaleras arriba.

—Rhett y Escarlata —dije.

—No lo pillo —admitió Eric.

—¿No has visto *Lo que el viento se llevó*? —estaba horrorizada. Pero luego pensé que por qué un vampiro vikingo iba a haber visto esa piedra angular de la mística sureña. Pero sí que se había leído *La balada del anciano marinero*, que había tenido que estudiar en el instituto—. Tendrás que verla en vídeo. ¿Por qué digo tantas estupideces? ¿Por qué no estoy asustada?

—Ese médico humano te ha dado una buena dosis de drogas —me dijo Eric con una sonrisa—. Ahora te llevo a un dormitorio para que te curen.

—Él está aquí —le dije a Eric.

Sus ojos me lanzaron saetas de cautela.

—Russell, sí. Pero me temo que Alcide no tomó la decisión adecuada, Sookie. Se perdió en la noche, persiguiendo al otro atacante. Debería haberse quedado contigo.

—Que le den —dije efusivamente.

—A él sí que le gustaría darte a ti, sobre todo después de haberte visto bailar.

No me sentía tan bien como para reírme, pero se me cruzó por la mente.

—Drogarme quizá no haya sido una buena idea —le dije a Eric. Tenía demasiados secretos que guardar.

—Estoy de acuerdo, pero me alegro de que ya no te duela tanto.

Llegamos al dormitorio, y Eric me depositó sobre una cama con un dosel de ensueño. Aprovechó la oportunidad para susurrarme al oído:

—Ten cuidado.

Y traté de asimilar esa idea en mi cerebro embotado de drogas. Corría el riesgo de soltar que sabía, sin lugar a dudas, que Bill estaba en alguna parte cerca de mí.

10

Me di cuenta de que el dormitorio estaba bastante concurrido. Eric me había depositado sobre la cama, que era tan alta que quizá necesitaría una escalerilla para bajar. Pero era conveniente para la curación, escuché que comentaba Russell, y empecé a preocuparme sobre en qué consistiría dicha «curación». La última vez que estuve inmersa en una «curación» con vampiros de por medio, el tratamiento fue, como mínimo, poco tradicional.

—¿Qué va a pasar? —le pregunté a Eric, que estaba de pie a mi izquierda, del lado que no estaba herida, junto a la cama.

Pero fue el vampiro que ocupó su lugar de la derecha quien respondió. Tenía una cara alargada que me recordó a la de un caballo, y sus cejas y pestañas rubias resultaban casi invisibles en contraste con su palidez. Llevaba al descubierto el pecho, también imberbe. Vestía unos pantalones, que sospeché que eran de vinilo. Incluso en invierno tenían que ser…, eh, antitranspirantes. No me gustaría tener que quitárselos. Lo único bueno que tenía este vampiro era un maravilloso cabello pálido y liso, del color del maíz blanco.

—Señorita Stackhouse, éste es Ray Don —dijo Russell.

—¿Cómo estás? —los buenos modales te llevarán a cualquier parte, solía decirme la abuela.

—Encantado de conocerte —respondió el otro con corrección. Se veía que lo habían educado bien, aunque era imposible saber cuándo había sido eso—. Yo no voy a preguntarte cómo estás tú, porque ya veo que tienes un agujero enorme en el costado.

—Resulta irónico que haya sido una humana la que haya recibido la estaca, ¿no crees? —dije, por comentar algo. Ojalá volviese a ver a ese médico, porque me moría de ganas por preguntarle qué me había dado. Valía su peso en oro.

Ray Don me lanzó una mirada dubitativa y me percaté de que me había salido de la zona cómoda, al menos desde el punto de vista de la conversación. Tal vez en alguna ocasión podría regalarle a Ray Don un calendario de la palabra diaria, como hacía Arlene conmigo todas las Navidades.

—Te diré lo que va a pasar, Sookie —dijo Eric—. ¿Sabías que cuando nos alimentamos, nuestros colmillos segregan un pequeño anticoagulante?

—Ajá.

—Y cuando estamos dispuestos a dejar de hacerlo, los colmillos segregan un pequeño coagulante y un poco de eso que, que…

—¿Eso que os permite curar tan deprisa?

—Sí, precisamente.

—Entonces ¿qué va a hacer Ray Don?

—Los compañeros de redil de Ray Don afirman que posee un suministro extra de todos esos productos químicos en su cuerpo. Ése es su talento.

Ray Don me taladró con la mirada. Estaba orgulloso de eso.

—Así pues, iniciará el proceso con un voluntario y, cuando se haya alimentado, empezará a limpiarte la herida y a curártela.

La parte de la historia que Eric había omitido era que, en algún momento del proceso, la estaca tendría que salir, y no había droga en el mundo que fuera a impedir que aquello me doliese como el demonio. Me di cuenta de ello en uno de mis escasos momentos de serenidad.

—Vale —dije—. Que empiece el espectáculo.

El voluntario resultó ser un adolescente humano, rubio y delgado, que probablemente no era más alto ni ancho que yo. Parecía bastante dispuesto. Ray Don le dio un gran beso antes de morderlo, de lo que yo podría haber prescindido, pues no soy de ésas a las que les gustan las demostraciones públicas de afecto (y con «gran beso» no me refiero a uno de esos sonoros, sino a uno intenso, con gemido y lenguas enroscadas). Cuando terminaron con eso, para satisfacción de ambos, Rubiales inclinó la cabeza hacia un lado y Ray Don, que era más alto, le clavó los colmillos. Hubo intensidad en el mordisco y jadeos, y los pantalones de vinilo de Ray Don no dejaron mucho a la imaginación, incluso para alguien atiborrada de drogas como yo.

Eric lo contempló todo sin una reacción aparente. En general, los vampiros parecen muy tolerantes hacia cualquier preferencia sexual; imagino que a uno le quedan muy pocos tabúes cuando ha caminado por el mundo durante varios siglos.

Cuando Ray Don liberó a Rubiales y se volvió para encarar la cama, vi que su boca estaba completamente ensangrentada. Mi euforia se evaporó en cuanto Eric se sentó en la cama y me agarró de los hombros. Aquí llegaba lo malo.

—Mírame —me exigió—. Mírame, Sookie.

Noté otro peso en la cama, y di por sentado que Ray Don se había arrodillado en ella y se había inclinado sobre mi herida.

Sentí una sacudida en la carne raída de mi costado que se abrió paso sin compasión hasta el tuétano de mis huesos. Y también que la sangre abandonaba mi cara y que la histeria se abría paso por mi garganta a medida que me desangraba por la herida.

—¡No, Sookie! ¡Mírame! —me rogó Eric.

Miré hacia abajo para ver que Ray Don había agarrado la estaca.

A continuación, él…

Grité una y otra vez, hasta que me quedé sin energía. Me encontré con los ojos de Eric y sentí la boca de Ray Don lamiendo mi herida. Eric me agarraba de las manos mientras yo hundía mis uñas en su piel, como si estuviéramos haciendo otra cosa. No le importaría, pensé al darme cuenta de que le había hecho sangre.

Y está claro que no le importó.

—Suéltate —me aconsejó, y yo aflojé la presa de mis manos—. No, no de mí —dijo con una sonrisa—. Puedes agarrarme todo el tiempo que quieras. Suéltate del dolor, Sookie, abandónate. Tienes que dejarte ir.

Era la primera vez que había resignado mi voluntad a la de otro. Mientras lo miraba, el camino se allanó y me alejé del sufrimiento y la incertidumbre que me inspiraba aquel extraño sitio.

Lo siguiente que supe era que estaba despierta. Embutida en la cama, tumbada de espaldas y sin mi antaño precioso vestido. Aún llevaba puesta mi ropa interior beis de puntilla, lo que era buena señal. Eric estaba en la cama conmigo, lo que ya no lo era tanto. Estaba convirtiendo aquello en toda una costumbre. Estaba tumbado de lado, rodeándome con un brazo, y con una de sus piernas posada sobre la mía. Su pelo se mezclaba con el mío, y los mechones eran prácticamente indistinguibles, de lo parecido que era el color. Contemplé la situación durante un momento desde una especie de estado de abandonada ofuscación.

Eric reposaba. Se encontraba en ese estado de absoluta inmovilidad en el que se sumen los vampiros cuando no tienen nada que hacer. Creo que les refresca; reduce el agotamiento de un mundo que pasa por ellos incesantemente, año tras año, lleno de guerras, carestías e inventos que ellos deben aprender a dominar, costumbres, convenciones y estilos cambiantes que deben adoptar para encajar. Retiré un poco las sábanas para ver cómo tenía la herida. Aún dolía, pero se había reducido sobremanera. En el lugar en el que había estado, existía ahora una gran cicatriz circular. Caliente, brillante, roja y, en cierto modo, lustrosa.

—Está mucho mejor —dijo Eric. Me quedé con la boca abierta. No había notado que se despertara de su animación suspendida.

Eric llevaba unos calzoncillos holgados de seda. Le pegaba a la perfección que hubiesen sido unos Jockey.

—Gracias, Eric —no me importó lo tembloroso que hubiese podido sonar aquello, porque una obligación es una obligación.

—¿Por qué? —su mano acarició suavemente mi estómago.

—Por quedarte a mi lado en el club. Por acompañarme. Por no dejarme sola con toda esa gente.

—¿Hasta qué punto me lo agradecerías? —susurró, acercando su boca a la mía. Ahora sus ojos estaban muy alerta, y su mirada taladraba la mía.

—Cuando te pones a decir esas cosas lo fastidias todo —dije, tratando de mantener una voz amable—. No deberías querer que me acueste contigo sólo porque te esté agradecida.

—La verdad es que me importaría muy poco la razón por la que te fueras a acostar conmigo, mientras lo hicieras —dijo, con la misma amabilidad. En ese momento, su boca ya estaba sobre la mía. Por mucho que intentara permanecer separada de él, no tuve mucho éxito en mis esfuerzos. Y es que Eric había dispuesto de siglos para perfeccionar su técnica del beso, y supo aprovecharlos. Estiré las manos hacia sus hombros, y me avergüenza decir que le correspondí. Por muy maltrecho y cansado que estuviese mi cuerpo, deseaba lo que deseaba, y mi mente y fuerza de voluntad iban bastante rezagadas. Parecía que Eric tuviera seis manos y que estuviesen en todas partes, incentivando a mi cuerpo para que se desatara. Un dedo se deslizó bajo la goma elástica de mis minimalistas braguitas y se coló dentro de mí.

Hice un ruido, y no precisamente uno de rechazo. El dedo empezó a moverse a un maravilloso ritmo. La boca de Eric parecía querer succionar mi lengua hasta su garganta. Mis manos disfrutaban de la suave piel que recubría los músculos que trabajaban debajo.

Entonces, la ventana se abrió de par en par y Bubba entró.

—¡Señorita Sookie! ¡Señor Eric! ¡Les he encontrado! —Bubba estaba orgulloso.

—Oh, cómo me alegro por ti, Bubba —dijo Eric, poniendo fin al beso. Le agarré la muñeca para apartar su mano. Él me lo permitió, pues yo no soy, ni por asomo, más fuerte que el más débil de los vampiros.

—Bubba, ¿has estado aquí todo el tiempo? En Jackson, quiero decir —pregunté en cuanto pude centrar la cabeza. La llegada de Bubba había sido de lo más oportuna, aunque Eric pensara lo contrario.

—El señor Eric me dijo que me pegara a usted —dijo Bubba, sin más. Se sentó en una silla baja finamente tapizada con motivos florales. Un mechón de pelo negro le caía sobre la frente, y lucía un anillo de oro en cada dedo.

—¿Le han hecho mucho daño en el club, señorita Sookie?

—Ya estoy mucho mejor, gracias —dije.

—Lamento no haber hecho mi trabajo, pero ese bichejo que vigilaba la puerta no me quería dejar pasar. No parecía saber quién era yo, ¿se lo puede creer?

Dado que el propio Bubba apenas recordaba quién era, y le daba un ataque cada vez que lo hacía, quizá no fuese tan sorprendente que un trasgo no estuviese al corriente de la música popular estadounidense.

—Pero vi al señor Eric sacarla fuera, así que les seguí.

—Gracias, Bubba. Eso ha sido muy inteligente.

Respondió con una sonrisa floja y descuidada.

—Señorita Sookie, ¿qué hace con Eric en la cama cuando su novio es Bill?

—Buena pregunta, Bubba —dije. Traté de incorporarme, pero fui incapaz. Lancé un ahogado grito de dolor, y Eric juró en otro idioma.

—Le voy a dar sangre, Bubba —dijo Eric—. Deja que te diga lo que necesito que hagas.

—Claro —convino Bubba felizmente.

—Dado que has llegado a la casa saltando por el muro sin que te cojan, necesito que registres la finca. Creemos que Bill está aquí, en alguna parte. Lo tienen prisionero. No trates de liberarlo. Es una orden. Ven a decírnoslo cuando lo hayas encontrado. Si te ven, no corras. No digas nada. Nada. Ni sobre mí, ni sobre Sookie o Bill. Nada más que «Hola, me llamo Bubba».

—Hola, me llamo Bubba.

—Eso es.

—Hola, me llamo Bubba.

—Sí, ya está bien. Ahora sé sigiloso, silencioso e invisible.

Bubba nos sonrió.

—Sí, señor Eric. Pero después de eso tendré que buscar algo de comida. Me muero de hambre.

—Vale, Bubba. Vete a investigar.

Bubba volvió a abrirse paso con dificultad hasta la parte exterior de la ventana, que estaba en el primer piso. Me preguntaba cómo llegaría hasta el suelo, pero si alcanzó la ventana, estaba segura de que podría lograrlo.

—Sookie —me dijo Eric al oído—. Podríamos discutir durante horas si debes tomar mi sangre, y sé todo lo que me dirías. Pero el hecho es que se acerca el amanecer. No sé si te permitirán pasar el día aquí. Tendré que buscar cobijo, aquí o en otro sitio. Te quiero fuerte y capaz de defenderte; al menos de moverte rápidamente.

—Sé que Bill está aquí —dije, tras pensármelo un momento—. Y, al margen de lo que hayamos hecho (bendito sea Bubba), tengo que encontrarlo. El mejor momento para sacarlo es cuando los vampiros estáis dormidos. ¿Podrá moverse en las horas de sol?

—Si es consciente de que está en un grave peligro, podrá tambalearse —dijo Eric lenta y pensativamente—. Ahora estoy incluso más seguro de que necesitarás mi sangre, porque vas a necesitar toda la fuerza posible. Tendrás que taparlo a conciencia. Usa la manta de esta cama, es densa. ¿Cómo piensas sacarlo de aquí?

—Ahí es donde intervienes tú —dije—. Cuando hayamos hecho esto de la sangre, tienes que conseguirme un coche, uno con un gran maletero, como un Lincoln o un Caddy. Y tienes que conseguir entregarme las llaves. También tendrás que dormir en otro sitio. No querrás estar aquí cuando se despierten y descubran que ha desaparecido su prisionero.

La mano de Eric reposaba plácidamente sobre mi estómago, y aún estábamos entrelazados en el lecho. Pero la situación había cambiado por completo.

—¿Adónde lo llevarás, Sookie?

—A un lugar subterráneo —dije, insegura—. ¡Eh, tal vez al aparcamiento de Alcide! Es mejor que quedarse al aire libre.

Eric se recostó contra el cabecero de la cama. Sus calzoncillos de seda eran azul marino. Estiró las piernas y pude ver lo que asomaba. Oh, Dios. Tuve que cerrar los ojos. Él se rió.

—Incorpórate y apoya la cabeza en mi pecho, Sookie. Así estarás más cómoda.

Me ayudó a levantarme con cuidado, apoyé la espalda contra su pecho, y me rodeó con los brazos. Era como tumbarse sobre una firme almohada fría. Su brazo derecho desapareció y escuché una especie de chasquido. Luego, su muñeca surgió delante de mi cara. La sangre manaba de dos heridas en su piel.

—Esto te curará de todo —dijo Eric.

Dudé, pero inmediatamente me sentí ridícula por hacerlo. Sabía que, cuanta más sangre de Eric tuviese en mi cuerpo, más sabría de mí. Sabía que le otorgaría cierto poder sobre mí. Sabía que yo sería más fuerte durante mucho tiempo y, dada la longeva edad de Eric, la fuerza que recibiría no sería nada desdeñable. Me curaría. Me sentiría de maravilla. Sería más atractiva. Ésa era la razón por la que los drenadores cazaban a los vampiros. Esos humanos actuaban en equipos para capturar vampiros, encadenarlos con plata y drenarles la sangre en recipientes que vendían a precios variables en el mercado negro. El año pasado, el precio de salida había sido de doscientos dólares por un vial; sólo Dios sabía el precio que podía alcanzar la sangre de Eric, dada su edad. Aunque demostrar la procedencia de la sangre era todo un problema para los drenadores. Su actividad era extremadamente peligrosa, así como altamente ilegal.

Eric me estaba haciendo un gran regalo.

Nunca he sido lo que se dice remilgada, a Dios gracias. Cerré la boca sobre las pequeñas heridas y succioné.

Eric gimió y, una vez más, supe que disfrutaba de que estuviéramos en tan íntimo contacto. Empezó a moverse un poco, y poco podía hacer yo al respecto. Su brazo izquierdo me mantenía firmemente pegada a él, mientras que el derecho me estaba alimentando, después de todo. Aun así, resultaba difícil no sentirse un poco repelida por todo el proceso. Pero Eric se lo estaba pasando definitivamente bien. Y, dado que con cada succión me sentía mejor, de nada servía discutir conmigo misma si aquello era lo más adecuado. Traté de no pensar y de no moverme. Recordé el día que tomé la sangre de Bill porque necesitaba un empujón de fuerza, y recordé su reacción.

Eric me apretó contra sí con más fuerza si cabe.

—Ohhhh —dijo de repente, y se relajó del todo. Sentí humedad en mi espalda, y tomé un último y profundo trago. Eric volvió a gemir con un sonido profundo y gutural mientras pasaba su boca a lo largo de mi cuello.

—No me muerdas —dije. Me aferraba con dificultad a lo que me quedaba de cordura.

Lo que me había excitado, me dije a mí misma, fueron los recuerdos de Bill; su reacción cuando lo mordí, su intensa excitación. El único mérito de Eric era haber estado ahí. No sería capaz de tener sexo con un vampiro, sobre todo si era Eric, sólo porque fuese atractivo; no cuando había tantas consecuencias en juego. Aún estaba demasiado afectada por el momento como para enumerármelas todas a mí misma. Era adulta, me dije con firmeza, y los adultos de verdad no se acuestan con otros sólo porque la persona sea habilidosa y atractiva.

Los colmillos de Eric me arañaron el hombro.

Salí disparada de la cama como un cohete. Con la intención de localizar el cuarto de baño, abrí la puerta para toparme con el vampiro bajo y moreno, el del pelo rizado. En un brazo llevaba un montón de ropa, mientras que tenía el otro alzado en un gesto de llamar a la puerta.

—Vaya, pero mírate —dijo con una sonrisa. Y vaya si miraba él. Al parecer, le gustaba la carne tanto como el pescado.

—¿Querías algo? —me incliné sobre el marco de la puerta, esforzándome por parecer demacrada y frágil.

—Sí, después de que hiciéramos jirones tu precioso vestido, Russell supuso que necesitarías algo de ropa. Resulta que tenía esto en mi armario, y dado que somos de la misma altura...

—Oh —dije débilmente. Nunca había compartido mi ropa con un chico—. Pues muchas gracias. Es muy amable por tu parte —y tanto que lo era. Había traído algunos jerséis (azul claro), calcetines, una bata de baño de seda e incluso ropa interior. No me apetecía pensar en ello con demasiado detalle.

—Tienes mejor aspecto —dijo el hombre bajito. Sus ojos eran pozos de admiración, pero no de una forma personal. Quizá yo estaba sobrestimando mis encantos.

—Me siento débil —dije en voz baja—. Me he levantado porque necesitaba ir al cuarto de baño.

Los ojos marrones del otro destellaron, y supe que estaba mirando a Eric por encima de mi hombro. Estaba claro que esa visión encajaba más con sus gustos, y su sonrisa se hizo francamente tentadora.

—¿Te gustaría compartir mi ataúd hoy, Leif? —preguntó, prácticamente batiendo las pestañas.

No me atreví a darme la vuelta para mirar a Eric. En la espalda tenía una marca que aún estaba húmeda. De repente me sentí asqueada de mí misma. Había tenido pensamientos con Alcide, y más que pensamientos con Eric. No estaba muy satisfecha con mi catadura moral. Saber

213

que Bill me había sido infiel no era excusa, o, al menos, no debería serlo. Tampoco lo era el hecho de que, por estar con Bill, me hubiera acostumbrado demasiado a disfrutar de un sexo espectacular con regularidad. O tampoco debería serlo.

Había llegado la hora de subirme los calcetines de la moralidad y comportarme como debía. Apenas tomé esa decisión, me sentí mejor.

—Tengo que hacerle un recado a Sookie —le decía Eric al vampiro de los rizos—. No sé si estaré de vuelta antes del amanecer, pero si lo consigo, puedes estar seguro de que te buscaré —Eric le estaba devolviendo el flirteo. Mientras tenía lugar a mi alrededor ese intercambio de réplicas ingeniosas, me puse la bata de seda, que era negra, blanca y rosa y estaba llena de flores. Era realmente alucinante. Ricitos me echó una mirada, y pareció más interesado que cuando sólo estaba con la ropa interior.

—Ñam, ñam —se limitó a decir.

—Gracias de nuevo —dije—. ¿Me puedes decir dónde está el cuarto de baño?

Apuntó pasillo abajo hacia una puerta medio abierta.

—Disculpad —les dije a ambos, y me forcé a caminar lenta y cuidadosamente, como si aún sintiese dolores, mientras recorría el pasillo. Pasado el baño, puede que un par de puertas más allá, pude ver el comienzo de unas escaleras. Vale, ya sabía por dónde se salía. Aquello me tranquilizó.

El cuarto de baño era muy normal. Estaba lleno de las cosas que suele haber en los cuartos de baño: secadores, rizadores, desodorantes, champú, gel de peinado… También había algo de maquillaje, así como cepillos, peines y hojas de afeitar.

A pesar del orden imperante, era evidente que varias personas compartían la estancia. Estaba dispuesta a apostar a que el cuarto de baño personal de Russell Edgington no se parecía a éste en nada. Encontré unas horquillas y me recogí el pelo por la parte alta de la cabeza, antes de darme la ducha más rápida de mi vida. Como acababa de lavarme el pelo esa mañana, que ahora se me antojaba a años luz, y, además, me había llevado otros tantos secarlo, me alegré de saltarme ese paso para centrarme en frotarme la piel a conciencia con el jabón aromático que había en la propia ducha. Había toallas limpias en el armario, lo cual resultaba un alivio.

Estuve de regreso al dormitorio en quince minutos. Ricitos se había marchado, Eric se había vestido y Bubba había vuelto.

Eric no dijo una sola palabra sobre el embarazoso incidente que había tenido lugar entre los dos. Observó la bata elogiosamente, aunque en silencio.

—Bubba ha peinado el lugar, Sookie —dijo Eric, citando claramente las palabras del otro.

Bubba tenía dibujada en la cara su sonrisa ladeada. Estaba satisfecho consigo mismo.

—Señorita Sookie, he encontrado a Bill —dijo, triunfante—. Está un poco baldado, pero está vivo.

Me hundí en una silla sin aviso previo. Tuve suerte de que estuviese justo detrás de mí. Tenía la espalda aún recta, pero, de repente, me encontré sentada en lugar de en pie. Era una extraña sensación más en una noche repleta de ellas.

Cuando fui capaz de componer un pensamiento, me di cuenta vagamente de que la expresión de Eric era un desconcertante cóctel de sensaciones: placer, lamento, rabia, satisfacción. Bubba sencillamente parecía feliz.

—¿Dónde está? —mi voz sonó como si no fuese la mía.

—Hay un gran edificio en la parte de atrás, una especie de garaje para cuatro coches, pero tiene apartamentos en la parte de arriba y una habitación a un lado.

A Russell le gustaba tener a mano la ayuda.

—¿Hay otros edificios? ¿Puedo confundirme?

—Hay una piscina, señorita Sookie, y hay un edificio justo a su lado para que la gente se cambie el traje de baño. Y hay un gran cobertizo para herramientas, al menos creo que es para eso, pero está separado del garaje.

—¿En qué parte del garaje lo tienen prisionero? —preguntó Eric.

—En la habitación de la derecha —dijo Bubba—. Creo que el garaje antes era un establo, y la habitación es donde guardaban las sillas y esas cosas. No es muy grande.

—¿Cuánta gente hay dentro? —las preguntas de Eric sin duda eran muy buenas. Yo aún no había pasado del anuncio de Bubba de que Bill aún estaba vivo y del hecho de que estaba muy cerca de él.

—Ahora mismo hay tres, señor Eric, dos hombres y una mujer. Los tres son vampiros. Ella es la que tiene el cuchillo.

Me hundí dentro de mí misma.

—Cuchillo —atiné a decir.

—Sí, señorita, le ha hecho unos cortes muy feos.

No era momento para flaquear. Hace nada me enorgullecía de mi falta de remilgos. Era ahora cuando debía demostrarme que me había dicho la verdad.

—Lleva tanto tiempo desaparecido —dije.

—Así es —dijo Eric—. Sookie, trataré de hacerme con un coche. Intentaré dejarlo aparcado donde los establos.

—¿Crees que volverán a dejarte entrar?

—Me llevaré a Bernard conmigo.

—¿Bernard?

—El bajito —Eric me sonrió con una mueca igualmente ladeada.

—Te refieres… Oh, si te llevas a Ricitos contigo, te dejarán entrar porque vive aquí, ¿no?

—Sí, pero es posible que tenga que quedarme aquí. Con él.

—¿No podrías…, eh, escabullirte?

—Puede que sí, puede que no. No quiero que me pillen despertándome aquí cuando descubran que Bill ha desaparecido, y tú con él.

—Señorita Sookie, pondrán licántropos para que lo vigilen de día.

Miramos a Bubba simultáneamente.

—Los licántropos que la estaban siguiendo. Vigilarán a Bill cuando los vampiros duerman.

—Pero esta noche hay luna llena —dije—. Estarán agotados cuando tengan que empezar su turno de guardia. Si es que aparecen.

Eric me miró, algo sorprendido.

—Tienes razón, Sookie. Será la mejor oportunidad que tengamos.

Hablamos de ello un poco más; quizá pudiera hacerme la desvalida y quedarme en la casa, a la espera de que llegase algún aliado humano de Eric desde Shreveport.

Eric dijo que podría llamar a alguien en cuanto saliese de la zona inmediata con su teléfono móvil.

—Puede que Alcide nos eche una mano mañana por la mañana —dijo Eric.

He de admitir que me tentaba la idea de volver a llamarlo. Alcide era grande, duro y competente, y algo oculto y débil en mi interior me sugería que Alcide podría lidiar con todo mucho mejor que yo misma. Pero mi conciencia no paraba de darme punzadas. Decidí que Alcide no podía involucrarse más de lo que ya estaba. Había cumplido con su parte. Él tenía que tratar con esa gente desde el punto de vista de los negocios y, si Russell averiguaba que había participado en la fuga de Bill Compton, podría arruinarse.

No podíamos perder más tiempo en discusiones, porque apenas quedaban dos horas para el amanecer. Aún con muchos flecos sueltos, Eric fue a buscar a Ricitos (Bernard) y solicitar tímidamente su compañía en un recado para obtener un coche, supuse que alquilado. Resultaba todo un misterio para mí qué establecimiento de alquiler de coches estaría abierto a esas horas, pero Eric no parecía prever ningún problema al respecto. Traté de desterrar las dudas de mi mente. Bubba accedió a volver a saltar el muro de Russell, del mismo modo que lo hizo para entrar, y a encontrar un lugar donde pasar el día. Sólo el hecho de que esa noche hubiera luna llena, había salvado la vida de Bubba, dijo Eric, y yo estaba dispuesta a creerle. El vampiro que custodiaba la puerta podía ser bueno, pero era imposible que estuviera en todas partes.

Mi deber consistía en hacerme la débil hasta que amaneciera, cuando los vampiros se retirarían, y luego, de alguna manera, sacar a Bill del establo y llevarlo hasta el maletero del coche que Eric pudiera agenciarse. No tendrían ninguna razón para impedirme que me marchara.

—Posiblemente sea el peor plan que haya escuchado jamás —dijo Eric.

—En esto te doy la razón, pero es el único que tenemos.

—Lo hará muy bien, señorita Sookie —me dijo Bubba, para animarme.

Eso era lo que necesitaba, una actitud positiva.

—Gracias, Bubba —dije, tratando de sonar tan agradecida como me sentía. Estaba llena de energía gracias a la sangre de Eric. Sentía como si mis ojos lanzaran chispas y el pelo flotara a mi alrededor en un halo de electricidad.

—No te emociones demasiado —recomendó Eric. Me recordó que era un problema típico en la gente que ingería sangre de vampiro adquirida en el mercado negro. Intentaban hacer locuras, dado lo superdotados, fuertes e invencibles que se sentían, cuando, en realidad, muchas veces ni siquiera estaban a la altura de la gesta (como el tipo que trató de enfrentarse a toda una banda a la vez, o la mujer que quiso detener un tren en marcha). Respiré hondo, tratando de imprimir su advertencia en mi cerebro. Lo que me apetecía hacer era abrir la ventana y comprobar si podía escalar la pared hasta el tejado. Vaya, la sangre de Eric era portentosa. Era una palabra que no había usado nunca antes, pero muy adecuada. Jamás pensé en la diferencia que había entre tomar la sangre de Bill y la de Eric.

Alguien llamó a la puerta, y los tres dirigimos la mirada hacia allí, como si fuéramos capaces de ver a través de ella.

En un instante asombrosamente corto, Bubba había salido por la ventana, Eric estaba sentado en la silla junto a la cama y yo me había tumbado en ella, procurando un aspecto desvalido.

—Adelante —invitó Eric en un susurro, como quien acompaña a alguien que se está recuperando de una terrible herida.

Era Ricitos (o sea, Bernard). Vestía unos pantalones vaqueros y un suéter rojo, y estaba para comérselo. Cerré los ojos y me propiné una seria reprimenda. La sangre me había avivado demasiado.

—¿Cómo se encuentra? —preguntó Bernard, casi en un murmullo—. Está mejor de color.

—Aún le duele, pero se está curando gracias a la generosidad de tu rey.

—Estuvo encantado de hacerlo —dijo Bernard afablemente—. Pero estará más contento si ella…, eh, puede marcharse por su propio pie mañana por la mañana. Está seguro de que, para entonces, su novio habrá regresado a su apartamento después de disfrutar de esta luna. Espero que no parezca demasiado brusco.

—No, entiendo su preocupación —dijo Eric, con la misma cortesía.

Al parecer, Russell temía que me fuera a quedar varios días para cobrarme mi acto de heroísmo. Russell, poco dado a tener invitadas femeninas en su casa, quería que volviese con Alcide cuando estuviese seguro de que éste podría cuidar de mí. A Russell le incomodaba un poco que una desconocida rondara por su complejo de día, cuando toda su gente estaba durmiendo.

No le faltaba razón.

—En ese caso, iré a buscar el coche y lo aparcaré en la parte de atrás de la casa, para que mañana pueda conducir por su cuenta. Si pudieras arreglarle un salvoconducto para las puertas delanteras, doy por sentado que están custodiadas de día, habré cumplido con mis obligaciones hacia mi amigo Alcide.

—Suena muy razonable —dijo Bernard, dedicándome una fracción de la sonrisa que estaba dando a Eric. No se la devolví. Cerré los ojos, cansada—. Hablaré con los guardas de la puerta cuando nos marchemos. ¿Te parece bien en mi coche? Es una vieja carraca, pero nos llevará a… ¿Adónde querías ir?

—Te lo diré cuando estemos de camino. Está cerca de la casa de un amigo mío. Conoce a un hombre que me prestará el coche uno o dos días.

Bien, había encontrado una forma de hacerse con un coche sin dejar un rastro de papeleos. Perfecto.

Sentí movimiento a mi izquierda. Eric se inclinó sobre mí. Sabía que era él porque la sangre que había ingerido me lo decía. Aquello ponía los pelos de punta, y era la razón por la que Bill me había advertido de no tomar la sangre de ningún otro vampiro que no fuera él. Demasiado tarde. No me había quedado otro remedio.

Me dio un casto beso de amigo en la mejilla.

—Sookie —dijo en voz muy baja—. ¿Puedes oírme?

Asentí lo justo.

—Bien. Escucha, voy a traerte un coche. Te dejaré las llaves aquí en la cama cuando vuelva. Por la mañana, tienes que salir de aquí e ir al apartamento de Alcide. ¿Me has comprendido?

Volví a asentir.

—Adiós —dije, tratando de que mi voz saliera rota—. Gracias.

—El placer ha sido mío —repuso con la voz temblorosa. Hice un esfuerzo para mantener la expresión impasible.

Aunque parezca mentira, me quedé dormida cuando se marcharon. Resultaba evidente que Bubba había obedecido y había saltado el muro para buscarse un cobijo. La mansión se sumió en el silencio a medida que las juergas nocturnas iban tocando a su fin. Supuse que los licántropos estarían fuera, soltando su último aullido en alguna parte. Mientras caía en el sueño, me preguntaba cómo les habría ido a los demás cambiantes. ¿Qué hacían con la ropa? El drama de esa noche en el Club de los Muertos había sido un evento fortuito; estaba convencida de que tenían un procedimiento estándar. Me preguntaba dónde estaría Alcide. Quizá había dado caza a ese hijo de puta de Newlin.

Me desperté cuando escuché el tintineo de unas llaves.

—He vuelto —dijo Eric. Su voz era muy tranquila, y tuve que abrir bien los ojos para asegurarme de que estaba allí de verdad—. Es un Lincoln blanco. Lo he aparcado junto al garaje; no había espacio dentro, es una pena. No dejaron que me acercara más para confirmar lo que ha dicho Bubba. ¿Me estás escuchando?

Asentí.

—Buena suerte —Eric titubeó—. Si consigo librarme de lo mío, te veré en el garaje en cuanto se ponga el sol. Si no te encuentro allí, volveré a Shreveport.

Abrí los ojos. La habitación estaba a oscuras. Aun así, podía ver la piel de Eric relucir. La mía también lo hacía. Aquello me aterró. Apenas acababa de dejar de brillar por haber tomado la sangre de Bill (en una situación de emergencia), cuando volvía a declararse otra crisis, y ahora brillaba como una bola de discoteca. La vida en torno a los vampiros era una constante emergencia, concluí.

—Ya hablaremos —dijo Eric ominosamente.

—Gracias por el coche —contesté.

Eric bajó la mirada hacia mí. Parecía tener un chupetón en el cuello. Abrí la boca, pero la volví a cerrar. Mejor sería no hacer ningún comentario.

—No me gusta tener sentimientos —dijo Eric con frialdad, y se marchó.

Sería difícil superar la aspereza de esa despedida.

11

Una fina línea de luz se dibujaba en el cielo cuando salí a escondidas de la mansión del rey de Misisipi. Aquella mañana era un poco más calurosa, y el cielo se había oscurecido no sólo con el manto de la noche, sino también por la lluvia. Llevaba mis pertenencias enrolladas bajo el brazo. Aunque no sé cómo, mi bolso y mi chal de terciopelo habían llegado a la mansión desde el club. Tenía los zapatos de tacón enrollados en el chal. En el bolso estaba la llave del apartamento de Alcide, la que me había prestado, por lo que contaba con la seguridad de un cobijo en caso de necesitarlo. Bajo el otro brazo llevaba la manta de la cama, pulcramente doblada. Había hecho la cama para que su ausencia pasara desapercibida durante un tiempo.

Lo que no me había prestado Bernard era su chaqueta. Por lo que, al salir, me vi obligada a coger una acolchada y azul que estaba colgada de la balaustrada. Me sentí muy culpable. Nunca había robado nada antes. Y ahora lo había hecho dos veces en un momento: la manta y la chaqueta. Mi conciencia protestaba de un modo vehemente.

De todas formas, cuando pensé en todo lo que probablemente tendría que hacer para salir de ese complejo, el robo de una chaqueta y una manta se me antojó una tontería. Así que le dije a mi conciencia que se callara.

Mientras me arrastraba por la cavernosa cocina y abría la puerta de atrás, mis pies se deslizaban sobre las chanclas elásticas que Bernard había incluido en el montón de ropa que me trajo a la habitación. Los calcetines y las chanclas eran, de lejos, mucho mejor opción que tener que balancearme sobre los tacones.

Hasta el momento no había visto a nadie. Parecía haber acertado con la hora mágica. Casi todos los vampiros estarían, seguramente, en sus ataúdes, camas, bajo tierra o donde demonios se escondieran para pasar el día. Casi todas las criaturas cambiantes, de cualquier tendencia, seguirían aún en la juerga de la noche pasada o estarían durmiendo su resaca. Pero yo vibraba de tensión, pues en cualquier momento mi suerte podría acabarse.

Detrás de la mansión había una diminuta piscina, cubierta durante el invierno con una lona negra. Los bordes de ésta tenían pesos y se extendían más allá del perímetro de la piscina. La caseta aledaña estaba completamente a oscuras. Me deslicé en silencio por el camino de losas desiguales y, tras sortear un acceso en la cerca, desemboqué en una zona pavimentada. Gracias a mi visión mejorada, pude ver inmediatamente que había encontrado el patio situado frente a los antiguos establos. Era un gran edificio cubierto de tablas blancas, y en el primer piso (donde Bubba había detectado los apartamentos) había ventanas con aleros. Era el garaje con más estilo que había visto nunca; los espacios para los coches no tenían puertas, sino pasajes abovedados. Pude contar cuatro vehículos aparcados dentro, desde la limusina hasta un jeep. Y allí, a la derecha, en vez de un quinto paso abovedado, había un muro sólido con una puerta en el medio.

«Bill», pensé. «Bill.» El corazón me latía a toda velocidad. Con un abrumador sentido de alivio, vi el Lincoln aparcado cerca de la puerta. Giré la llave en la puerta del conductor y se abrió. Al hacerlo, se encendió la luz interior, aunque no parecía que hubiera nadie allí para verla. Puse el bulto con mis cosas sobre el asiento del copiloto y entorné la puerta del conductor para que pareciese que estaba cerrada. Encontré un botón y apagué la luz interior. Invertí un valioso minuto en contemplar el salpicadero, aunque estaba tan excitada y aterrorizada que me costó concentrarme. Luego salí a la parte posterior del coche y abrí el maletero. Era enorme, aunque no tan limpio como el interior. Me dio la sensación de que Eric había cogido todo lo que hubiera dentro de gran tamaño y lo había tirado a la basura, dejándose el fondo salpicado de papeles de fumar, bolsas de plástico y manchas de polvo blanco. Hmmm, bueno, vale. En este momento, no era lo importante. Eric había puesto allí dos botellas de sangre y yo las aparté a un lado. El maletero estaba sucio, sí, pero despejado de cualquier cosa que pudiera incomodar a Bill.

Respiré hondo y aferré la manta contra mi pecho. Entre sus pliegues estaba la estaca con la que me habían herido. Era la única arma que tenía y, a pesar de su grotesca apariencia (aún estaba manchada con mi sangre y tenía algo de tejido), la había recuperado del cubo de la basura y me la había traído conmigo. A fin de cuentas, sabía por experiencia que se podía hacer mucho daño con ella.

El cielo tenía una capa de sombra menos, pero cuando noté las gotas de lluvia en la cara, confié en que la oscuridad durara un rato más. Me dirigí a hurtadillas hacia el garaje. Moverse así sin duda parecería sospechoso, pero no me podía permitir caminar abiertamente hasta la puerta, sin más. La grava hacía que mantener silencio fuese algo casi imposible, a pesar de lo cual traté de pisar con tanta ligereza como me fue posible.

Pegué la oreja a la puerta y escuché con mi sexto sentido, en su versión mejorada. No «oí» nada. Al menos sabía que no había ningún humano dentro. Giré el pomo lentamente, devolviéndolo con cuidado a su posición después de empujar la puerta y entré en la habitación.

El suelo era de madera y estaba cubierto de manchas. El olor era terrible. Supe de inmediato que no era la primera vez que Russell empleaba esa estancia para torturar. Bill estaba en el centro de la habitación, aferrado a una silla de espalda recta con cadenas de plata.

Después de las emociones encontradas y el entorno extraño de los últimos días, sentí que el mundo de repente volvía a estar en su sitio.

Todo estaba claro. Allí estaba Bill. Lo salvaría.

Y, después de contemplarlo al detalle a la luz de una bombilla desnuda que colgaba del techo, supe que haría cualquier cosa para lograrlo.

En ningún momento había imaginado nada tan terrible.

Tenía marcas de quemaduras bajo las cadenas de plata que rodeaban todo su cuerpo. Sabía que la plata producía una incesante agonía a los vampiros, y mi Bill la estaba padeciendo en ese momento. Lo habían quemado también con otras cosas, y lo habían cortado, más de lo que su capacidad de curación podía paliar. Lo habían matado de hambre y le habían negado el sueño. Se había desplomado, y supe que estaba aprovechando cada minuto de respiro durante la ausencia de sus torturadores. Tenía su pelo oscuro salpicado de sangre.

Dos puertas conducían fuera de la estancia sin ventanas. La de mi derecha daba acceso a una especie de dormitorio. Podía ver algunos camastros a través de la entrada. Había un hombre repantingado en uno de ellos y completamente vestido. Era uno de los licántropos, descansando de su fiesta mensual. Roncaba, y tenía manchas negras alrededor de la boca que no me apetecía examinar más de cerca. No podía ver el resto de la habitación, por lo que no era capaz de asegurar que no hubiera más; sería inteligente dar por sentado que sí los había.

La puerta en la parte posterior de la habitación se adentraba aún más en el garaje, quizá hasta unas escaleras que subían a los apartamentos. No tenía tiempo para investigar. Un sentido de urgencia me impelía a sacar a Bill de allí lo antes posible. Las prisas me hacían temblar. Hasta entonces, había tenido una suerte increíble. No debía contar con que fuera a durarme mucho más.

Me acerqué dos pasos hacia Bill.

Sabía que cuando me oliera, me reconocería.

Agitó la cabeza y sus ojos se clavaron en mí. Una terrible esperanza brilló en su demacrado rostro. Alcé un dedo; me dirigí en silencio hacia la puerta abierta del dormitorio y, con mucho, mucho cuidado, la deslicé hasta casi cerrarla. Luego corrí detrás de él y contemplé las cadenas. Había dos pequeños candados, como los que la gente pone en sus taquillas de la escuela, que mantenían sujetas las cadenas.

—Llave —le susurré a Bill al oído. Aún le quedaba un dedo ileso, y fue el que usó para señalar la puerta por la que yo había entrado. Había dos llaves colgadas de un clavo junto a la puerta, a bastante altura del suelo, y siempre a la vista de Bill. Estaba premeditado, por supuesto. Deposité la manta con la estaca en el suelo, junto a los pies de Bill. Me arrastré por el suelo manchado y extendí el brazo hacia arriba todo lo que pude. No fui capaz de alcanzar las llaves. Un vampiro capaz de flotar podría hacerse con ellas. Me recordé que era fuerte, gracias a la sangre de Eric.

En la pared había un estante con cosas interesantes, como atizadores y tenazas. ¡Tenazas! Me puse de puntillas y las cogí del estante, tratando de contener una arcada cuando me di cuenta de que tenían incrustaciones de…, oh, cosas horribles. Las alcé. Eran muy pesadas, pero logré alcanzar con ellas las llaves, deslizarlas hacia delante por el clavo y aferrarlas por su parte puntiaguda. Lancé un enorme suspiro de alivio con todo el silencio que me fue posible. No había sido tan difícil.

De hecho, aquélla fue la última cosa fácil que me encontré. Inicié la horrible tarea de liberar a Bill, mientras trataba de realizar los movimientos de las cadenas con todo el silencio posible. Resultó casi imposible deshacer el entramado de brillantes eslabones. Parecían haberse pegado a Bill, cuyo cuerpo al completo estaba rígido de tensión.

Entonces comprendí. Trataba de no gritar mientras las cadenas se llevaban porciones de su piel chamuscada. Mi estómago dio un respingo. Tuve que hacer una pausa durante unos preciosos segundos e inhalar con mucho cuidado. Si a mí me costaba tanto presenciar su agonía, ¿cómo sería para él soportarla?

Saqué fuerzas de flaqueza y reanudé la tarea. Mi abuela siempre me decía que las mujeres siempre son capaces de hacer lo que deben, y, una vez más, no se confundió.

Había literalmente kilómetros de cadenas, y el laborioso proceso de desenrollarlas me llevó más tiempo del que me habría gustado. En realidad, habría preferido que no hubiera llevado tiempo en absoluto. El peligro asomaba justo por encima de mi hombro. Palpaba el desastre, inhalándolo y exhalándolo, con cada respiración. Bill estaba muy débil, y pugnaba por mantenerse despierto ahora que el sol había salido. Lo bueno era que el día estaba muy nublado, pero sería incapaz de moverse demasiado cuando el sol ascendiera, por muy encapotado que estuviese.

La última porción de cadena cayó al suelo.

—Tienes que levantarte —le dije a Bill al oído—. Tienes que hacerlo. Sé que duele, pero no puedo llevarte en brazos —al menos eso pensaba yo—. Fuera hay un Lincoln grande, y el maletero está abierto. Te meteré ahí, enrollado en esta manta, y saldremos de aquí. ¿Me has entendido, cielo?

La cabeza de Bill se movió una fracción de centímetro.

Justo en ese momento se nos agotó la suerte.

—¿Quién demonios eres tú? —preguntó una voz con fuerte acento. Alguien había llegado por la puerta que tenía a mis espaldas.

Bill se estremeció bajo mis manos. Me volví a toda prisa, con la estaca lista para ser usada, pero ya se había echado encima de mí.

Me había convencido de que todos estarían pasando el día en sus ataúdes, pero esta vampira estaba haciendo lo imposible por matarme.

Y lo habría conseguido en un momento, de no ser porque estaba tan sorprendida como yo. Retorcí mi brazo para librarme de su presa y pivoté alrededor de la silla de Bill. Ella sacó los colmillos y empezó a gruñirme por encima de la cabeza de Bill. Era rubia, como yo, pero sus ojos eran marrones y tenía menor complexión física; de hecho, era muy baja. Tenía sangre reseca en las manos, y supe que era de Bill. Una llamarada me recorrió las entrañas. Pude sentir que su calor destelló a través de mis ojos.

—Tú debes de ser su putita humana —dijo—. Me lo he estado follando todo este tiempo, ¿me oyes? En cuanto me vio, se olvidó por completo de ti, salvo por la pena que le inspirabas.

Bien, pues Lorena no era nada elegante, pero sí sabía cómo hacerme daño. Me desembaracé de sus palabras, cuya única intención eran distraerme. Me cambié la estaca de mano para estar lista, y ella saltó por encima de Bill para acabar sobre mí.

En cuanto se movió, alcé inconscientemente la estaca y apunté en ángulo. Al aterrizar encima de mí, la afilada punta se hundió en su pecho y la atravesó de lado a lado. Nos quedamos tendidas en el suelo. Yo aún sostenía el extremo de la estaca, mientras ella permanecía apartada de mí, apoyando las manos sobre el suelo. Bajó la vista hacia el trozo de madera que le atravesaba el pecho, pasmada. Entonces me miró a los ojos con la boca abierta y los colmillos en franca retirada.

—No —dijo, y sus ojos se volvieron vidriosos.

Empleé la estaca para quitármela de encima, dejándola caer a mi izquierda, y me incorporé como pude. Jadeaba, y las manos me temblaban con violencia. Ella no se movió. Todo el incidente había sido tan rápido y silencioso, que apenas me resultó real.

Los ojos de Bill pasaron de la cosa que yacía en el suelo a mí. Su expresión era inescrutable.

—Bueno —le dije—. Ahora he sido yo quien le ha dado por culo.

Acto seguido me encontré de rodillas al lado del cadáver, tratando de no vomitar.

Me llevó unos valiosísimos segundos recuperar el control. Tenía un objetivo que alcanzar. Su muerte no me serviría de nada si no conseguía sacar a Bill de allí antes de que viniese alguien. Tenía que obtener alguna ventaja de un acto tan horrible.

No sería mala idea esconder el cuerpo, que empezaba a arrugarse, pero eso tendría que hacerse después de sacar a Bill. Le puse la manta sobre los hombros mientras él seguía recostado sobre la silla manchada. No me atrevía a mirarle a la cara después de lo que había hecho.

—¿Ésa era Lorena? —susurré al oído de Bill, invadida por una súbita duda—. ¿Ella te hizo esto?

Hizo un imperceptible asentimiento.

Pim, pam, pum, la bruja era historia.

Después de una pausa, mientras esperaba a sentir algo, lo único que se me pasó por la cabeza fue preguntarle a Bill por qué alguien llamado Lorena tendría un acento extranjero. Era una soberana tontería, así que me olvidé de ello.

—Tienes que despertarte. Tienes que mantenerte despierto hasta que te meta en el coche, Bill —trataba de mantener un ojo mental abierto de cara a los licántropos de la habitación contigua. Uno de ellos empezó a roncar tras la puerta cerrada, y pude sentir la presencia mental de otro, uno que no había podido ver antes. Me quedé helada durante varios segundos, hasta que sentí que esa mente regresaba a un patrón de sueño. Respiré muy profundamente y cubrí la cabeza de Bill con una porción de manta. Me eché su brazo izquierdo alrededor del cuello y lo levanté. Abandonó la silla, y, si bien lanzó un hondo siseo de dolor, logró arrastrarse hasta la puerta. Lo estaba llevando casi a peso, así que me alegré de poder detenerme allí para girar el pomo. Entonces casi lo perdí, pues se estaba quedando literalmente dormido de pie.

Sólo el miedo a que nos atraparan ejercía de estímulo suficiente para que siguiera moviéndose.

La puerta se abrió, y comprobé la manta, que resultó ser peluda y amarilla, para asegurarme de que le cubría completamente la cabeza. Bill gimió y flaqueó al sentir la luz del sol, a pesar de lo débil que era ésta aún. Empecé a hablarle entre respiraciones pesadas, maldiciéndolo y retándolo a que siguiera moviéndose, diciéndole que yo podía mantenerlo despierto si esa zorra de Lorena lo había conseguido, que sería capaz de pegarle si no conseguía llegar al coche.

Finalmente, con un tremendo esfuerzo que me dejó temblando, llevé a Bill hasta el maletero del coche. Lo abrí.

—Bill, siéntate en el borde —le dije, tirando de él hasta que me encaró y se sentó en el borde del maletero. Pero en ese momento, la vida se le escapó y se cayó redondo de espaldas. Al caer en el espacio libre del maletero, emitió un profundo sonido de dolor que me desgarró el corazón. Después, se quedó en silencio e inconsciente.

Era aterrador ver desvanecerse a Bill así. Quería zarandearlo, gritarle, golpearle el pecho.

Pero nada de eso serviría.

Me centré en terminar de meterlo (una pierna, un brazo) en el maletero y luego lo cerré. Me permití el lujo de un instante de intenso alivio.

De pie, bajo la tenue luz, en el patio desierto, mantuve un breve debate interno. ¿Debería ocultar el cuerpo de Lorena? ¿Merecería ese esfuerzo el tiempo y la energía?

Cambié de opinión alrededor de seis veces a lo largo de treinta segundos. Finalmente decidí que sí, podría merecer la pena. Si no veían el cuerpo, los licántropos podrían suponer que Lorena se había llevado a Bill a alguna parte para realizar una sesión extra de torturas. Y dado que Russell y Betty Joe seguían inconscientes, serían incapaces de impartir instrucciones a nadie. No me parecía que Betty Joe me estuviera tan agradecida por lo del otro día como para perdonarme la vida si me pillaba en ese preciso momento. Una muerte rápida sería lo máximo a lo que podría aspirar.

Tomada la decisión, regresé a la horrible habitación manchada de sangre. La desdicha impregnaba las paredes, junto con la sangre. Me pregunté cuántos humanos, licántropos y vampiros habían sido mantenidos prisioneros en esa habitación. Recogí las cadenas con todo el silencio que me fue posible y las metí en la blusa de Lorena, para que cualquiera que registrara la habitación supusiera que aún las llevaba Bill. Miré en derredor para comprobar si quedaba algo por limpiar. Había ya tanta sangre por todas partes, que la de Lorena no llamaba la atención.

Era hora de largarse.

Para evitar que arrastrara sus tacones e hiciera ruido, me la eché al hombro. Nunca había hecho nada parecido antes, por lo que el proceso fue un tanto extraño. Afortunadamente para mí, ella era muy bajita y yo tenía una dilatada práctica en bloquear ideas. De lo contrario, la forma en la que Lorena colgaba, completamente inerte, y en la que empezaba a descascarillarse, me habría vuelto las tripas del revés. Apreté los dientes para contener la erupción de histeria que trataba de abrirse paso por mi garganta.

Llovía a cántaros cuando llevé el cuerpo hasta la piscina. Sin la sangre de Eric, jamás habría sido capaz de levantar los pesos de la lona que la cubría, pero lo conseguí con una sola mano y tiré lo que quedaba de Lorena al agua con un pie. Era consciente de que, en cualquier momento, cualquiera podría mirar por alguna de las ventanas de la parte posterior de la mansión y verme. Si algún humano de los que habitaban la casa lo hizo, decidió guardar silencio.

Empezaba a sentirme abrumadoramente fatigada. Caminé pesadamente de regreso por el camino de losas, atravesé la cerca y llegué al coche. Me apoyé en él un momento para recuperar el aliento y reponerme un poco. Luego me subí al asiento del conductor y encendí el motor. El Lincoln era el coche más grande que había conducido jamás, y uno de los más lujosos en los que me había montado, pero en ese momento no podía permitirme saborear el placer. Me abroché el cinturón de seguridad, ajusté espejo y asiento y miré el salpicadero con cuidado. Necesitaría los limpiaparabrisas, era evidente. Ese coche era de los nuevos, así que las luces se encendieron solas. Una preocupación menos.

Respiré hondo. Aquélla era al menos la tercera fase del rescate de Bill. Resultaba escalofriante pensar en la cantidad de cosas que habían salido bien por mera suerte, pero ni siquiera los planes mejor pensados tienen en cuenta todas las casualidades. No sería posible. Así que, generalmente, mis planes solían dejar un amplio espacio a la improvisación.

Giré con el coche y salí del patio. El camino describía una suave curva y cruzaba por delante del edificio principal. Por primera vez, vi la fachada de la mansión. Era preciosa, con las paredes pintadas de blanco y enormes columnas, como me había imaginado. Russell se había gastado una buena suma en la restauración de ese sitio.

El camino discurría irregular por los terrenos, que parecían perfectamente arreglados a pesar de la estación invernal. Por muy largo que fuese, se hacía demasiado corto. Pude ver el muro frente a mí. Allí estaba el puesto de control de la puerta, y había alguien en él. Sudaba a pesar del frío.

Me detuve justo delante de la puerta. Había un pequeño cubículo blanco a un lado, de cristal desde el nivel de la cintura para arriba. Se extendía a ambos lados del muro, de forma que los guardas podían comprobar tanto los vehículos entrantes como los salientes. Más valía que tuviese calefacción, por el bien de los dos licántropos que estaban de servicio. Ambos vestían de cuero y parecían muy gruñones. Habían pasado una dura noche, no cabía duda al respecto. Mientras detenía el coche, tuve que resistirme a un abrumador impulso de atravesar esas puertas a la carrera. Uno de los licántropos salió. Llevaba un rifle, así que me alegré de no haber cedido al impulso.

—Supongo que Bernard ya os habrá dicho que me marchaba esta mañana —dije, tras bajar la ventanilla. Traté de sonreír.

—¿Tú eres ésa a la que clavaron la estaca anoche? —mi interrogador era hosco, iba sin afeitar y olía a perro mojado.

—Sí.

—¿Cómo te encuentras?

—Mejor, gracias.

—¿Volverás para la crucifixión?

No debí de haberle escuchado bien.

—¿Cómo dices? —le pregunté débilmente.

Su compañero, que había salido hasta la puerta del cubículo, dijo:

—Cierra el pico, Doug.

Doug enfiló a su compañero licántropo con la mirada, pero se encogió de hombros tras comprobar que no surtía efecto alguno.

—Vale, puedes irte.

Las puertas se abrieron con demasiada lentitud para lo que me habría gustado. Cuando el espacio fue suficiente y los licántropos hubieron dado un paso atrás, inicié la marcha con mucha tranquilidad. De repente, me di cuenta de que no tenía ni idea de hacia dónde ir, pero parecía lógico girar a la derecha, pues quería volver a Jackson. Mi subconsciente me decía que anoche habíamos girado a la derecha para entrar en el camino de la mansión.

Mi subconsciente era un mentiroso de cuidado.

Al cabo de cinco minutos, estaba bastante segura de que nos habíamos perdido. El sol seguía ascendiendo con naturalidad, a pesar de la masa de nubes. No podía recordar si la manta cubría suficientemente a Bill, ni cuán aislado estaba el maletero de la luz del sol. A fin de cuentas, el transporte seguro de vampiros era algo que los fabricantes de coches no podían incluir en su lista de especificaciones.

Por otra parte, me dije que si el maletero era impermeable (algo muy importante), ¿por qué no iba a proteger su interior también del sol? Aun así, lo esencial era encontrar un lugar oscuro en el que aparcar el Lincoln y dejarlo las horas diurnas que quedaban. Si bien cada uno de mis impulsos me impelía a conducir lo más lejos posible de la mansión, por si alguien reparaba en la desaparición de Bill y ataba cabos, me aparté hacia el lado de la carretera y abrí la guantera. ¡Que Dios bendiga América! Había un mapa de Misisipi con un plano de Jackson.

Lo cual habría sido de gran ayuda de saber dónde demonios me encontraba en ese momento.

Cuando una se ve envuelta en huidas a la desesperada no debería perderse.

Respiré hondo unas cuantas veces, volví a salir a la carretera y conduje hasta encontrarme con una concurrida estación de servicio. Aunque el tanque del Lincoln estaba lleno (gracias, Eric), entré y aparqué junto a uno de los surtidores. El coche de al lado era un Mercedes negro, y la mujer que estaba repostando era de mediana edad y aspecto inteligente, vestida con ropa cómoda e informal. Mientras sacaba el rodillo de goma para el parabrisas de su cubo de agua, le pregunté:

—Usted no sabrá cómo volver a la Interestatal 20 desde aquí, ¿verdad?

—Oh, claro que sí —dijo ella. Sonrió. Era el tipo de persona a la que le encantaba ayudar a otra gente, y yo le estaba agradecida a mi buena estrella por habérmela encontrado—. Esto es Madison, y Jackson está al sur de aquí. La Interestatal 55 puede que esté a un kilómetro por ese camino —apuntó hacia el oeste—. Coja la Interestatal 55 dirección sur y dará de frente con la Interestatal 20. También podría tomar la…

Estaba a punto de estallar con tanta información.

—Oh, eso parece perfecto. Deje que pruebe con eso, o me volveré a perder.

—Claro, me alegro de haber sido de utilidad.

—No sabe cuánto.

Nos dedicamos mutuas miradas de mujeres simpáticas. Tuve que combatir el impulso de decir: «Hay un vampiro torturado en mi maletero», por el puro vértigo de la situación. Había rescatado a Bill y seguía viva, y esa misma noche estaríamos de regreso a Bon Temps. La vida sería maravillosamente desenfadada. Salvo, por supuesto, por el asunto de lidiar con mi novio infiel, averiguar si habían descubierto el cadáver del licántropo del que nos habíamos deshecho en Bon Temps, arriesgarme a escuchar lo mismo sobre el muerto que habíamos encontrado en el armario de Alcide y esperar a la reacción de la reina de Luisiana con respecto a la indiscreción de Bill con Lorena. Por indiscreción me refiero a la verbal: ni por un minuto pensé que sus actividades sexuales pudieran importarle un comino.

Aparte de eso, todo iba sobre ruedas.

—Bástenle a cada día sus propias preocupaciones —me dije. Era la cita bíblica favorita de la abuela. Cuando tenía unos nueve años, le pedí que me la explicara, y me dijo: «No hace falta que te busques problemas; ellos ya te están buscando a ti».

Con eso en mente, me aclaré las ideas. Mi siguiente objetivo era simplemente volver a Jackson y al cobijo del aparcamiento. Seguí las instrucciones que me había dado la amable mujer y, al cabo de media hora, me sentí aliviada mientras entraba en Jackson.

Sabía que si lograba encontrar el capitolio del Estado, podría localizar el apartamento de Alcide. No me había fijado en que las calles eran de un solo sentido, y tampoco había prestado mucha atención cuando Alcide me hizo el tour por el centro de Jackson. Pero no hay tantos edificios de cinco plantas en todo Misisipi, ni siquiera en la capital. Tras un intenso momento de lanzar juramentos, lo divisé.

«Bueno», pensé, «se acabaron todos mis problemas». ¿No es acaso estúpido pensar así?

Me desvié hacia la zona donde se encontraba el cubículo del guarda, donde había que esperar a que a una la reconocieran antes de que el tipo le diese a la manivela, pulsara el botón o hiciera lo que demonios fuese necesario para levantar la barrera. Me horrorizaba la idea de que no me dejase pasar porque me faltara una pegatina especial, como la que tenía Alcide en su camioneta.

No había nadie. El cubículo estaba vacío. Eso no era normal en absoluto. Fruncí el ceño, preguntándome qué hacer a continuación. Pero entonces apareció el guarda, enfundado en su uniforme marrón oscuro, caminando pesadamente por la rampa. Cuando vio que estaba esperando, pareció afligido, y se apresuró hacia el coche. Suspiré. Tendría que hablar con él después de todo. Pulsé el botón para bajar la ventanilla.

—Lamento haber estado ausente del puesto —dijo al momento—. Tenía que, eh… Necesidades personales.

Aquello me relajó un poco.

—He tenido que tomar prestado un coche —dije—. ¿Me puede facilitar una pegatina temporal? —lo miré de una manera que pudiera leerme las ideas. Mi mirada decía: «No me marees con el rollo de obtener la pegatina, y yo no diré nada sobre tu ausencia del puesto».

—Claro, señorita. ¿Era el apartamento 504?

—Tiene una memoria excelente —dije, y su correosa cara se sonrojó.

—Forma parte de mi trabajo —reconoció con despreocupación, y me extendió un número laminado que pegué en el salpicadero—. Si no le importa, devuélvamelo cuando se marche definitivamente. Si tiene pensado quedarse por más tiempo, tendrá que rellenar el correspondiente formulario y le asignaremos una pegatina. Lo cierto —dijo, un poco avergonzado— es que será el señor Herveaux quien tenga que rellenarlo, pues es él el propietario.

—Claro —dije—. No hay problema —le dediqué un alegre saludo con la mano mientras él iba hacia su cubículo para levantar la barrera.

Accedí al oscuro aparcamiento, envuelta en esa sensación de alivio que llega cuando se sortea un obstáculo importante.

Una vez asumido, no paré de temblar mientras saqué las llaves del contacto. Creí ver la camioneta de Alcide un par de filas más allá, pero aparqué en la parte más profunda del aparcamiento que me fue posible, en el rincón más oscuro, lejos de los demás coches. Hasta aquí llegaban mis planes. No sabía qué hacer a continuación. Lo cierto es que no creí que fuera a llegar tan lejos. Me recosté en el cómodo asiento durante un instante para relajarme y dejar de temblar antes de salir. Había llevado la calefacción al máximo durante la conducción desde la mansión, así que en el interior del coche hacía mucho calor.

Cuando desperté, supe que había dormido durante horas.

El coche estaba frío, y yo más aún, a pesar de la chaqueta acolchada. Salí con rigidez del asiento del conductor, estirándome para aliviar mis entumecidas articulaciones.

Quizá debería comprobar cómo estaba Bill. Seguro que se había movido en el maletero, y tenía que asegurarme de que seguía tapado.

Lo cierto es que sólo quería verle otra vez. El corazón se me aceleró con tan sólo pensarlo. Era una auténtica estúpida.

Comprobé la distancia hasta la débil luz del sol de la entrada; estaba bien lejos. Y había aparcado de modo que el maletero estuviera lejos de esa luz.

Sucumbiendo a la tentación, rodeé el coche hasta ponerme detrás. Giré la llave en la cerradura, la saqué y me la metí en el bolsillo de la chaqueta. Contemplé la tapa mientras se alzaba.

En la oscuridad del aparcamiento me costaba ver bien, y resultaba complicado divisar incluso la llamativa manta amarilla. Bill parecía muy bien escondido. Me incliné un poco más para taparle mejor la cabeza. Apenas tuve un segundo antes de escuchar el arrastrar de unos zapatos sobre el cemento y sentir un potente empujón por la espalda.

Caí en el maletero, encima de Bill.

Otro empujón acabó de meter mis piernas, y el maletero se cerró de un portazo.

Ahora, Bill y yo estábamos encerrados en el maletero del Lincoln.

12

Debbie. Supuse que había sido ella. Tras recuperarme del inicial acceso de pánico, que duró más de lo que estaba dispuesta a admitir, traté de revivir con detalle los últimos segundos. Capté el rastro de un patrón cerebral, lo suficiente para saber que mi agresor era un cambiante. Supuse que fue la ex novia de Alcide, no tan ex, al parecer, pues estaba en su aparcamiento.

¿Habría estado esperando a que volviera a la casa de Alcide desde la noche anterior? O ¿acaso se había encontrado con él durante el frenesí de la luna llena? Debbie se había molestado más de lo que imaginaba por el hecho de que acompañara a Alcide. O lo amaba, o era extremadamente posesiva.

Tampoco es que sus motivaciones me preocupasen demasiado en ese momento. Lo que sí me preocupaba era el aire. Por primera vez, me sentí afortunada por que Bill no respirara.

Reduje mi propio ritmo respiratorio. Nada de bocanadas profundas y llenas de pánico. No podía desperdiciar el aire. Traté de aclararme las ideas. Bien, me metieron en el maletero a eso de, digamos, la una de la tarde. Bill se despertaría a las cinco, cuando empezase a oscurecer. Quizá dormiría un poco más, pues estaba muy agotado, pero no iría más allá de las seis y media, seguro. Cuando despertara, podría sacarnos de ahí a los dos. ¿O no? Se encontraba muy débil. Había sufrido unas heridas terribles que le llevaría un tiempo curar, incluso siendo un vampiro. Tendría que descansar y reponer sangre antes de estar en forma. Y no había tomado ninguna en una semana. Mientras ese pensamiento se abría paso en mi mente, empecé a sentir frío de repente.

Frío por todas partes.

Bill tendría hambre. Mucha, mucha hambre. Estaría frenéticamente famélico.

Y ahí estaba yo. Comida rápida.

¿Sabría quién era yo? ¿Se daría cuenta de que era yo, a tiempo para detenerse?

Me dolía incluso más pensar que tal vez yo ya no le importara tanto como para que siquiera se le ocurriera detenerse. Podría chupar y chupar sin parar, hasta dejarme seca. Después de todo, había tenido una aventura con Lorena. Me había visto matarla, justo delante de sus ojos. Vale que ella lo había traicionado y torturado, y eso debería mitigar su cólera. Pero ¿acaso no son las relaciones un cúmulo de locuras?

Incluso mi abuela habría dicho: «Oh, mierda».

Vale, tenía que mantener la calma. Tenía que respirar leve y lentamente para ahorrar aire. Y tenía que recolocarnos para estar más cómoda. Me alegré de que fuera el maletero más grande que había visto en mi vida; de lo contrario, aquella maniobra habría sido imposible. Bill estaba inerte. Bueno, estaba muerto, por supuesto. Así que lo empujé sin demasiado temor a las consecuencias. En el maletero también hacía frío. Desenrollé a Bill un poco de la manta para compartirla con él.

Estaba oscuro. Me dieron ganas de escribirle una carta al diseñador del coche para dar fe de que el aislamiento contra la luz era perfecto. Si salía de allí con vida, claro. Sentí la forma de las dos botellas de sangre. ¿Estaría Bill satisfecho con eso?

De repente, recordé un artículo que había leído en una revista mientras esperaba en el dentista. Era sobre una mujer a la que habían tomado como rehén y la habían obligado a meterse en el maletero de su propio coche. Desde entonces, había emprendido una campaña para que se incluyeran manillas de apertura en el interior de los maleteros para que los eventuales secuestrados pudieran liberarse por sí mismos. Me pregunté si habría surtido efecto en los fabricantes de los Lincoln. Palpé los extremos del maletero, al menos las partes que podía alcanzar, y lo cierto es que noté el activador de lo que podría haber sido una manilla de apertura; había un punto en el que unos alambres se adherían al maletero, pero la manilla, de haber existido, había desaparecido.

Intenté tirar de ellos, moverlos a la izquierda y a la derecha. Maldición, no era justo. Casi me volví loca metida en ese maletero. La llave de mi libertad estaba ahí, conmigo, pero no era capaz de hacerla funcionar. Paseé las puntas de los dedos sobre el mecanismo una y otra vez, pero no pasaba nada.

Habían inhabilitado el mecanismo.

Traté de imaginarme cómo habría sido posible. Me avergüenza confesar que llegué a pensar que Eric quizá sabría que acabaría encerrada en el maletero, y ésta era su forma de decir: «Esto es lo que te pasa por preferir a Bill». Pero no podía creérmelo. Aunque era evidente que Eric tenía muchas lagunas morales, no creía que fuese capaz de hacerme eso. Después de todo, aún no había logrado su principal objetivo, que era poseerme. Era el mejor consuelo que podía hallar.

Como no tenía nada que hacer aparte de pensar, lo cual no consumía oxígeno extra hasta donde yo sé, medité acerca del anterior propietario del coche. Se me ocurrió que el amigo de Eric le facilitaría un coche fácil de robar, el de alguien que estuviera fuera a altas horas de la noche, alguien que pudiera permitirse un buen coche y cuyo maletero estuviese lleno de papeles de fumar, polvos y bolsitas de hierba.

Eric le había quitado el Lincoln a un traficante de drogas, estaba dispuesta a apostar por ello. Y ese traficante había inhabilitado el mecanismo de apertura interior del maletero por razones en las que ni siquiera me apetecía pensar detenidamente.

«Oh, dame un respiro», pensé, indignada (en ese momento no era difícil olvidar la cantidad de respiros de los que había dispuesto ese día). A menos que obtuviera un respiro final y pudiese salir del maletero, ninguno de los anteriores habría servido de nada.

Era domingo y no quedaba ya casi nada para Navidad, por lo que el aparcamiento estaba en silencio. Puede que algunos de los inquilinos se hubiesen ido de vacaciones, que los congresistas hubiesen regresado a sus respectivos distritos electorales, y que los demás estuviesen ocupados con… cosas típicas de un domingo próximo a la Navidad. Oí salir un coche mientras yacía ahí, y, al cabo de un tiempo, unas voces; dos personas saliendo del ascensor. Grité y golpeé la tapa del maletero, pero el ruido se lo tragó el arranque de un potente motor. Paré enseguida, temerosa de usar demasiado aire.

Os diré una cosa: permanecer en una oscuridad casi absoluta en un espacio reducido a la espera de que ocurra algo es una experiencia horrible. No tenía reloj. Debería haber tenido uno de esos que se encienden en la oscuridad. En fin. No llegué a dormirme, pero fui derivando hacia un extraño estado de suspensión animada. Supongo que se debía especialmente al frío. Incluso con la chaqueta acolchada y la manta, hacía un frío tremendo en el maletero. Tranquilo, frío, inmóvil, oscuro, silencioso. Se me iba la cabeza.

Entonces me aterré.

Bill empezó a moverse. Se agitaba entre gemidos de dolor. De repente, su cuerpo pareció tensarse. Sabía que me había olido.

—Bill —dije con voz ronca, con los labios tan entumecidos y fríos que apenas podía moverlos—. Bill, soy yo, Sookie. ¿Estás bien? Hay dos botellas de sangre. Bébetelas ahora mismo.

Me mordió. En su hambre, no me tuvo en cuenta y su mordisco me dolió de forma inenarrable.

—Bill, soy yo —dije, empezando a llorar—. Bill, soy yo. No hagas esto, cielo. Bill, soy Sookie. Hay TrueBlood aquí mismo.

Pero no paraba. Seguí hablando mientras él seguía chupando. Empecé a sentir más frío aún, y cada vez estaba más débil. Sus brazos me aferraban contra él. De nada serviría resistirse, sólo conseguiría excitarlo más. Su pierna aprisionaba las mías.

—Bill —susurré, pensando que quizá ya sería demasiado tarde. Con la pizca de fuerza que me quedaba, le pellizqué la oreja con los dedos de la mano derecha—. Bill, escúchame por favor.

—Ay —dijo. Su voz sonaba áspera; tenía la garganta irritada. Había dejado de drenarme. Ahora sentía otra necesidad, una muy cercana a la de alimentarse. Sus manos me bajaron los pantalones y, al cabo de un rato de tantear con las manos, recolocaciones y contorsiones, me penetró sin preparación alguna. Grité, y él me tapó la boca con una mano. Lloraba y sollozaba, y tenía la nariz atascada, lo que me obligaba a respirar por la boca. Me abandonó toda abnegación y empecé a luchar como una gata salvaje. Mordí, arañé y pataleé, olvidándome del aire disponible o de si aquello lo encolerizaría más. Necesitaba respirar.

Al cabo de unos segundos, aflojó la mano. Y dejó de moverse. Di una profunda bocanada. Lloraba profusamente, sollozo tras sollozo.

—¿Sookie? —dijo Bill con incertidumbre—. ¿Sookie?

No pude responder.

—Eres tú —dijo con voz ronca y extrañada—. Eres tú. ¿De verdad estuviste en la habitación?

Traté de recomponerme, pero me sentía mareada y temía que me fuera a marear en cualquier momento. Finalmente, pude decir en un susurro:

—Bill.

—Eres tú. ¿Estás bien?

—No —dije, casi con aire de disculpa. Después de todo, era Bill quien había sido hecho prisionero y torturado.

—¿Te he…? —hizo una pausa y pareció aunar fuerzas para seguir—. ¿Te he quitado más sangre de la que debía?

No fui capaz de responder. Posé la cabeza sobre su hombro. Estaba demasiado destrozada como para hablar.

—Es como si estuviésemos haciendo el amor en un armario —dijo Bill con voz subyugada—. ¿Te has…, eh, prestado voluntariamente?

Meneé la cabeza de lado a lado, y la volví a dejar sobre su hombro.

—Oh, no —susurró—. Oh, no.

Salió de mí y se removió mucho por segunda vez. Estaba recomponiéndome, y supongo que a sí mismo también. Tocó los alrededores con las manos.

—Un maletero —susurró.

—Necesito aire —dije con una voz tan baja que apenas era audible.

—¿Por qué no me lo dijiste? —Bill abrió un agujero en el maletero de un puñetazo. Estaba mucho más fuerte. Mejor para él.

Una fría brisa penetró en el espacio y la inhalé profundamente. Maravilloso oxígeno.

—¿Dónde estamos? —preguntó al cabo de un momento.

—En un aparcamiento —dije sin aliento—. Edificio de apartamentos. Jackson —me encontraba tan débil que lo único que me apetecía era dejarme ir.

—¿Por qué?

Traté de aunar energía para explicárselo.

—Alcide vive aquí —logré murmurar finalmente.

—¿Qué Alcide? ¿Qué se supone que debemos hacer ahora?

—Eric… viene. Bébete la sangre embotellada.

—Sookie, ¿estás bien?

No pude responder. De haber podido, quizá hubiera dicho: «Y ¿a ti qué te importa? Me vas a dejar de todos modos», o «Te perdono», aunque eso no parecía lo más probable. Quizá sólo le hubiera dicho que lo echaba de menos y que su secreto seguía a salvo conmigo; fiel hasta la muerte, así era Sookie Stackhouse.

Oí cómo abría una botella.

Mientras me deslizaba en una barca corriente abajo y cada vez más deprisa, me di cuenta de que Bill nunca llegó a revelar mi nombre. Sabía que habían hecho todo lo posible por averiguarlo, para secuestrarme y torturarme delante de él, y así doblegarlo. Y él no se lo había dicho.

El maletero se abrió con un ruido de metal arrancado.

Eric apareció perfilado contra las luces fluorescentes del aparcamiento. Se habían encendido cuando anocheció.

—¿Qué estáis haciendo los dos ahí dentro? —preguntó.

Pero la corriente me llevó con ella antes de poder responder.

—Creo que está volviendo en sí —observó Eric—. Puede que haya sido suficiente sangre —la cabeza me zumbó un instante y luego volvió el silencio—. Sí que está volviendo en sí —añadió, y mis ojos parpadearon hasta abrirse y contemplar las caras de tres hombres ansiosos sobre mí: Eric, Alcide y Bill. Por alguna razón, ese panorama me incitó a reírme. En casa eran tantos los hombres a los que les daba miedo o no querían saber nada de mí, y aquí estaban los únicos tres hombres del mundo que querían hacer el amor conmigo, o al menos habían pensado en ello seriamente; todos apilados alrededor de la cama. Reí nerviosamente por primera vez en lo que me había parecido un decenio.

—Los tres mosqueteros —dije.

—¿Tiene alucinaciones? —preguntó Eric.

—Creo que se está riendo de nosotros —explicó Alcide. No parecía disgustarle. Puso una botella vacía de TrueBlood sobre la mesilla que tenía detrás. Había una gran jarra al lado, y también un vaso.

Bill entrelazó sus dedos helados con los míos.

—Sookie —dijo con esa voz baja que siempre me provocaba un escalofrío en la columna. Traté de centrarme en su cara. Estaba sentado sobre la cama, a mi derecha.

Tenía mejor aspecto. Los cortes más profundos se habían reducido a cicatrices en su cara, y las magulladuras se estaban desvaneciendo.

—Me preguntaron si volvería para la crucifixión —le dije.

—¿Quién te lo dijo? —se inclinó hacia mí, con la expresión atenta y los ojos muy abiertos.

—Los guardas de la puerta.

—¿Los guardas de la puerta de la mansión te preguntaron si volverías para la crucifixión de esta noche? ¿De esta noche?

—Sí.

—¿La de quién?

—No lo sé.

—Habría esperado que dijeras algo como «¿Dónde estoy?» —dijo Eric—, y no que preguntaras por una crucifixión que va a producirse… o que quizá ya se está produciendo —se corrigió, echando una mirada al reloj que había sobre la mesa.

—A lo mejor se referían a la mía —Bill parecía un poco impactado por la idea—. Quizá decidieran acabar conmigo esta noche.

—O puede que hayan cogido al fanático que trató de clavarle la estaca a Betty Joe —sugirió Eric—. Ése sí que sería todo un candidato a la crucifixión.

Pensé en ello tanto como era capaz de razonar a pesar de que el agotamiento no dejaba de amenazar con aplastarme.

—No creo que se refirieran a él —susurré. El cuello me dolía horrores.

—¿Lograste leer algo en los licántropos? —preguntó Eric.

Asentí.

—Creo que se referían a Bubba —susurré, y todos se quedaron helados.

—Será subnormal… —dijo Eric con brutalidad tras un instante para procesarlo—. ¿Lo han cogido?

—Eso creo —era la impresión que yo tenía.

—Tendremos que recuperarlo —dijo Bill—. Si es que sigue vivo.

Era todo un gesto de valentía por parte de Bill aquella disponibilidad a regresar al complejo. Yo, en su lugar, jamás lo habría dicho.

El silencio que cayó resultó de lo más incómodo.

—¿Eric? —las oscuras cejas de Bill se arquearon; aguardaba un comentario.

Eric dejó traslucir un enfado de lo más aristocrático.

—Supongo que tienes razón. Tenemos una responsabilidad hacia él. ¡No puedo creer que su Estado natal quiera ejecutarlo! ¿Dónde está su lealtad?

—Y ¿tú? —la voz de Bill fue mucho más fría cuando le preguntó a Alcide.

El calor de Alcide llenó la habitación, igual que la confusa maraña de sus pensamientos. Vale, había pasado gran parte de la noche anterior con Debbie.

—No veo cómo podría ayudar —dijo Alcide, desesperadamente—. Mi negocio, el de mi padre, depende de que yo pueda venir a menudo a esta ciudad. Y si me enemisto con Russell y su gente, eso sería prácticamente imposible. Ya será bastante complicado cuando averigüen que debió de ser Sookie quien liberó a su prisionero.

—Y mató a Lorena —añadí.

Otro significativo silencio.

Eric empezó a sonreír.

—¿Te cargaste a Lorena? —manejaba bien la jerga para ser un vampiro tan antiguo.

No fue fácil interpretar la expresión de Bill.

—Sookie le clavó una estaca —dijo—. Fue una muerte justa.

—¿Mató a Lorena en una pelea? —la sonrisa de Eric se hizo más grande si cabe. Estaba tan orgulloso como un padre que escucha a su primogénito recitar a Shakespeare.

—Una pelea muy corta —dije, pues no quería obtener ningún mérito que no me correspondiese. Si es que se puede hablar de mérito.

—Sookie ha matado a una vampira —dijo Alcide, como si eso también me diera puntos en su evaluación. Los dos vampiros de la habitación fruncieron el ceño.

Alcide llenó y me ofreció un gran vaso de agua. Me lo bebí lenta y dolorosamente. Me sentí notablemente mejor al cabo de uno o dos minutos.

—Volviendo al tema —dijo Eric, dedicándome otra significativa mirada para mostrarme que tenía más cosas que decir acerca de la muerte de Lorena—. Si no han identificado a Sookie como quien ha liberado a Bill, sin duda es la mejor elección para volver al complejo sin dar la alarma. Puede que no la estén esperando, pero no creo que la rechacen sin más. Estoy seguro. Sobre todo si dice que tiene un mensaje para Russell de parte de la reina de Luisiana, o que tiene algo que quiere devolverle a Russell… —se encogió de hombros, como para decir que no costaría demasiado dar con una buena historia.

No me apetecía volver a ese sitio. Pensé en el pobre Bubba y traté de preocuparme por su destino (que podría haberse cumplido ya), pero estaba demasiado débil para ello.

—¿Una bandera blanca? —sugerí. Me aclaré la garganta—. ¿Los vampiros tienen algo como eso?

Eric parecía pensativo.

—Por supuesto, pero en ese caso tendría que explicar quién soy —dijo.

La felicidad había hecho que Alcide resultara mucho más fácil de leer. Se preguntaba cuándo podría llamar a Debbie.

Abrí la boca, me lo pensé, la cerré y la volví a abrir. Qué demonios.

—¿Sabes quién me empujó al maletero y lo cerró? —le pregunté a Alcide. Sus ojos verdes se clavaron en mí. Su expresión se tornó pétrea, contenida, como si temiese que la emoción se le fuese a filtrar por ella. Se volvió y abandonó la habitación, cerrando la puerta tras de sí. Por primera vez, me di cuenta de que estaba en el dormitorio para huéspedes de su apartamento.

—Bueno, y ¿quién lo hizo, Sookie? —preguntó Eric.

—Su ex novia. No tan ex, después de anoche.

—Y ¿por qué iba a hacer algo así? —quiso saber Bill. Hubo otro llamativo silencio.

—Sookie hacía las veces de la nueva novia de Alcide para poder acceder al club —dijo Eric delicadamente.

—Oh —dijo Bill—. ¿Por qué necesitabas acceder al club?

—Te han debido de dar muchos golpes en la cabeza, Bill —dijo Eric fríamente—. Trataba de «escuchar» adónde te habían llevado.

Aquello se estaba acercando demasiado a las cosas de las que Bill y yo teníamos que hablar a solas.

—Sería una estupidez volver ahí —dije—. ¿Qué hay de una llamada telefónica?

Los dos se me quedaron mirando como si me estuviese convirtiendo en rana.

—Pues qué buena idea —dijo Eric.

Resultó que el número de teléfono figuraba bajo el nombre de Russell Edgington, no de «La mansión del terror» o «Vampires R Us». Terminé de cimentar la historia mientras tragaba el contenido de una gran taza opaca de plástico. Detestaba el sabor de la sangre sintética que Bill insistió en que bebiera, así que la mezcló con zumo de manzana. Procuré no mirar mientras la engullía.

Me la habían hecho beber de un trago cuando se presentaron en el apartamento de Alcide esa noche; no les pregunté cómo. Al menos ahora entendía por qué la ropa que me había prestado Bernard tenía un aspecto tan horrible. Parecía que me hubieran rajado la garganta, en vez de las magulladuras habituales por el doloroso mordisco de Bill. Seguía muy irritada, pero estaba mejor.

Por supuesto, yo fui la encargada de hacer la llamada. Aún no había conocido a ningún hombre de más de dieciséis años que le gustara hablar por teléfono.

—Con Betty Joe Pickard, por favor —le dije a la voz de hombre que contestó.

—Está ocupada —dijo secamente.

—Tengo que hablar con ella ahora mismo.

—Ahora mismo no puede. ¿Me deja su número?

—Soy la mujer que le salvó la vida anoche —de nada servía andarse por las ramas—. Tengo que hablar con ella ahora mismo. *Tout de suite*.

—Espere.

Hubo una larga pausa. Podía escuchar a gente pasando cerca del teléfono de vez en cuando, así como un animado alboroto, como llegando desde la distancia. No me apetecía pensar en ello demasiado. Eric, Bill y Alcide, que apareció finalmente en la habitación cuando Bill le preguntó si podía usar su teléfono, permanecían de pie, poniéndome todo tipo de caras, a lo que yo respondía con meros encogimientos de hombros.

Finalmente escuché el ruido seco de tacones acercándose.

—Te estoy agradecida, pero no puedes seguir alegando la deuda eternamente —dijo Betty Joe Pickard con brusquedad—. Contribuimos a tu curación y te dejamos un lugar donde recuperarte. No te borramos la memoria —añadió, como si fuese un detalle que se le hubiera escapado hasta ese preciso instante—. ¿Para qué llamas?

—¿Tenéis allí a un vampiro imitador de Elvis?

—Y si lo tenemos, ¿qué? —de repente parecía muy cauta—. Capturamos a un intruso tras nuestros muros anoche, sí.

—Esta mañana, al abandonar vuestro complejo, me volvieron a secuestrar —dije. Pensamos que sonaría convincente por mi tono ronco y agotado.

Hubo un largo silencio mientras ella meditaba acerca de las implicaciones.

—Tienes la costumbre de encontrarte en el lugar equivocado —dijo, como si remotamente le diera pena.

—Han hecho que os llame —dije con cuidado—. Se supone que tengo que deciros que el vampiro que tenéis allí es quien parece ser.

Se rió un poco.

—Oh, pero… —comenzó, y luego se calló—. Estás de coña, ¿verdad?

Mamie Eisenhower jamás habría dicho algo así, estaba dispuesta a jurarlo.

—En absoluto. Había un vampiro trabajando en el depósito de cadáveres la noche en que él murió —dije ronca. Betty Joe emitió un sonido a caballo entre el susto y el sofoco—. No lo llaméis por su verdadero nombre. Dirigíos a él como Bubba. Y, por el amor de Dios, no le hagáis daño.

—Pero ya hemos… ¡Aguarda!

Se fue corriendo. Pude escuchar el urgente sonido de sus pasos mientras se desvanecía en la distancia.

Suspiré y aguardé. Al cabo de unos segundos, estaba desquiciada con los tres tíos que no me quitaban ojo de encima. Me parecía que ya estaba lo bastante fuerte como para sentarme derecha.

Bill me sostuvo delicadamente mientras Eric me ponía almohadas detrás de la espalda. Me alegré de que alguno de ellos hubiera sido tan previsor como para extender la manta amarilla sobre el colchón y que no se mancharan de sangre las sábanas. Durante todo ese tiempo mantuve el auricular del teléfono pegado a la oreja, y cuando chirrió me sobresalté.

—Lo hemos bajado a tiempo —dijo Betty Joe, contenta.

—La llamada llegó a tiempo —le dije a Eric. Cerró los ojos. Parecía que estaba elevando una plegaria. Me pregunté a quién. Aguardé más instrucciones.

—Diles —dijo— que lo dejen marchar y nosotros lo llevaremos a casa. Diles que les pedimos disculpas por haberlo dejado rondar por ahí.

Transmití el mensaje de mis «secuestradores».

Betty Joe no tardó en rechazar las instrucciones.

—¿Les puedes preguntar si se podría quedar a cantarnos un poco? Está en buena forma —dijo.

Cuando se lo dije, Eric puso los ojos en blanco.

—Que se lo pregunte, pero si se niega, tendrá que conformarse y no volver a pedírselo —dijo—. Le molesta mucho que lo hagan si no está de humor. Y a veces, cuando canta, le vienen recuerdos y se pone…, eh, muy pesado.

—Está bien —dijo cuando se lo hube explicado—. Haremos lo que podamos. Si no quiere cantar, dejaremos que se marche en paz —por el sonido, debió de volverse hacia alguien que tenía cerca. ¡Aleluya! Dos noches redondas seguidas en la mansión del rey de Misisipi, supongo.

Betty Joe volvió a hablar al teléfono:

—Espero que salgas con buen pie de tu aprieto. No sé cómo demonios quienquiera que te tenga ha tenido la suerte de estar al cuidado de la mayor estrella del mundo. ¿Considerarían negociar?

Aún no sabía ella los problemas que aquello acarreaba. Bubba tenía una desafortunada predilección por la sangre de gato, era un poco obtuso y tan sólo podía seguir indicaciones sencillas, aunque, de vez en cuando, mostraba destellos de sagacidad. Seguía las órdenes de forma bastante literal.

—Pide permiso para quedárselo —le dije a Eric. Me estaba cansando de ser la mensajera. Pero Betty Joe no podía reunirse con él, pues sabría que era el supuesto amigo de Alcide quien me ayudó a acceder a la mansión la noche anterior.

Aquello era demasiado complicado para mí.

—¿Sí? —dijo Eric, al teléfono. De repente tenía acento británico. El señor Maestro del disfraz. Enseguida estaba diciendo cosas como «Es sagrado para nosotros» o «No sabéis lo que tenéis entre manos». De haber dispuesto de sentido del humor en ese momento, el último comentario me habría hecho gracia. Al cabo de un poco más de conversación, colgó con aire satisfecho.

Estaba pensando en lo extraño que era que Betty Joe no hubiera mencionado que faltaba algo en el complejo.

No había acusado a Bubba de llevarse a su prisionero, y no había comentado nada acerca de encontrar el cuerpo de Lorena. Tampoco es que tuviera que mencionar esas cosas al teléfono a una humana desconocida, o que hubiera mucho que descubrir; los vampiros se desintegran bastante deprisa. Pero las cadenas de plata seguirían en la piscina, y puede que también restos suficientes como para identificar el cadáver de un vampiro. Podría ser que nadie hubiera mirado debajo de la lona de la piscina. Pero alguien debía de haberse percatado de que su prisionero estrella había desaparecido.

Quizá dieran por sentado que Bubba había liberado a Bill mientras merodeaba por el complejo. Le dijimos que mantuviera la boca cerrada, y estábamos seguros de que seguiría la orden a rajatabla.

A lo mejor estaba del todo desencaminada. Quizá Lorena se hubiera disuelto por completo para cuando se dispusieran a limpiar la piscina en primavera.

El tema de los cadáveres me recordó al cuerpo que encontramos metido en el armario del apartamento. Estaba claro que alguien sabía dónde estábamos y que no le caíamos bien. Dejar el cuerpo allí era un intento de relacionarnos con un crimen que, ciertamente, yo había cometido. Aunque no fuera ése en particular. Me preguntaba si ya habrían descubierto el cuerpo de Jerry Falcon. Las probabilidades parecían remotas. Abrí la boca para preguntarle a Alcide si había salido en las noticias, pero la volví a cerrar. Me faltaban energías para formar la frase.

Mi vida se me iba de las manos. En el espacio de dos días, había escondido un cadáver y había propiciado que hubiera otro. Y todo porque me había enamorado de un vampiro. Lancé a Bill una mirada poco cariñosa. Estaba tan absorta en mis pensamientos que casi no escuché el teléfono. Alcide, que se había ido a la cocina, debió de responder al primer tono.

Alcide volvió a aparecer por la puerta de la habitación.

—Fuera —dijo—. Os tenéis que ir todos al apartamento contiguo, por la puerta de al lado. ¡Rápido, rápido!

Bill me levantó con manta y todo. Estábamos ante la puerta y Eric abrió la cerradura del apartamento contiguo al de Alcide antes de poder decir «Jack Daniel's». Escuché el lento zumbido del ascensor llegando a la quinta planta, justo cuando Bill cerró la puerta detrás de nosotros.

Permanecimos quietos como estatuas en el frío salón del apartamento vacío. Los vampiros escuchaban atentamente lo que ocurría al otro lado. Empecé a temblar en los brazos de Bill.

A decir verdad, me sentí genial mientras me sostuvo, por muy enfadada que hubiera estado con él y por muchos que fueran los asuntos pendientes de los que hablar. A decir verdad, sentí una maravillosa sensación de regreso a casa en sus brazos. A decir verdad, por muy magullado que tuviera el cuerpo (magullado por él o, más bien, por sus colmillos), estaba contando los minutos para volver a encontrarme con el suyo, completamente desnudos, a pesar del terrible incidente del maletero. Suspiré. Me había decepcionado a mí misma. Tendría que hacer valer mi alma, porque lo que era mi cuerpo estaba dispuesto a traicionarme. Qué bien. Parecía querer olvidar el involuntario ataque de Bill.

Bill me depositó en el suelo de la habitación de invitados más pequeña con el mismo cuidado que si le hubiese costado un millón de dólares, y me envolvió con cuidado en la manta. Él y Eric escuchaban por la pared, que colindaba con el dormitorio de Alcide.

—Qué zorra —murmuró Eric. Oh, Debbie había vuelto.

Cerré los ojos. Eric hizo un ruido de sorpresa y los volví a abrir. Me estaba mirando, y ahí estaba de nuevo esa desconcertante expresión de diversión en su cara.

—Debbie se pasó anoche por casa de su hermana para marearle la cabeza a propósito de ti. A la hermana de Alcide le gustas mucho —dijo Eric en un leve susurro—. Eso trae de cabeza a la cambiante de Debbie. Está poniendo a parir a Janice delante de Alcide.

A tenor de su expresión, Bill no estaba tan emocionado con todo el asunto.

De repente, cada fibra del cuerpo de Bill se tensó, como si alguien le hubiese metido el dedo en un enchufe. Eric dejó caer la mandíbula y me miró con expresión inescrutable.

Se escuchó el inconfundible sonido de una bofetada desde la habitación contigua (que hasta yo pude escuchar).

—Déjanos un momento —le dijo Bill a Eric. No me gustó el tono de su voz.

Cerré los ojos. No me creía capaz de encajar lo que viniera a continuación. No me apetecía discutir con Bill, o reprenderle por su infidelidad. No me apetecía escuchar explicaciones y excusas.

Escuché el susurro de su movimiento cuando Bill se arrodilló junto a mí en la alfombra. Se estiró a mi lado, se giró y cruzó su brazo sobre mí.

—Acaba de decirle a esa mujer lo buena que eres en la cama —murmuró Bill con dulzura.

Me levanté tan deprisa que desgarré las heridas tratadas de mi cuello y empecé a sentir punzadas en mi costado casi curado.

Me eché la mano al cuello y apreté los dientes para ahogar un sollozo. Cuando pude hablar, sólo pude decir:

—¿Que ha hecho qué? ¿Qué? —la ira me hacía flirtear con la incoherencia. Bill me atravesó con la mirada y se puso un dedo sobre los labios para recordarme que debíamos guardar silencio.

—Eso nunca ha pasado —le susurré, llena de furia—. Pero, aunque así hubiera sido, ¿sabes qué? Te estaría bien empleado, traidor hijo de puta —crucé la mirada con la suya y lo miré directamente a los ojos. Pues vale, resolveríamos eso ahora.

—Tienes razón —murmuró—. Sookie, siéntate, te estás haciendo daño.

—Claro que me estoy haciendo daño. Y a ti también te lo voy a hacer —susurré, y estallé en lágrimas—. ¡Tuvieron que ser otros los que vinieran a contarme que pensabas dejarme tirada para vivir con ella! ¡Ni siquiera tuviste el valor de decírmelo tú mismo! Bill, ¿cómo has sido capaz de hacer algo así? ¡Fui una estúpida al creer que de verdad me querías! —con una rabia que apenas podía creer que naciera de mí, tiré la manta y me lancé contra él, buscando su garganta con los dedos.

Al demonio con los dolores.

Mis manos no pudieron rodear su cuello, pero apreté todo lo que pude mientras sentía que una ira incandescente me llevaba. Quería matarlo.

Si Bill se hubiera resistido, podría haber mantenido el ardor, pero, cuanto más apretaba, más se diluía la rabia, dejándome fría y vacía. Estaba montada a horcajadas sobre Bill, y él permanecía inerte en el suelo, tumbado pasivamente con las manos a los lados. Las mías aflojaron la presa del cuello y las empleé para taparme la cara.

—Espero que te haya dolido de cojones —dije con una voz ahogada, pero lo suficientemente inteligible.

—Sí —dijo—. Ha dolido de cojones.

Bill tiró de mí para que volviera al suelo con él y nos cubrió a ambos con la manta. Con suavidad, me empujó la cabeza para posarla entre su cuello y su hombro.

Nos quedamos así tumbados durante lo que pareció un buen rato, aunque quizá sólo fueran minutos. Anidé mi cuerpo junto al suyo por pura costumbre y honda necesidad; aunque no estaba segura de si lo que necesitaba era a Bill concretamente o la intimidad que sólo había compartido hasta ahora con él. Lo odiaba. Lo amaba.

—Sookie —dijo sobre mi pelo—. Yo…

—Shhh —dije—. Shhh —me acurruqué más cerca de él. Me relajé. Era como si me hubiera quitado una venda que hubiese estado demasiado apretada.

—Llevas la ropa de otra persona —susurró al cabo de uno o dos minutos.

—Sí, es de un vampiro llamado Bernard. Me la dio después de que se me destrozara el vestido en el bar.

—¿En el Josephine's?

—Sí.

—¿Cómo te destrozaste el vestido?

—Me clavaron una estaca.

Todo su cuerpo se quedó inmóvil.

—¿Dónde? ¿Te dolió? —se arrebujó en la manta—. Enséñamelo.

—Claro que dolió —dije deliberadamente—. Dolió de cojones —alcé la manga de la sudadera con cuidado.

Sus dedos acariciaron la brillante piel. No podía curarme como Bill. A él le llevaría una noche o dos tenerla tan lisa y perfecta como siempre, pero enseguida tendría el aspecto habitual, a pesar de una semana de torturas. Yo mantendría una cicatriz de por vida, con o sin sangre de vampiro. Puede que no fuese muy pronunciada y se estuviera curando a una velocidad fenomenal, pero era innegablemente roja y fea, la carne que tenía debajo estaba muy delicada, y toda la zona dolorida.

—¿Quién te ha hecho esto?

—Un hombre. Un fanático. Es una larga historia.

—¿Está muerto?

—Sí. Betty Joe Pickard lo mató de dos tremendos puñetazos. En cierto modo me recordó a una historia que leí en la escuela sobre Paul Bunyan.

—No conozco esa historia —sus ojos se posaron en los míos.

Me encogí de hombros.

—Mientras esté muerto —Bill se había aferrado a la idea.

—Ya ha muerto mucha gente. Todo por tu programa.

Hubo un prolongado momento de silencio.

Bill miró hacia la puerta que Eric había cerrado con tanto tacto tras de sí. Por supuesto, lo más probable era que estuviese escuchando lo que ocurría fuera y, como todos los vampiros, Eric gozaba de un excelente oído.

—¿Está a salvo?

—Sí.

La boca de Bill estaba justo a la altura de mi oreja. Me hizo cosquillas al susurrar.

—¿Registraron mi casa?

—No lo sé. Puede que entraran los vampiros de Misisipi. No tuve la oportunidad de pasarme después de que Eric, Pam y Chow vinieran a decirme que te habían secuestrado.

—¿Y te dijeron…?

—Que planeabas abandonarme, sí. Me lo dijeron.

—Creo que ya he pagado por esa locura —dijo Bill.

—Puede que ya hayas pagado lo suficiente para tu gusto —dije yo—, pero no sé si el precio ha sido satisfactorio para mí.

Hubo un largo silencio en la habitación fría y vacía. Fuera, en el salón, tampoco había ningún ruido. Esperaba que Eric hubiera ideado nuestra siguiente maniobra, y confiaba en que ésta pasara por volver a casa. Independientemente de lo que hubiera ocurrido entre Bill y yo, necesitaba volver a Bon Temps. Necesitaba volver a mi trabajo, a estar con mis amigos y a ver a mi hermano. Puede que Jason no fuese gran cosa, pero era todo lo que yo tenía.

Me preguntaba qué estaría pasando en el apartamento contiguo.

—Cuando la reina acudió a mí y me dijo que había oído que estaba trabajando en un programa que nunca se había intentado antes, me sentí halagado —me dijo Bill—. Me ofreció una buena suma de dinero, aunque hubiese estado en el derecho de no ofrecer nada, pues soy su súbdito.

Sentí mi boca retorcerse ante un nuevo recordatorio de lo diferentes que eran los mundos de Bill y mío.

—¿Quién crees que se lo dijo? —le pregunté.

—No lo sé, y la verdad es que no quiero saberlo —admitió Bill. Su voz parecía casual, incluso afable, pero yo sabía que había algo más.

—Ya sabes que llevaba un tiempo trabajando en ello —dijo Bill cuando concluyó que yo no iba a decir nada.

—¿Por qué?

—¿Por qué? —parecía extrañamente desconcertado—. Bueno, porque me pareció una buena idea. Tener una lista de todos los vampiros de Estados Unidos y al menos algunos del resto del mundo… Me parecía un proyecto valioso y, la verdad, una divertida recopilación. Y cuando empecé con las investigaciones, pensé en incluir imágenes. Y pseudónimos. E historiales. No dejaba de crecer.

—Así que has estado…, eh, recopilando una…, ¿una especie de directorio? ¿De vampiros?

—Exacto —el rostro luminoso de Bill se encendió incluso más—. Empecé una noche pensando, como quien no quiere la cosa, en la cantidad de vampiros con los que me había cruzado en mis viajes durante el siglo pasado, y empecé a hacer una lista. Luego le añadí un dibujo o una foto que hubiera tomado.

—¿Así que los vampiros se pueden hacer fotografías? Quiero decir, ¿aparecen en las fotos?

—Claro. Nunca nos gustó que nos las hicieran cuando la fotografía empezó a extenderse por Estados Unidos, porque una foto era la prueba de que habíamos estado en un sitio concreto en un momento preciso, y si aparecíamos con el mismo aspecto veinte años después, bueno, sería obvio que éramos lo que éramos. Pero desde que hemos admitido nuestra existencia, no tiene ningún sentido aferrarse a las viejas tradiciones.

—Apuesto a que algunos vampiros no estarían de acuerdo con eso.

—Claro. Algunos siguen escondiéndose en las sombras y duermen en criptas todas las noches.

Y eso lo decía un tipo que dormía en el terreno de un cementerio de vez en cuando.

—¿Te ayudaron otros vampiros con ello?

—Sí —dijo, sorprendido—. Sí, unos pocos me ayudaron. Algunos disfrutaron del ejercicio de memoria… Otros lo usaron como una razón para rastrear a viejos conocidos, recordar viejos lugares. Estoy seguro de que no tengo en la lista a todos los vampiros de Estados Unidos, sobre todo me faltarán los inmigrantes más recientes, pero creo que probablemente cuente con el ochenta por ciento de ellos.

—Vale, entonces, ¿por qué está tan ansiosa la reina por tener ese programa? ¿Por qué iban a quererlo los demás vampiros cuando supieran de él? Ellos mismos podrían reunir toda esa información, ¿no?

—Sí —dijo—. Pero sería mucho más fácil tomarla de mí. Y en cuanto a por qué el programa es tan deseable… ¿No te gustaría a ti tener una lista de todos los telépatas de Estados Unidos?

—Oh, claro —dije—. Me aportaría un montón de pistas sobre cómo lidiar con mi problema, o sobre cómo usarlo mejor.

—Entonces, ¿no sería bueno tener un directorio de todos los vampiros de Estados Unidos, que recoja lo que se les da bien y en qué consisten sus dones?

—Pero es evidente que muchos no querrían figurar en él —dije—. Me has dicho que algunos vampiros no quieren salir a la luz, sino que prefieren permanecer en el secreto.

—Exacto.

—¿También has incluido a esos vampiros?

Bill asintió.

—¿Es que quieres que te metan una estaca?

—Jamás pensé lo tentador que sería este programa para otros. Jamás pensé en cuánto poder le otorgaría a su poseedor, hasta que otros intentaron robármelo.

Bill adquirió un aire sombrío.

El ruido de gritos en el otro apartamento atrajo nuestra atención.

Alcide y Debbie habían vuelto a las andadas. Eran incompatibles. Pero una mutua atracción hacía que no parasen de volver el uno al otro. Quizá, al margen de Alcide, Debbie fuera una persona agradable.

Qué va, era incapaz de creerme eso. Pero quizá fuese mínimamente tolerable cuando el afecto de Alcide no estaba sobre la mesa.

Era evidente que debían separarse. No podían compartir la misma habitación.

Y yo tenía que hacerme a la idea de todo eso.

Miradme. Herida de un estacazo, drenada, magullada, hecha polvo. Tumbada en un frío apartamento, en una ciudad extraña, con un vampiro que me había traicionado.

Tenía una decisión esperando justo delante de mis narices, una que debía ser reconocida y promulgada.

Aparté a Bill y me tambaleé para ponerme de pie. Me puse la chaqueta robada. Con su silencio pesándome sobre las espaldas, abrí la puerta que daba al salón. Eric escuchaba, divertido, la pequeña trifulca del apartamento contiguo.

—Llévame a casa —le dije.

—Por supuesto —repuso—. ¿Ahora mismo?

—Sí. Alcide puede dejar mis cosas cuando pase en su viaje de vuelta a Baton Rouge.

—¿Está el Lincoln en condiciones para conducirlo?

—Oh, sí —saqué las llaves de mi bolsillo—. Toma.

Salimos del apartamento vacío y cogimos el ascensor para bajar al aparcamiento.

Bill no nos siguió.

13

Eric me alcanzó justo cuando me estaba montando en el Lincoln.

—Le he tenido que dar a Bill unas instrucciones para que limpie el desastre que ha causado —me explicó, a pesar de que no se lo había preguntado.

Eric estaba acostumbrado a conducir coches deportivos, y tuvo algún que otro problema con el Lincoln.

—¿Te has dado cuenta —empezó a decir cuando hubimos abandonado el centro de la ciudad— de que tienes tendencia a salir corriendo cuando las cosas entre Bill y tú se ponen tensas? No es que me importe necesariamente, mas al contrario, me alegraría que vosotros dos zanjarais vuestra sociedad. Pero si éste es el patrón que sigues en tus relaciones sentimentales, me gustaría saberlo ahora.

Se me ocurrieron varias cosas que decirle. Descarté las primeras, que hubieran reventado los oídos de mi abuela, y lancé un hondo suspiro.

—En primer lugar, Eric, lo que ocurra entre Bill y yo no es asunto tuyo —dejé que la idea cuajara durante unos segundos—. Segundo: mi relación con Bill es la única que he tenido en mi vida, con lo que nunca he tenido la menor idea de lo que iba a hacer de un día para otro, así que ni hablemos de una política establecida —hice una pausa para formular en una frase mi siguiente idea—. Tercero: estoy hasta la coronilla de todos vosotros. Estoy harta de ver todas estas cosas enfermizas. Estoy harta de tener que ser valiente y tener que hacer cosas que me asustan, de tener que ir por ahí con gente rara y sobrenatural. No soy más que una persona normal, y lo que quiero es salir con gente igual de normal. O, al menos, con gente que respire.

Eric aguardó para asegurarse de que había terminado. Le eché una rápida mirada mientras las luces de la calle iluminaban su fuerte perfil de nariz afilada. Al menos no se estaba riendo de mí. Ni siquiera sonreía.

Me miró brevemente antes de volver su atención de nuevo a la carretera.

—Escucho lo que me dices. Estoy seguro de que lo sientes de verdad. He tomado tu sangre; conozco tus sentimientos.

Siguió un trecho completamente a oscuras. Me alegraba de que Eric me tomara en serio. A veces no lo hacía, y otras parecía importarle poco lo que me decía.

—Para los humanos eres imperfecta —dijo Eric. Su leve acento extranjero se hizo más evidente.

—Puede que sí, aunque no lo veo como un problema, dada mi escasa buena suerte con los chicos hasta ahora —es difícil salir con alguien cuando eres capaz de leer cada cosa que piensa tu compañero. Y es que, la mayor parte de las veces, conocer los pensamientos de un hombre puede acabar con el deseo, e incluso con el afecto—. Aun así, sería más feliz sin nadie de lo que lo soy ahora.

Pensé en la vieja regla básica de Ann Landers*: ¿Estarías mejor con él o sin él? Mi abuela, mi hermano Jason y yo habíamos leído esa columna todos los días durante nuestra infancia. Solíamos debatir las respuestas de Ann a las consultas de los lectores. Muchos de sus consejos estaban destinados a ayudar a mujeres a tratar con hombres como Jason, por lo que no cabía duda de que su opinión proporcionaba una nueva perspectiva a las conversaciones.

En ese preciso instante estaba condenadamente segura de que estaría mejor sin Bill. Me había usado y había abusado de mí, me había traicionado y me había chupado la sangre.

También me había defendido, me había vengado, adorado con su cuerpo y proporcionado horas de compañía sin espíritu crítico, toda una bendición.

Bueno, no tenía la balanza bien calibrada. Lo que tenía era un corazón lleno de dolor y un camino que me llevaba a casa. Volamos por la noche oscura, envueltos en nuestros pensamientos. Apenas había tráfico, pero al ser una interestatal era normal que nos cruzáramos con algún coche de tanto en tanto.

No tenía la menor idea de qué estaría pensando Eric, y era una sensación maravillosa. Quizá planeara echarme la mano al cuello y rompérmelo o se preguntara qué le aguardaría en Fangtasia esa noche. Quería que me lo contara. Deseaba que me hablara de su vida antes de convertirse en vampiro, pero es un tema muy peliagudo para muchos de

---

* Ann Landers es el pseudónimo de varios escritores y columnistas que, desde mediados del siglo xx, han dado lugar a uno de los consultorios más famosos de los periódicos de Estados Unidos. *(N. del T.)*

ellos y, de todas las noches, ésa era la que menos apropiada me parecía para sacarlo.

A una hora de Bon Temps, cogimos una salida. Andábamos un poco escasos de gasolina y yo tenía que ir al servicio. Eric ya había empezado a llenar el tanque cuando saqué mi dolorido cuerpo del coche lentamente. Había desestimado mi oferta de ser yo quien echara la gasolina con un educado: «No, gracias». Había otro coche repostando, y la mujer, una rubia oxigenada de aproximadamente mi edad, sujetaba la manguera con la mano mientras yo salía del Lincoln.

A la una de la mañana, la estación de servicio y su tienda estaban prácticamente vacías, aparte de la mujer, que estaba muy maquillada y envuelta en un abrigo acolchado. Miré de soslayo una destartalada camioneta Toyota aparcada junto al surtidor, bajo la única sombra de todo el lugar. Dentro había dos hombres enzarzados en una acalorada discusión.

—Hace mucho frío para estar fuera de casa y en una camioneta —dijo la rubia de las raíces negras mientras pasábamos por las puertas acristaladas a la vez. Se estremeció de manera algo elaborada.

—Y tanto —comenté.

Estaba a medio camino del pasillo lateral de la tienda, cuando el trabajador que se encontraba al otro lado del alto mostrador apartó la mirada de un pequeño televisor que tenía para coger el dinero de la mujer.

Me costó cerrar la puerta del aseo tras de mí, dado que el marco de madera se había abombado debido a alguna fuga de agua pasada. De hecho, probablemente no se cerró del todo, dadas las prisas que tenía. Pero la puerta del cubículo sí se cerró bien, y éste estaba bastante limpio. No me apetecía demasiado volver al coche con el silencioso de Eric, así que me tomé mi tiempo para usar las instalaciones. Me miré al espejo sobre el lavabo esperando ver a alguien con un aspecto horrible. La imagen que vi no me contradijo.

La marca de mordisco de mi cuello tenía una pinta verdaderamente asquerosa, como si me hubiese atacado un perro. Mientras limpiaba la herida con jabón y toallas de papel, me pregunté si el hecho de haber ingerido sangre de vampiro me aportaría una cantidad específica de fuerza y capacidad curativa extra para más tarde agotarse o si sus efectos durarían cierto tiempo, como esos medicamentos de liberación controlada, o qué ocurriría. Tras tomar la sangre de Bill, me sentí genial durante un par de meses.

No contaba con un peine, cepillo ni nada parecido, y tenía el pelo como si un gato lo hubiera tomado con él. Tratar de domarlo con los dedos no hizo sino empeorarlo. Me lavé la cara y el cuello y volví a salir a la tienda. Apenas me di cuenta de que, una vez más, la puerta no se cerró del todo al salir, sino que se posaba silenciosamente contra el hinchado marco. Aparecí por el extremo de un pasillo de comestibles, atestado de bolsas de maíz Corn-Nuts, patatas Lays, galletas de crema Moon Pies, tabaco nasal y de liar…

Y dos atracadores armados frente al mostrador del encargado, junto a la puerta.

«Dios todopoderoso, ¿por qué no les darán a esos pobres dependientes una camiseta con una gran diana dibujada?» Aquél fue mi primer pensamiento, ajeno, como si estuviese viendo una película en la que se estuviera cometiendo un atraco. Luego me di cuenta de dónde me encontraba, ayudada por la cara de espanto del encargado. Era terriblemente joven (un adolescente lleno de acné). Y miraba de frente a los dos atracadores armados. Tenía las manos en alto y estaba como loco. Esperaba que hubiese lloriqueado para que le perdonaran la vida, o que dijese alguna incoherencia, pero el muchacho estaba furioso.

Era la cuarta vez que le atracaban, pude leer en su mente. Y la tercera con armas de fuego. Estaba deseando coger la escopeta que tenía debajo del asiento de su camioneta, que estaba aparcada en la parte de atrás, y reventarles los sesos a esos cabrones.

Nadie se dio cuenta de que yo estaba allí. No parecían saberlo.

Y no me estoy quejando esta vez, ¿eh?

Miré detrás de mí para comprobar que la puerta del aseo se había vuelto a quedar abierta, para que su sonido no me delatara. Lo mejor que podía hacer era salir por la puerta trasera de ese sitio, si era capaz de encontrarla, rodear el edificio, llegar hasta Eric y avisar a la policía.

Un momento. Ahora que pensaba en Eric, ¿dónde estaba? ¿Cómo es que no había entrado para pagar la gasolina?

Si era posible tener un presagio más ominoso que el que ya tenía, aquello acabó de arreglarlo. Si Eric no había aparecido todavía, es que no pensaba hacerlo. Quizá había decidido marcharse. Abandonarme.

Aquí.

Sola.

«Igual que te abandonó Bill», añadió mi mente. Pues muchas gracias por la ayuda, Mente.

O quizá le habían disparado. Si le habían dado en la cabeza… Tampoco había curación para un impacto de gran calibre en el corazón.

Aquélla era la típica tienda de paso. Se entra por la puerta delantera y te encuentras con el encargado tras un largo mostrador a la derecha, sobre una plataforma. Las bebidas frías estaban en las cámaras refrigeradoras que ocupaban la pared izquierda. Delante, las tres hileras de lineales que recorrían la longitud de la tienda, además de varias góndolas y podios especiales con tazas apartadas, pastillas de carbón vegetal y alpiste. Yo estaba en el fondo de la tienda y podía ver al encargado (fácilmente) y a los atracadores (sólo un poco) por encima de la mercancía de las estanterías. Tenía que salir de la tienda, inadvertida a ser posible. Más allá, en la misma pared del fondo, atisbé una destartalada puerta de madera sobre la cual había un cartel que ponía «Sólo empleados». De hecho, estaba detrás del mostrador del encargado. Había un espacio entre el final del mostrador y la pared, y entre el final de las estanterías cercanas a mí y el principio del mostrador, podrían verme.

Pero tampoco ganaba nada esperando.

Me eché al suelo y empecé a arrastrarme. Me movía muy despacio para poder escuchar mientras lo hacía.

—¿Has visto entrar a una rubia más o menos de esta altura? —estaba diciendo el más corpulento de los atracadores y, de repente, me sentí mareada.

¿A qué rubia se refería, a mí o a la oxigenada? Por supuesto, no pude ver la indicación de la altura que le estaba haciendo. ¿A quién buscaban? Bueno, tal vez yo no fuera la única mujer del mundo que podía meterse en problemas.

—Ha entrado una rubia hace cinco minutos, compró unos cigarrillos —dijo el chico malhumoradamente. ¡Tú sí que sabes, compañero!

—No, ésa se ha ido en su coche. Queremos a la que iba con el vampiro.

Vale, ésa sería yo.

—No he visto a nadie más —dijo el chico. Me incorporé para otear y vi el reflejo de un espejo montado en una esquina. Era uno de esos de seguridad para que el encargado pudiera ver si alguien robaba. «Puede ver que estoy aquí tirada, sabe que estoy aquí», pensé.

Que Dios lo bendiga. Me estaba haciendo un favor. Yo tenía que devolvérselo. De paso, si podíamos evitar recibir un tiro, todo sería perfecto. Pero ¿dónde demonios se había metido Eric?

Dando gracias a Dios por que mis pantalones y mis zapatillas prestadas fuesen tan silenciosos, me arrastré hacia la puerta del cartel. Me pregunté si chirriaría al abrirse. Los dos atracadores seguían hablando con el encargado, pero bloqueé sus voces para centrarme en alcanzar la puerta.

Ya había estado asustada antes, muchas veces, pero ése era uno de los acontecimientos mas aterradores de mi vida. Mi padre solía cazar, igual que Jason, y ya había presenciado una masacre en Dallas. Sabía de lo que eran capaces las balas. Una vez alcanzado el extremo de las estanterías, también había llegado al final de mi cobertura.

Me asomé para mirar el borde del mostrador. Tenía que recorrer algo más de un metro de espacio abierto antes de alcanzar la cobertura parcial que me daría éste, que se extendía ante la caja registradora. Me encontraría por debajo y bien oculta de la perspectiva de los atracadores en cuanto hubiese atravesado ese espacio.

—Llega un coche —dijo el encargado, y los atracadores miraron automáticamente por la ventana. De no haber sabido telepáticamente lo que hacía, quizá habría titubeado demasiado. Corrí a pasos cortos por el linóleo expuesto más deprisa de lo que hubiera creído posible.

—No veo ningún coche —dijo el menos corpulento.

—Creí haber escuchado el timbre de aviso —dijo el encargado—, el que suena cuando lo pisa un coche.

Extendí la mano y giré el pomo de la puerta. Se abrió sin hacer ruido.

—A veces suena cuando no hay nadie —prosiguió el chico, y me di cuenta de que trataba de hacer ruido y mantener la atención de los otros para que pudiera cruzar la puerta. Una vez más, que Dios lo bendiga.

Abrí la puerta un poco más y la atravesé avanzando en cuclillas. Me encontré en un pasadizo estrecho. Había otra puerta en el otro extremo, que presumiblemente conducía a la parte posterior de la tienda. Tenía el cerrojo echado. Hacían bien en mantener cerrada con llave la puerta de atrás. Había una serie de colgadores clavados a la puerta, y de uno de ellos pendía una pesada chaqueta de camuflaje. Metí la mano en el bolsillo derecho y di con las llaves del chico. Fue una presunción afortunada. A veces pasa. Las aferré para evitar que tintinearan, abrí la puerta y salí al exterior.

Fuera no había nada más que una camioneta en las últimas y un apestoso contenedor de basura. Había poca luz, pero al menos no estaba completamente a oscuras. El asfalto estaba agrietado. Como era invierno, los hierbajos que habían crecido en esas rajas se encontraban resecos y descoloridos. Escuché un leve ruido a mi izquierda e inhalé una maltrecha bocanada de aire después de dar un fuerte respingo. El ruido lo había provocado un enorme mapache que se fue tranquilamente por un trecho de bosque que se extendía tras la tienda.

Solté el aire tan temblorosamente como había entrado. Me obligué a centrarme en el manojo de llaves. Por desgracia había como unas veinte. Ese muchacho tenía más llaves que las ardillas bellotas. Nadie, en la viña del Señor, podría usar tantas llaves. Las recorrí desesperadamente y por fin di con una que lucía las letras GM grabadas en la cubierta de goma negra. Abrí la puerta y accedí al rancio interior de la camioneta, que olía a cigarrillos y a perro. Sí, la escopeta estaba justo debajo del asiento. La abrí. Estaba cargada. Gracias a Dios que Jason creía en la autodefensa. Me había enseñado cómo cargar y disparar su nueva Benelli.

A pesar de mi recién obtenida protección, estaba tan asustada que no las tenía todas conmigo de poder dirigirme a la parte delantera de la tienda. Pero tenía que ver lo que ocurría y averiguar lo que le había pasado a Eric. Recorrí el lado del edificio donde estaba aparcada la vieja camioneta Toyota. En la plataforma de carga no había nada, excepto un punto que brillaba levemente. Acuné la escopeta en un brazo y extendí el otro para pasar el dedo por ese punto.

Sangre fresca. Me sentí vieja y helada. Me quedé allí con la cabeza gacha durante un rato largo y, finalmente, acumulé fuerzas.

Miré por la ventanilla del conductor para descubrir que la cabina estaba abierta. Bueno, qué suerte la mía. Abrí la puerta en silencio y miré en el interior. Había una caja abierta en el asiento delantero, y cuando comprobé su contenido, sentí que el corazón se me caía a los pies. La caja tenía un cartel que ponía: «Contenido: dos unidades». Había una malla de plata, de esas que se venden en las revistas paramilitares y se anuncian «a prueba de vampiros».

Aquello era como considerar una jaula de tiburones como un eficaz elemento disuasivo para sus mordiscos.

¿Dónde estaba Eric? Miré por los alrededores inmediatos, pero no encontré rastro alguno. Podía escuchar el zumbido del tráfico ocasional por la interestatal, pero el silencio era casi total en aquel aparcamiento sumido en la oscuridad.

Mis ojos se iluminaron cuando cayeron en una navaja de bolsillo que había en el salpicadero. ¡Aleluya! Coloqué la escopeta cuidadosamente sobre el asiento delantero, cogí la navaja, la abrí y me dispuse a hundirla en una rueda. Pero me lo pensé dos veces. Un desgarrón a conciencia de la rueda sería prueba suficiente de que alguien había estado allí fuera mientras los atracadores estaban dentro. Quizá no fuera una buena idea. Me contenté con hacer un pequeño agujero en la rueda, uno tan diminuto que podría haberse debido a cualquier cosa, eso me dije. Si emprendían la marcha, deberían parar en algún lugar del camino. Me guardé el cuchillo (últimamente se me había despertado la vena ladrona) y volví al cobijo de las sombras que rodeaban el edificio. No me llevó tanto tiempo como cabría imaginarse, pero sí que habían pasado varios minutos desde la última imagen que había evaluado la situación en el interior de la tienda.

El Lincoln seguía aparcado junto a los surtidores. El depósito estaba cerrado, así que tuve claro que Eric había terminado de repostar cuando pasó lo que fuera. Doblé la esquina del edificio sin despegarme de su perfil. Encontré un buen resguardo en la parte frontal, en el ángulo formado por la máquina de hielo y la pared delantera de la tienda. Me arriesgué a incorporarme lo justo para observar por encima de la máquina.

Los atracadores se habían desplazado a la zona de la tarima, donde se encontraba el encargado, y lo estaban golpeando.

Tenía que detener aquello. Lo estaban apaleando porque querían saber dónde me escondía, supuse; y no estaba dispuesta a que nadie más recibiera una paliza por mí.

—Sookie —dijo una voz, justo detrás de mí.

Al segundo, una mano me aferró la boca para impedir que gritara.

—Lo siento —susurró Eric—. Debí pensar en una idea mejor para decirte que estaba aquí.

—Eric —dije cuando pude hablar. Ya estaba más tranquila cuando me quitó la mano de la boca—. Tenemos que salvarlo.

—¿Por qué?

A veces, los vampiros sencillamente me superan. Bueno, la gente también, pero esa noche tocaba un vampiro.

—¡Porque lo están apaleando por nosotros, y probablemente lo matarán, y será culpa nuestra!

—Están atracando la tienda —dijo Eric, como si su mente fuese particularmente obtusa—. Tenían una red para vampiros nueva, y pensaron en probarla conmigo. Aún no lo saben, pero no ha funcionado. Pero no dejan de ser escoria oportunista.

—Nos están buscando a nosotros —dije, furiosa.

—Cuéntame —susurró, y eso hice.

—Pásame la escopeta —me dijo.

—¿Sabes cómo se usa una de estas cosas? —dije, aferrando el arma.

—Probablemente tan bien como tú —aunque la miró dubitativo.

—Ahí es donde te equivocas —le dije. En vez de tener una larga discusión mientras mi nuevo salvador estaba recibiendo lesiones internas, rodeé corriendo la máquina de hielo, el depósito de gas propano, atravesé la puerta delantera y acudí a la tienda. La campanilla de acceso sonó de forma bastante clara y, aunque con todo el griterío parecían no haberme oído, se dieron perfecta cuenta de cuando disparé la escopeta al techo, sobre sus cabezas. Llovieron fragmentos de baldosas, polvo y aislante.

Aquello casi me dejó patidifusa, pero sólo casi. Les apunté con el arma directamente. Se quedaron petrificados. Era como cuando jugaba al escondite inglés de pequeña. Aunque con sus diferencias. El pobre encargado lleno de acné tenía la cara ensangrentada. Estaba segura de que le habían roto la nariz y que había perdido algunos dientes.

Sentí un estallido de ira tras los ojos.

—Dejad al chico tranquilo —dije con claridad.

—¿Nos vas a disparar, muchachita?

—Puedes apostar tu culo a que sí —le solté.

—Y si ella falla, yo os pillaré —dijo la voz de Eric a mis espaldas. Un vampiro corpulento es un buen apoyo.

—El vampiro se ha soltado, Sonny —el que hablaba era el delgaducho de manos asquerosas y botas grasientas.

—Ya lo veo —dijo Sonny, el más corpulento. También era de tez más oscura. El hombre más menudo tenía la cabeza cubierta de ese pelo incoloro que la gente llama «castaño» por llamarlo de alguna manera.

El joven encargado se levantó, combatiendo su propio dolor y miedo, y rodeó el mostrador tan rápidamente como pudo. Tenía la sangre de la cara cubierta del polvo que se había desprendido del techo. Me miró de soslayo.

—Veo que has encontrado la escopeta —dijo al pasar junto a mí, con cuidado de interponerse entre los malos y yo. Se sacó un móvil del bolsillo y pude escuchar los leves pitidos a medida que marcaba un número. Su voz ronca pronto articuló una conversación en voz baja con la policía.

—Antes de que llegue la poli, Sookie, tenemos que descubrir quién ha mandado a estos dos pimpollos —dijo Eric. De estar en el pellejo de los tipos, me habría meado en los pantalones ante el tono de voz de Eric, y la verdad es que parecían saber lo que podía hacer un vampiro airado. Por primera vez, Eric se desplazó junto a mí y después hacia el frente, y pude verle la cara. Unas quemaduras se la cruzaban como los verdugones causados por una hiedra venenosa. Fue una suerte que sólo tuviera la cara al descubierto, aunque dudo que él se sintiera particularmente afortunado.

—Tú, acércate —dijo Eric, clavando la mirada en los ojos de Sonny.

Sonny descendió enseguida de la tarima del encargado y rodeó el mostrador mientras su compañero se quedaba con la boca abierta.

—Quieto —dijo Eric. El menudo cerró los ojos con fuerza para no ver a Eric, pero los entreabrió cuando el vampiro se acercó un paso, y con eso fue suficiente. Si no cuentas con algún don extra, sencillamente no puedes mantenerle la mirada a un vampiro. Si lo desean, te pueden cazar cuando quieran.

—¿Quién os ha enviado? —inquirió Eric con suavidad.

—Uno de los Perros del Infierno —dijo Sonny sin inflexión alguna en la voz.

Eric pareció desconcertado.

—Un miembro de la banda de moteros —le expliqué con cuidado, recordando que teníamos público civil que escuchaba con gran curiosidad. Yo recibía con gran amplificación las respuestas que emitían sus cerebros.

—¿Qué os ordenaron hacer?

—Nos dijeron que esperáramos por la interestatal. Hay más compañeros esperando en otras gasolineras.

Habían reunido a unos cuarenta matones. Habrían gastado mucha pasta.

—¿A quién se supone que debéis vigilar?

—A un tipo grande y de pelo oscuro y a otro rubio y alto. Con una mujer rubia, muy joven y con unas tetas estupendas.

La mano de Eric se movió demasiado deprisa para que la pudiera ver con claridad. Sólo estuve segura de que lo había hecho cuando vi la sangre deslizarse por la cara de Sonny.

—Estás hablando de mi futura amante. Más respeto. ¿Por qué nos buscáis?

—Os tenemos que detener y devolveros a Jackson.

—¿Por qué?

—La banda cree que podéis tener algo que ver con la desaparición de Jerry Falcon. Os querían hacer unas preguntas al respecto. Tenían a alguien vigilando no sé qué apartamento de Jackson, os vieron montaros en un Lincoln y os siguieron parte del camino. El moreno no estaba con vosotros, pero la chica encajaba perfectamente, así que os seguimos la pista.

—¿Saben algo de esto los vampiros de Jackson?

—No, la banda determinó que era problema suyo. Aunque ellos también han tenido sus problemas, la fuga de un prisionero, y eso, y mucha gente se ha cabreado. Así que, entre unas cosas y otras, han contratado a un puñado de gente como nosotros para ayudar.

—¿Qué son estos hombres? —me preguntó Eric.

Cerré los ojos y me concentré.

—Nada —dije—. No son nada.

No eran cambiantes, ni licántropos, ni nada. Apenas eran seres humanos, en mi opinión. Pero nadie me había nombrado Dios para determinar esas cosas.

—Tenemos que largarnos de aquí —dijo Eric, algo con lo que convine de todo corazón. Lo último que me apetecía era pasar la noche en una comisaría de policía, y para Eric eso era imposible. No había ninguna celda para vampiro antes de Shreveport. Cómo iba a haberla, si la comisaría de Bon Temps acababa de terminar sus reformas para el acceso de minusválidos...

Eric miró a los ojos de Sonny.

—No hemos estado aquí —dijo—. Ni esta señorita, ni yo.

—Sólo el chico —convino Sonny.

Una vez más, el otro atracador trató de mantener los ojos cerrados con todas sus fuerzas, pero Eric le sopló a la cara y, como haría un perro, el hombre abrió los ojos y trató de apartarse. Eric lo enfiló en un segundo y repitió el proceso.

Luego se volvió hacia el encargado y le pasó la escopeta.

—Creo que es tuya —dijo.

—Gracias —dijo el chico, con la mirada clavada en el cañón del arma. Apuntó a los atracadores—. Sé que no habéis estado aquí —gruñó, manteniendo la mirada al frente—. No le diré nada a la poli.

Eric depositó cuarenta dólares sobre el mostrador.

—Por la gasolina —explicó—. Sookie, larguémonos.

—Un Lincoln con un agujero en el maletero es muy llamativo —dijo el chico.

—Tiene razón —me estaba abrochando el cinturón y Eric estaba acelerando cuando empezamos a escuchar sirenas, no demasiado lejos.

—Debí haber cogido la camioneta —dijo Eric. Parecía contento con nuestra aventura, ahora que se había terminado.

—¿Cómo está tu cara?

—Va mejorando.

Las heridas apenas eran ya perceptibles.

—¿Qué pasó? —le pregunté, esperando que no fuese un tema demasiado escabroso.

Me miró de soslayo. Ahora que habíamos vuelto a la interestatal, habíamos reducido la velocidad por debajo del límite para que los coches patrulla que se acercaran a la gasolinera no creyeran que estábamos huyendo.

—Mientras satisfacías tus humanas necesidades en los aseos —dijo—, terminé de rellenar el tanque. Acababa de recolocar la bomba y ya casi estaba en la puerta cuando esos dos salieron de su camioneta y me echaron la red encima. Resultó muy humillante que consiguieran hacerlo, dos capullos con una red.

—Debías de tener la cabeza en otra parte.

—Sí —dijo escuetamente—. Así era.

—Y ¿qué pasó luego? —pregunté, cuando parecía que no iba a añadir nada más.

—El más pesado me golpeó con la culata de su arma, y me llevó un tiempo recuperarme —dijo Eric.

—Vi la sangre.

Se tocó por detrás de la cabeza.

—Sí, sangré. Tras aclimatarme al dolor, agarré una esquina de la red, sujeta al parachoques de la camioneta, y logré deshacerme de ella. Fue una chapuza por su parte, igual que el atraco. Si hubieran atado la red con cadenas de plata, el resultado habría sido distinto.

—Entonces ¿te liberaste?

—El golpe de la cabeza fue más problemático de lo que pensé en un primer momento —dijo Eric rígidamente—, así que fui a la parte de atrás de la tienda, donde estaba el grifo de agua. Entonces escuché que alguien salía por la puerta trasera. Cuando me recuperé, seguí los sonidos y te encontré —tras un largo momento de silencio, Eric me preguntó lo que había pasado en la tienda.

—Me confundieron con la otra mujer que entró en la tienda al mismo tiempo que yo iba al servicio —le expliqué—. No parecían estar seguros de que me encontrara dentro, y el encargado les dijo que sólo había entrado una mujer y que se había ido. Supe que guardaba una escopeta en su camioneta; ya sabes, lo «oí» en su mente, así que fui y la cogí. Les saboteé la suya y empecé a buscarte, porque imaginaba que algo te había pasado.

—Entonces ¿planeaste salvarnos a mí y al encargado, a los dos?

—Pues…, sí —no comprendía el extraño tono de su voz—. Tampoco tuve la impresión de tener muchas más opciones.

Los verdugones ahora no eran más que líneas rosas.

El silencio aún parecía cargado. Estábamos ya a cuarenta minutos de casa. Traté de dejar las cosas como estaban, pero no pude.

—Parece que haya algo que no te haga muy feliz —le dije con tono afilado. Mi temperamento amenazaba con desbordarse. Sabía que me estaba metiendo en la dirección equivocada de la conversación; sabía que tenía que contentarme con el silencio, por muy cargado que estuviese.

Eric cogió la salida de Bon Temps y viró hacia el sur.

A veces, en lugar de transitar por la carretera menos usada, optas por la más machacada.

—¿Pasa algo por que os quisiera rescatar a los dos? —estábamos cruzando Bon Tems. Eric giró al este después de pasar junto a unos edificios de la avenida principal, que fueron desapareciendo a medida que avanzábamos. Pasamos por el Merlotte's, que seguía abierto. Volvimos a girar hacia el sur por una pequeña carretera del distrito. Poco después, estábamos rebotando por el camino que llevaba a mi casa.

Eric se detuvo y apagó el motor.

—Sí —dijo—. Pasa algo. Y ¿por qué demonios no has hecho que arreglen el camino de entrada a tu casa?

La tensión que se había ido acumulando entre los dos estalló. Estuve fuera del coche en un abrir y cerrar de ojos, igual que él. Nos lanzamos miradas por encima del techo del Lincoln, aunque yo apenas levantaba la cabeza sobre él. Rodeé el coche a grandes zancadas, hasta que estuve justo delante de Eric.

—¡Porque no me lo puedo permitir, por eso! ¡No tengo dinero! ¡Y todos venís pidiéndome que pierda tiempo de mi trabajo para haceros recados! ¡No puedo! ¡Ya no puedo más! —chillé—. ¡Abandono!

Eric se quedó mirándome durante un largo instante. Mi pecho se agitaba con fuerza bajo la chaqueta robada. Algo me pareció extraño, algo me incordiaba acerca del aspecto de mi casa, pero estaba demasiado airada como para preocuparme.

—Bill… —comenzó Eric con cautela, y aquello me encendió como a un cohete.

—Bill se está dejando todo el dinero en los malditos Bellefleur —dije, esta vez con un tono tan bajo como venenoso, aunque no menos sincero—. Ni se le ocurre ofrecerme dinero. Aunque ¿cómo iba a aceptarlo? Me convertiría en una mujer mantenida, y no soy su puta, soy… Era su novia.

Tomé una estremecida bocanada de aire, tristemente consciente de que iba a romper a llorar. En lugar de ello, hubiera sido mejor volver a perder los papeles. Lo intenté.

—Y ¿a ti por qué te ha dado por decirle a la gente que soy tu…, tu amante? ¿De dónde te has sacado eso?

—¿Qué ha pasado con el dinero que ganaste en Dallas? —preguntó Eric, cogiéndome completamente por sorpresa.

—Con él pagué los impuestos de la casa.

—¿No pensaste que si me decías dónde guardaba Bill su programa, te habría dado lo que me hubieras pedido? ¿No pensaste que Russell te habría pagado una fortuna?

Me sentí tan ofendida que me tragué el aliento. No sabía por dónde empezar.

—Veo que no pensaste en esas cosas.

—Oh, claro, soy una monjita de la caridad —lo cierto es que nada de eso se me había ocurrido, y casi lamentaba que así hubiera sido. Temblaba de la rabia, y todo mi sentido común se estaba yendo por el sumidero. Pude sentir la presencia de otras mentes cerca, y la idea de que hubiera un intruso en mi casa me enfureció más aún. La parte racional de mi mente estaba estrujada bajo el peso de mi ira.

—Hay alguien esperando en mi casa, Eric —me di la vuelta y subí a zancadas hacia mi porche y encontré la llave que había escondido bajo la mecedora que tanto le había gustado a mi abuela. Ignorando todo lo que mi cerebro trataba de decirme, incluso el comienzo de un grito de Eric, abrí la puerta y fui golpeada por una tonelada de ladrillos.

14

—La tenemos —dijo una voz que no pude reconocer. Me habían obligado a ponerme de pie, y me tambaleaba entre los dos hombres que me sostenían.

—Y ¿qué pasa con el vampiro?

—Le disparé dos veces, pero está en el bosque. Se ha escapado.

—Mal asunto. Hay que trabajar deprisa.

Pude sentir que había muchos hombres en la habitación, y abrí los ojos. Habían encendido las luces. Estaban en mi casa. Estaban en mi hogar. Aquello me puso tan enferma como el puñetazo que había recibido en la mandíbula. Por alguna razón, di por sentado que mis visitantes serían Sam, Arlene o Jason.

Había cinco extraños en mi salón, si las cuentas no me fallaban, dado mi estado. Pero antes de que pudiera formar otra idea, uno de los hombres (y ahora me daba cuenta de que llevaba puesto un chaleco de cuero muy familiar) me propinó un puñetazo en el estómago.

Me faltó el aire para gritar.

Los dos que me sostenían me volvieron a poner derecha.

—¿Dónde está?

—¿Quién? —lo cierto era que, a esas alturas, no podía recordar a qué desaparecido querían encontrar. Pero, por supuesto, me volvió a golpear. Lo pasé muy mal cuando sentí la necesidad de llenar los pulmones y no pude. Me ahogaba.

Al fin pude dar una bocanada de aire. Fue dolorosa y ronca, pero todo un alivio.

Mi interrogador licántropo, que tenía el escaso pelo rapado casi al cero y una horrible barba de chivo, me abofeteó con fuerza y la mano bien abierta. La cabeza osciló sobre mi cuello como un coche sobre amortiguadores defectuosos.

—¿Dónde está el vampiro, zorra? —inquirió el licántropo. Volvió a cargar el puño.

No podía seguir aguantando aquello. Decidí acelerar las cosas. Levanté las piernas y, mientras los dos de los lados trataban de agarrarme como podían, pateé al que tenía delante con los dos pies. De no haber tenido unas zapatillas puestas, probablemente habría sido más eficaz. Nunca llevo botas de punta reforzada cuando las necesito. Pero Chivo feo se tambaleó hacia atrás, y luego volvió a cargar hacia mí con la muerte prendida en los ojos.

Para entonces, mis piernas ya habían vuelto al suelo, pero traté de repetir la maniobra e hice que mis captores de los lados perdieran el equilibrio. Se tambalearon, trataron de recuperarse, pero sus frenéticos movimientos sirvieron de poco. Acabamos todos en el suelo, incluido el licántropo.

Puede que no fuese una mejora en mi situación, pero sí que era mejor que esperar a recibir un golpe.

Aterricé de cara, dado que mis brazos y manos no me pertenecían en ese momento. Uno de los captores me había soltado al caer, y cuando logré apoyarme en esa mano, me liberé del otro.

Estaba casi de pie cuando el licántropo, más rápido que los humanos, consiguió jalarme del pelo. Me abofeteó la cara mientras se enrollaba el pelo en la mano para agarrarme mejor. Los demás intrusos se acercaron, ya fuera para ayudar a levantarse a los dos del suelo o para ver cómo me apaleaban.

Una auténtica pelea se acaba en apenas minutos porque la gente suele desmayarse pronto. Había sido un día muy largo, y el hecho era que estaba dispuesta a rendirme ante la abrumadora perspectiva. Pero aún me quedaba algo de orgullo, así que me lancé a por el que tenía más cerca, un cerdo barrigón de pelo oscuro y grasiento que pasaba por hombre. Hundí mis dedos en su cara, tratando de provocarle el mayor daño posible mientras pudiera.

El licántropo hundió su rodilla en mi vientre y yo gemí, mientras el cerdo barrigón gritaba a los demás que me apartasen de él. En ese momento, la puerta delantera se abrió de golpe. Era Eric, con el pecho y la pierna derecha llenos de sangre. Bill estaba justo detrás.

Perdieron todo el control.

Vi en primera fila lo que un vampiro es capaz de hacer.

Al cabo de un segundo, me di cuenta de que mi ayuda no sería necesaria, y esperé que la Diosa de las Nenas muy Duras me disculpara por tener que cerrar los ojos.

En dos minutos, todos los hombres que había en mi salón estaban muertos.

—¿Sookie? ¿Sookie? —la voz de Eric era ronca—. ¿La llevamos al hospital? —le preguntó a Bill.

Sentí unos dedos fríos en mi muñeca y tocándome el cuello. Casi les consigo decir que me encontraba consciente, pero me resultó demasiado difícil. El suelo parecía un buen lugar donde estar.

—Su pulso es fuerte —indicó Bill—. Le voy a dar la vuelta.

—¿Está viva?

—Sí.

La voz de Eric, de repente más cerca, preguntó:

—¿La sangre es suya?

—Sí, parte de ella.

Lanzó un profundo y tembloroso suspiro.

—La suya es diferente.

—Sí —dijo Bill fríamente—. Pero seguro que ya estás lleno.

—Hacía mucho que no tomaba tanta sangre de verdad —dijo Eric, del mismo modo que mi hermano Jason habría dicho que hacía mucho que no se zampaba una tarta de moras.

Bill deslizó las manos por debajo de mí.

—Lo mismo digo. Tendremos que sacarlos a todos fuera —dijo como si tal cosa— y limpiar la casa de Sookie.

—Por supuesto.

Bill empezó a darme la vuelta y yo comencé a llorar. No pude evitarlo. Por muy fuerte que quisiera ser, sólo podía pensar en mi cuerpo. Si alguna vez os han dado una buena paliza, seguro que sabéis a qué me refiero. Cuando te han apaleado de esa manera, te das cuenta de que no eres más que un envoltorio de carne, un envoltorio fácil de penetrar que contiene un montón de fluidos y algunas estructuras rígidas, que a su vez pueden romperse y ser invadidas. Pensaba que lo había pasado mal hacía unas semanas en Dallas, pero esto dolía mucho más. Sabía que eso no significaba que fuese realmente peor, sino que esta vez me habían dañado muchos tejidos blandos. En Dallas me había fracturado el pómulo y me había torcido la rodilla. Pensé que quizá se habría vuelto a resentir la rodilla, y que alguna de las bofetadas me habría vuelto a romper el pómulo. Abrí los ojos, parpadeé y los volví a abrir. La vista se me aclaró al cabo de unos segundos.

—¿Puedes hablar? —preguntó Eric al cabo de un instante muy largo.

Lo intenté, pero tenía la boca tan seca que no me salió nada.

—Necesita beber —Bill fue a la cocina, salvando todos los obstáculos que había por el camino.

Eric me acarició el pelo. Le habían disparado y quería preguntarle cómo se sentía, pero fui incapaz. Estaba sentado a mi lado, apoyado en los cojines de mi sofá. Tenía la cara manchada de sangre, y parecía más sonrosado que nunca, lleno de vida. Cuando Bill volvió con el agua (incluso había añadido una pajita al vaso), lo miré a la cara. Él parecía incluso bronceado.

Me levantó la cabeza con cuidado y puso la pajita en mis labios. Bebí, y fue lo mejor que había saboreado nunca.

—Los habéis matado a todos —dije como pude.

Eric asintió.

Pensé en el círculo de rostros brutales que me habían rodeado. Pensé en el licántropo que me golpeó en la cara.

—Bien —dije. Eric pareció un poco divertido, al menos durante un segundo. Bill no mostró ninguna emoción concreta.

—¿Cuántos?

Eric miró alrededor vagamente, y Bill los contó con un dedo en silencio.

—¿Siete? —dijo Bill, dubitativo—. ¿Dos fuera y cinco en la casa?

—Yo diría que ocho —murmuró Eric.

—¿Por qué habrán venido a por ti de esta manera?

—Jerry Falcon.

—Oh —dijo Bill con una variación en su tono de voz—. Oh, sí, lo conocí. En la sala de torturas. Es el primero de mi lista.

—Pues ya puedes tacharlo —dijo Eric—. Alcide y Sookie se deshicieron de su cuerpo en el bosque ayer.

—¿Lo mató ese tal Alcide? —Bill bajó la mirada hacia mí y lo reconsideró—. O ¿fue Sookie?

—Él dice que no. Encontraron el cadáver en el armario del apartamento de Alcide, y pergeñaron un plan para deshacerse de él —Eric lo dijo casi como si hubiese sido una monada por nuestra parte.

—¿Mi Sookie escondió el cuerpo?

—No sé si deberías estar tan seguro sobre ese pronombre posesivo.

—¿Dónde has aprendido esa palabra, Northman?

—Escogí inglés como segundo idioma en el instituto de la comunidad, en los setenta.

—Es mía —dijo Bill.

Me preguntaba si podría mover las manos. Sí que pude. Alcé las dos, dibujando el inconfundible gesto de enseñarles el dedo corazón.

Eric se rió y Bill dijo: «¡Sookie!», en sorprendida exclamación.

—Creo que Sookie nos está diciendo que es dueña de sí misma —dijo Eric con suavidad—. Mientras tanto, para dar por terminada nuestra conversación, quienquiera que escondiera el cadáver en el armario de Alcide pretendía que le echaran las culpas a él, dado que Jerry Falcon le había faltado flagrantemente al respeto a Sookie en el bar la noche anterior y Alcide se había mostrado resentido por ello.

—Entonces ¿todo el montaje podría haber estado dirigido contra Alcide en vez de contra nosotros?

—Es difícil saberlo con seguridad. Evidentemente, por lo que nos dijeron los atracadores armados de la gasolinera, lo que quedaba de la banda reclutó a todos los matones que conocía y los repartió por la interestatal para interceptarnos en nuestro camino de vuelta a casa. De haberse salido con la suya, ahora no estarían en la cárcel sólo por robo a mano armada. Y estoy seguro de que es allí donde están.

—Y ¿cómo han llegado estos tipos hasta aquí? ¿Cómo han sabido dónde vivía Sookie y quién era en realidad?

—Usó su verdadero nombre en el Club de los Muertos. No conocían el nombre de la novia humana de Bill. Fuiste leal.

—No lo fui en otros sentidos —dijo Bill tristemente—. Pensé que era lo mínimo que podía hacer por ella.

Y ése era el tío al que le había enseñado el dedo. Por otra parte, era el tío que estaba hablando como si no me encontrara en la habitación. Y, lo más importante, era el tío que tenía a otra «querida» por quien había planeado abandonarme.

—Entonces puede que los licántropos no supieran que es tu novia; sólo sabían que se hospedaba en el apartamento de Alcide cuando desapareció Jerry. Saben que es posible que Jerry se pasara por el apartamento. Alcide dice que el líder de la manada de Jackson le dijo que abandonara la ciudad y no volviera en un tiempo, pero que creía que no había matado a Jerry.

—Ese Alcide... parecía tener una turbulenta relación con su novia.

—Ella se ha comprometido con otro. Cree que Alcide está con Sookie.

—Y ¿lo está? Ha tenido los huevos de decirle a esa matona de Debbie que Sookie es buena en la cama.

—Quería ponerla celosa. No se ha acostado con Sookie.

—Pero le gusta —Bill lo dijo como si fuese un crimen capital.

—¿Acaso no le gusta a todo el mundo?

Con un gran esfuerzo, dije:

—Acabáis de matar a un puñado de tipos a los que no parecía gustarles un pelo.

Ya estaba harta de ellos, hablando de mí justo encima de mis narices. Me dolía todo el cuerpo como si me hubiesen atropellado, y mi salón estaba atestado de hombres muertos. Ya era hora de acabar con ambas situaciones.

—¿Cómo has llegado aquí, Bill? —pregunté con voz de lija.

—En mi coche. Hice un trato con Russell, porque no quería tener que vigilar mis espaldas por lo que me queda de existencia. Russell estaba colérico cuando lo llamé. No sólo yo había desaparecido y Lorena se había esfumado, sino que los licántropos que tenía a sueldo le habían desobedecido y habían puesto en peligro los negocios que mantiene con el tal Alcide y su padre.

—¿Con quién estaba Russell más enfadado? —preguntó Eric.

—Con Lorena, por dejarme escapar.

Aquello les provocó una buena carcajada, antes de que Bill continuara con su historia. Estos vampiros. Siempre de risas.

—Russell accedió a devolverme el coche y dejarme en paz si le contaba cómo me había escapado, para que pudiera poner remedio a ese fallo en la seguridad. Y me pidió un precio para compartir con él el directorio de vampiros.

Si Russell hubiera hecho eso desde el principio, habría ahorrado a todo el mundo un montón de sufrimiento. Por otra parte, Lorena seguiría viva. Igual que los matones que me habían pegado, y puede que Jerry Falcon también, cuya muerte seguía siendo un misterio.

—Así que —siguió Bill— fui a toda prisa por la autopista para deciros que los licántropos y sus secuaces os seguían los pasos, y que se habían adelantado por el camino para esperaros. Mediante los ordenadores, habían descubierto que la novia de Alcide, Sookie Stackhouse, vivía en Bon Temps.

—Esos ordenadores son chismes peligrosos —dijo Eric. Su voz sonaba cansada, y me acordé de la sangre que manchaba su ropa. Le habían disparado dos veces por estar conmigo.

—Se le está hinchando la cara —dijo Bill con voz amable, a la par que airada.

—Eric, ¿estás bien? —pregunté, exhausta, suponiendo que podría transmitir la idea aun prescindiendo de una palabra.

—Me curaré —dijo desde una gran distancia—. Sobre todo después de haberme tomado toda esa deliciosa…

Y entonces me quedé dormida, o me desmayé, o una mezcla de las dos cosas.

El sol. Hacía tanto que no veía el brillo del sol que casi había olvidado lo bonito que es.

Estaba en mi cama, con mi camisón de nailon azul y envuelta como una momia. Tuve que hacer increíbles esfuerzos para poder levantarme e ir al cuarto de baño. Una vez me moví lo suficiente para hacerme una idea de lo horrible que sería caminar, lo único que me animó a salir de la cama fue mi vejiga.

Di pequeños pasos por el piso, que de repente se me antojaba tan grande y vacío como un desierto. Fui consumiendo la distancia doloroso centímetro a doloroso centímetro. Las uñas de los pies aún estaban pintadas de bronce, a juego con las de las manos. Tuve mucho tiempo para mirarme los pies mientras proseguía mi lastimosa peregrinación.

Gracias a Dios que contaba con grifería interior. De haber tenido que llegar hasta el jardín y a un retrete exterior, como le pasaba a mi abuela cuando era una niña, me habría rendido mucho antes.

Cuando completé el viaje, me puse una bata de lana azul. Atravesé como pude el pasillo para ir al salón y examinar el suelo. De camino allí, me di cuenta de que el sol brillaba con fuerza y que el cielo lucía un tono azul muy intenso. Había 6ºC de temperatura, según el termómetro que me había regalado Jason por mi cumpleaños. Me lo había montado en el marco de la ventana para que pudiera leerlo con tan sólo echarle una mirada.

El salón tenía un aspecto estupendo. No estaba segura del tiempo que habría invertido la cuadrilla de limpieza vampírica la noche anterior, pero no había partes de cuerpo visibles. La madera del suelo brillaba y los muebles parecían impolutos. La vieja alfombra había desaparecido, pero no le di importancia. Tampoco es que fuera una insustituible reliquia familiar; simplemente era una bonita alfombra que la abuela había comprado en un mercadillo por treinta dólares. ¿Por qué me estaba acordando de eso? Poco importaba. Y mi abuela estaba muerta.

Sentí la repentina amenaza del llanto, pero le puse freno. No pensaba dejarme llevar por la autocompasión. Mi reacción ante la infidelidad de Bill se me antojaba ahora débil y lejana; tal vez me había convertido en una mujer más fría, o puede que mi coraza protectora se hubiera vuelto más densa. Ya no sentía ira hacia él, para mi sorpresa. La mujer, bueno, la vampira que creía que lo amaba le había torturado. Y lo había hecho por un beneficio económico, lo cual era aún peor.

De repente, me horroricé al revivir el momento en el que le clavé la estaca entre las costillas, y pude sentir el movimiento de la madera adentrándose en su cuerpo.

Llegué al cuarto de baño del pasillo justo a tiempo.

Vale, sí, había matado a alguien.

Una vez le había hecho daño a alguien que quería matarme, pero nunca me había afectado; bueno, sí, una o dos pesadillas. Pero el horror de clavarle una estaca a la vampira Lorena era algo mucho peor. Ella me habría matado mucho más deprisa, y estoy segura de que no hubiera supuesto ningún tipo de problema para Lorena. Probablemente se habría partido el culo de la risa.

Quizá fuera eso lo que me había afectado tanto. Tras hundirle la estaca, estoy segura de que tuve un momento, un segundo, un latido de tiempo en el que pensé: «Toma ya, zorra». Y fue un placer de lo más puro.

Un par de horas más tarde, descubrí que era la primera hora de la tarde de un lunes. Llamé al móvil de mi hermano y se pasó con mi correo. Cuando abrí la puerta, se quedó ahí de pie durante un buen minuto, mirándome de arriba abajo.

—Si te ha hecho esto, me voy ahora mismo para allá con una antorcha y un mango de escoba afilado —dijo.

—No, no ha sido él.

—Y ¿qué ha pasado con los que te lo han hecho?

—Será mejor que no le des demasiadas vueltas.

—Al menos hace algunas cosas bien.

—No le voy a volver a ver.

—Oh, oh. Ya he oído eso antes.

Tenía razón.

—Por una buena temporada —dije con firmeza.

—Sam dijo que te habías ido con Alcide Herveaux.

—Sam no debió decirte nada.

—Demonios, soy tu hermano. Tengo que saber con quién te vas por ahí.

—Era un asunto de trabajo —dije, tratando de esbozar una tímida sonrisa.

—¿Vas a meterte a constructora?

—¿Conoces a Alcide?

—Y ¿quién no, al menos de nombre? Esos Herveaux son bien conocidos. Tipos duros. Currantes. Ricos.

—Es majo.

—¿No se va a dejar caer más? Me gustaría conocerlo. No quiero pasarme la vida trabajando en una carretera del distrito.

Eso sí que era una novedad para mí.

—La próxima vez que lo vea, te llamaré. No sé si tiene pensado pasar por aquí en breve, pero si es así, serás el primero en saberlo.

—Bien —Jason miró en derredor—. ¿Qué ha sido de la alfombra?

Vi una mancha de sangre en el sofá, más o menos donde Eric se había apoyado. Me senté de modo que mis piernas la taparan.

—¿La alfombra? Tiré un poco de salsa de tomate encima. Estaba comiendo espaguetis aquí fuera mientras veía la tele.

—¿La llevaste a la lavandería?

No supe qué contestar. No sabía si eso era lo que los vampiros habían hecho, o si la habían quemado.

—Sí —dije con un titubeo—. Pero dicen que no saben si podrán quitarle la mancha.

—La nueva grava tiene buena pinta.

Me lo quedé mirando con la boca abierta.

—¿Qué?

Él me miró como si estuviese loca.

—La nueva grava del camino. Hicieron un buen trabajo allanándola. No tiene un solo desnivel.

Desterrada la mancha de sangre al olvido, me levanté automáticamente, aunque con cierta dificultad, y miré por la ventana, esta vez a conciencia.

No sólo habían arreglado el camino, sino que había un aparcamiento completamente nuevo delante de la casa. Estaba delimitado con maderos decorativos. La grava era de las caras, de las que se enclava bien y no se desplaza hacia donde uno no quiere. Me tapé la boca con la mano, como calculando lo que aquello habría costado.

—¿Está así todo el camino, hasta la carretera? —le pregunté a Jason con voz apenas audible.

—Sí. Vi a la cuadrilla de Burgess e Hijos cuando pasé antes —dijo con lentitud—. ¿Es que no les llamaste tú?

Negué con la cabeza.

—Joder, ¿lo han hecho por error? —Jason, que es de ira fácil, empezó a ponerse rojo—. Llamaré a ese Randy Burgess y le patearé el trasero. ¡Ni se te ocurra pagar la factura! Ésta es la nota que había pegada en la puerta —Jason se sacó un recibo doblado del bolsillo delantero—. Lo siento, iba a dártela cuando te vi la cara.

Desdoblé la hoja amarilla y leí la nota: «Sookie: el señor Northman dijo que no llamara a la puerta, así que te dejo esta nota. Puede que la necesites si queda algún defecto. No dudes en llamarnos. Randy».

—Está pagada —dije, y Jason se calmó un poco.

—¿Tu novio? ¿Tu ex?

Recordé que le grité a Eric el asunto de mi camino.

—No —dije—. Otra persona —me pillé a mí misma deseando que esa persona hubiera sido Bill.

—Estás haciendo muchos amigos estos días —dijo Jason. No me estaba juzgando, tal como me esperaba, sino que había sido lo bastante avispado como para saber que no me podía tirar muchas chinas.

—Pues no —dije llanamente.

Se me quedó mirando por un momento. Me encontré con su mirada.

—Vale —dijo lentamente—. Entonces alguien te debe un gran favor.

—Eso estaría más cerca de la verdad —dije, y me pregunté si estaba siendo sincera—. Gracias por guardarme el correo, mi gran héroe. Necesito meterme otra vez en la cama.

—De acuerdo. ¿Quieres ir al médico?

Negué con la cabeza. No podría con una sala de espera.

—Pues no dudes en llamarme si necesitas que te haga la compra.

—Gracias —dije otra vez, con más ánimo—. Eres un buen hermano —para sorpresa de ambos, me puse de puntillas y le di un beso en la mejilla. Me rodeó torpemente con el brazo y me obligué a mantener la sonrisa en la cara en vez de hacer una mueca por el dolor.

—Vuelve a la cama, hermana —dijo, cerrando con cuidado la puerta tras de sí. Me di cuenta de que se quedó parado en el porche durante un largo minuto, contemplando toda esa grava de gran calidad. Luego, meneó la cabeza y volvió a su camioneta, siempre limpia y brillante, con sus llamas turquesas y rosas resaltando contra la pintura negra que cubría el resto de la carrocería.

Puse un poco la televisión. Traté de comer algo, pero la cara me dolía demasiado. Me sentí afortunada cuando descubrí que tenía algo de yogur en la nevera.

A eso de las tres, una gran camioneta se acercó por el camino. Alcide se apeó con mi maleta. Llamó a la puerta con suavidad.

Quizá se habría sentido mejor si no hubiese respondido, pero pensé que no era asunto mío procurar su felicidad, y abrí la puerta.

—Oh, Dios santo —dijo, sin ánimo de irreverencia, cuando me vio.

—Pasa —le ofrecí, con un dolor que casi me impedía mover las mandíbulas. Sabía que le había dicho a Jason que lo llamaría si aparecía Alcide; pero nosotros teníamos que hablar antes.

Entró y se quedó de pie, mirándome. Finalmente, llevó la maleta a mi habitación, me preparó un gran vaso de té helado con una pajita y lo depositó sobre la mesa junto al sofá. Los ojos se me llenaron de lágrimas. No todo el mundo se habría dado cuenta de que una bebida caliente habría empeorado el dolor.

—Cuéntame lo que ha pasado, cielo —dijo, sentándose en el sofá a mi lado—. Venga, levanta los pies mientras me lo cuentas —me ayudó a recostarme de lado y posó mis piernas sobre su regazo. Tenía un montón de almohadas a la espalda, y me sentí cómoda, o tan cómoda como podría estar durante un par de días.

Se lo conté todo.

—Entonces ¿crees que vendrán a por mí en Shreveport? —preguntó. No parecía culparme por echarle encima todos esos problemas, lo cual había esperado, al menos en parte.

Meneé la cabeza, impotente.

—No lo sé. Ojalá supiéramos lo que ocurrió de verdad. Quizá eso nos los quitaría de encima.

—Los licántropos son asombrosamente leales —dijo Alcide.

—Lo sé —dije, cogiéndole de la mano.

Los ojos verdes de Alcide me miraron fijamente.

—Debbie me ha pedido que te mate —dijo.

Por un momento, sentí un escalofrío recorrerme hasta el tuétano.

—Y ¿qué le has dicho tú? —pregunté con labios tensos.

—Le dije que podía irse a la mierda, disculpa el lenguaje.

—Y ¿cómo te sientes ahora?

—Entumecido. ¿No es una tontería? Pero me la estoy arrancando de raíz. Te dije que lo haría. Tenía que hacerlo. Es como quien es adicto al crack. Es horrible.

Pensé en Lorena.

—A veces —dije, e incluso a mis oídos les sonó triste—, las zorras ganan —Lorena estaba más que muerta entre Bill y yo, pero hablar de Debbie suscitó recuerdos igual de desagradables—. Eh, ¡le dijiste que nos habíamos acostado cuando os peleasteis!

Se mostró profundamente avergonzado, su piel oliva se enrojeció por momentos.

—Me avergüenzo por ello. Sabía que se lo había estado pasando bien con su novio; no dejaba de presumir de ello. Usé tu nombre en vano cuando perdí los estribos. Perdóname.

Podía comprenderlo, por poco que me gustara. Arqueé las cejas para denotar que no era suficiente.

—Vale, fue algo muy ruin. Dobles disculpas y prometo que no volveré a hacerlo nunca.

Asentí. Aquello era aceptable.

—Lamento que tuvierais que salir tan precipitadamente de mi apartamento, pero no quería que os viese a los tres, en vista de las conclusiones que podría haber sacado. Debbie puede enfadarse mucho, y pensé que si te veía con los vampiros, quizá lo encajaría con el rumor de que Russell había perdido a un prisionero y acabara sacando conclusiones. Hubiera sido capaz de llamar a Russell.

—Viva la lealtad entre los licántropos.

—Es una cambiante, no una licántropo —dijo Alcide al momento, y mi sospecha se vio confirmada. Empezaba a creer que Alcide, a pesar de su declarada determinación por mantener su gen licántropo aislado, jamás sería feliz con nadie que no fuese de su especie. Suspiré: traté de que se percibiera como un suspiro agradable y tranquilo. Quizá estuviera equivocada después de todo.

—Al margen de Debbie —dije, agitando la mano para escenificar lo lejos que estaba ella del interés de mi conversación—, alguien mató a Jerry Falcon y lo metió en tu armario. Eso me ha causado a mí (y a ti también) muchos más problemas que la misión original, que era buscar a Bill. ¿Quién haría algo así? Debe de haber sido alguien realmente malicioso.

—O alguien realmente estúpido —dijo Alcide justamente.

—Sé que no fue Bill, porque estaba cautivo. Y juraría que Eric decía la verdad cuando aseguró que él tampoco lo hizo —dudé, detestando tener que volver a sacar el nombre a colación—. Pero ¿qué me dices de Debbie?

Es... —me mordí la lengua para no decir «una auténtica zorra», porque sólo Alcide podía tildarla de tal—. Estaba muy enfadada contigo porque tenías una cita —dije con suavidad—. ¿Crees que sería capaz de meter a Jerry Falcon en tu armario para causarte problemas?

—Debbie es mala y puede causar muchos problemas, pero nunca ha matado a nadie —dijo Alcide—. No tiene las..., las agallas, el valor. La voluntad de matar.

Vale, llamadme maniática.

Alcide debió de leer el desaliento en mi cara.

—Eh, soy un licántropo —dijo, encogiéndose de hombros—. Lo haría si fuese necesario, sobre todo cuando la luna estuviera en el momento adecuado.

—Entonces ¿puede que un compañero de manada se lo cargara, por razones que desconocemos, y decidiera que te culparan a ti? —era otra posibilidad.

—No acaba de encajarme. Otro licántropo habría..., bueno, el cuerpo habría tenido otro aspecto —dijo Alcide, tratando de no entrar en demasiados detalles. Quería decir que el cuerpo habría sido hecho jirones—. Además, creo que habría olido a otro licántropo en él. Aunque en realidad tampoco me acerqué tanto.

Se nos habían agotado las ideas, aunque si hubiese grabado esa conversación y luego la hubiese reproducido, habría dado fácilmente con otro candidato a culpable.

Alcide me dijo que tenía que volver a Shreveport, así que moví las piernas para que pudiera levantarse. Lo hizo, pero luego se arrodilló junto al extremo del sofá para despedirse. Le dije todas esas cosas amables, lo agradable que había sido por facilitarme un techo, lo bien que me había caído su hermana y lo divertido que había sido esconder el cuerpo con él. No, la verdad es que no dije eso, pero se me pasó por la cabeza mientras ejercía la cortesía como me la había enseñado mi abuela.

—Me alegro de haberte conocido —dijo él. Estaba más cerca de mí de lo que había creído, y me dio un pico en los labios a modo de despedida. Pero después del pico, que estuvo bien, volvió para dedicarme una despedida más prolongada. Sus labios eran tan cálidos, y, al cabo de un minuto, su lengua se antojó más cálida si cabe. Giró la cabeza levemente para conseguir un mejor ángulo, y luego volvió al ataque. Su mano derecha planeó sobre mí, buscando un lugar donde posarse que no me produjera demasiado dolor. Finalmente me cubrió la mano izquierda con la suya. Oh, Dios, cómo me lo estaba pasando. Pero sólo mi boca y mi baja pelvis estaban contentas. El resto me dolía. Su mano se deslizó, como si lanzara una pregunta, hasta mi pecho, y yo di un respingo.

—¡Oh, Dios, te he hecho daño! —dijo. Sus labios parecían henchidos y rojos después del largo beso, y le brillaban los ojos.

Me sentí obligada a disculparme.

—Es que me duele todo —dije.

—¿Qué te han hecho? —preguntó—. ¿Algo más que unos bofetones en la cara?

Había pensado que mi maltrecha cara era mi problema más serio.

—Ojalá hubiera sido sólo eso —contesté, tratando de sonreír.

Adquirió un aspecto verdaderamente afligido.

—Y aquí estoy yo, enrollándome contigo.

—Bueno, yo tampoco te lo he impedido —dije dócil-
mente (me dolía todo demasiado como para luchar contra él)—. Y tampoco he dicho: «No, señor, ¡cómo se atreve
a forzar sus atenciones en mí!».

En cierto modo, Alcide parecía sorprendido.

—Volveré a pasarme pronto —prometió—. Si necesitas algo, llámame —se sacó una tarjeta del bolsillo y la
depositó sobre la mesa que había junto al sofá—. Éste es
mi número del trabajo, y te voy a apuntar mi móvil y el
de mi casa en el reverso. Dame el tuyo.

Obediente, le recité los números y él los apuntó en
una pequeña libreta negra, no es broma. No tuve fuerzas
para hacer el chiste.

Cuando se marchó, la casa se me antojó especialmente vacía. Alcide era tan grande y rebosaba tanta energía
(estaba tan vivo), que llenaba amplios espacios con su per-
sonalidad y su presencia.

Era un día pensado para hacerme suspirar.

Después de hablar con Jason en el Merlotte's, Arlene
se pasó por casa a las cinco y media. Me inspeccionó como si estuviera aguantándose muchos comentarios que
realmente deseara hacer, y me calentó una sopa Campbell's.
Dejé que se enfriara un poco antes de comerla con mucho
cuidado y muy lentamente, y enseguida me sentí mejor.
Metió los platos en el lavavajillas y me preguntó si necesitaba que me ayudase con cualquier otra cosa. Pensé en sus
hijos esperándola en casa, así que dije que no. Me vino bien
ver a Arlene, y saber que estaba luchando consigo misma
para no hablar interrumpiendo a los demás, me hizo sentir
incluso mejor.

Físicamente, me sentía cada vez más entumecida. Me obligué a levantarme y a caminar un poco (aunque apenas fuera sino a cojear), pero a medida que las magulladuras afloraban en su plenitud y la casa se enfriaba, empecé a sentirme mucho peor. Era en momentos así cuando vivir sola se me hacía tan cuesta arriba: cuando me sentía mal o enferma y no había nadie allí para cuidarme.

Si no me andaba con cuidado, podía caer en la autocompasión.

Me sorprendió que el primer vampiro en llegar al anochecer fuera Pam. Esa noche vestía una especie de camisón negro que le llegaba hasta los pies. Seguro que tenía que trabajar en Fangtasia. Por lo general, Pam detestaba el negro; era una mujer más de tonos pastel. No dejaba de tironearse las mangas de gasa con impaciencia.

—Eric dice que puede que necesites a una mujer para ayudarte —dijo, impaciente—, aunque no se me ocurre por qué demonios debería ser yo tu doncella. ¿De verdad necesitas ayuda o es que sólo trata de congraciarse contigo? Me caes bien, pero, al fin y al cabo, soy una vampira y tú una humana.

Esta Pam, qué cielo de chica.

—Podrías sentarte y hacerme compañía un rato —sugerí, poco segura de cómo proceder. Lo cierto es que me habría venido muy bien una ayuda para entrar y salir de la bañera, pero sabía que Pam se sentiría ofendida si se le pidiera realizar una tarea tan personal. Al fin y al cabo, ella era una vampira y yo una humana...

Pam se sentó en una butaca que había frente al sofá.

—Eric dice que sabes disparar una escopeta —dijo, más animada a la conversación—. ¿Me enseñarás?

—Será un placer, cuando me encuentre mejor.

—¿De verdad le clavaste una estaca a Lorena?

Según parecía, las lecciones de tiro con escopeta eran más importantes que la muerte de Lorena.

—Sí. De lo contrario, ella me habría matado a mí.

—¿Cómo lo hiciste?

—Llevaba conmigo la estaca que usaron contra mí.

Entonces Pam tuvo que escuchar la historia, y me preguntó qué se sentía, dado que era la única persona que conocía que había sobrevivido a una estaca. Finalmente, me preguntó cómo maté exactamente a Lorena, y ahí estábamos, de vuelta al tema de conversación que menos gracia me hacía.

—No me apetece hablar de ello —admití.

—¿Por qué no? —Pam sentía curiosidad—. Decías que quería matarte.

—Y así era.

—Y después de haberlo hecho, habría seguido torturando a Bill hasta doblegarlo, y tú estarías muerta, y todo habría sido para nada.

La verdad es que no le faltaba razón, y asumí su idea como algo que debía tener en cuenta en lugar de abandonarme al reflejo de la desesperación.

—Bill y Eric no tardarán en venir —dijo Pam, mirando su reloj.

—Ojalá me hubieras dicho eso antes —dije, pugnando por levantarme.

—¿Tienes que cepillarte los dientes y el pelo? —Pam se mostraba alegremente sarcástica—. Por eso Eric pensó que necesitarías mi ayuda.

—Creo que puedo hacerlo sola, si mientras no te importa calentar algo de sangre en el microondas… Para ti, por supuesto. Lo siento, no he sido muy amable.

Pam me miró con escepticismo, pero se fue a la cocina sin más comentarios. Escuché por un momento para asegurarme de que sabía manejar el microondas, y oí los pitidos mientras ella pulsaba sin titubeos los botones correspondientes.

Lenta y dolorosamente, me lavé, me cepillé el pelo y los dientes, y me puse un pijama rosa con una bata y unas zapatillas a juego. Ojalá hubiera tenido la energía para vestirme, pero me sentía incapaz de soportar ropa interior, calcetines y calzado.

No tenía ningún sentido maquillarse las magulladuras. No había forma de disimularlas. Me pregunté por qué me habría levantado del sofá para someterme a esa penitencia de dolor. Me miré al espejo y me dije que era una estúpida por querer acicalarme ante su llegada. Era sencillamente imposible. Dado mi lamentable estado general (físico y mental), mi comportamiento resultaba ridículo. Lamenté haber sentido el impulso, y lamenté más aún que Pam lo hubiera presenciado.

Pero el primero que apareció fue Bubba.

Estaba completamente ataviado con su ropa especial. Los vampiros de Jackson habían disfrutado de su compañía, eso era evidente. Bubba lucía un mono rojo con diamantes falsos engarzados (no me sorprendió demasiado que uno de los chicos juguete de la mansión tuviera uno), un cinturón ancho y botines. Tenía un aspecto estupendo.

Pero no parecía estar muy contento, sino más bien quería disculparse.

—Señorita Sookie, lamento haberla perdido la otra noche —dijo a la primera de cambio. Pasó rápidamente junto a Pam, quien pareció sorprendida—. Ya veo que le ha pasado algo horrible, y yo no estuve allí para evitarlo como me dijo Eric. Me lo estaba pasando bien en Jackson; esa gente sí que sabía montarse una fiesta.

Tuve una idea. Una idea deslumbrantemente sencilla. De haber sido un personaje de tira cómica, se habría manifestado como una bombilla encendida sobre mi cabeza.

—Me has estado vigilando todas las noches —dije con toda la amabilidad posible, esforzándome por desterrar toda la excitación de mi voz—, ¿verdad?

—Sí, desde que el señor Eric me lo ordenó —se puso más recto; llevaba la cabeza cuidadosamente peinada con gel con un estilo que me era familiar. Los chicos de la mansión de Russell se habían esmerado.

—Entonces, estabas cerca la noche que volvimos del club, la primera noche, ¿recuerdas?

—Claro que sí, señorita Sookie.

—¿Viste a alguien fuera del apartamento?

—Por supuesto —parecía orgulloso.

Toma ya.

—¿Iba vestida esa persona con ropas de cuero de una banda?

Pareció sorprenderse.

—Sí, señorita, era el hombre que le hizo daño en el bar. Lo vi cuando el portero lo echó por la puerta de atrás. Algunos de sus compañeros se reunieron con él allí y hablaron de lo que había pasado. Así fue que supe que la habían ofendido. El señor Eric me dijo que no me acercara a ninguno de los dos en público, así que no lo hice. Pero les seguí al apartamento, en esa camioneta. Apuesto a que ni siquiera se dieron cuenta de que iba detrás.

—No. Por supuesto que no lo sabía. Fuiste muy listo. Ahora dime, cuando viste al licántropo más tarde, ¿qué estaba haciendo?

—Había forzado la cerradura del apartamento cuando me puse detrás de él. Pillé a ese capullo a tiempo.

—¿Qué hiciste con él? —le sonreí.

—Le rompí el cuello y lo metí en el armario —dijo Bubba, orgulloso—. No tuve tiempo de llevar el cuerpo a ninguna parte, y supuse que usted y el señor Eric sabrían qué hacer con él.

Tuve que apartar la mirada. Era tan sencillo. Tan directo. Resolver el misterio sólo había requerido hacer la pregunta adecuada a la persona adecuada.

¿Cómo es que no se nos ocurrió? Era de esperar que Bubba adaptara las órdenes recibidas a las circunstancias. Con toda probabilidad, me había salvado la vida al matar a Jerry Falcon, ya que mi dormitorio habría sido el primero que registrara el licántropo. Estaba tan cansada cuando me metí en la cama, que probablemente me habría despertado cuando fuera demasiado tarde.

Pam había estado mirándonos a uno y a otra con una interrogación en su expresión. Levanté una mano para darle a entender que se lo explicaría más tarde, y me obligué a sonreír a Bubba y a decirle que había hecho lo adecuado.

—Eric estará muy contento —dije. Y contárselo a Alcide sería una experiencia interesante.

La expresión de Bubba se relajó. Esbozó esa sonrisa suya que le hacía levantar un poco el labio superior.

—Me alegra de que lo piense —dijo—. ¿Le queda algo de sangre? Me muero de sed.

—Claro —dije. Pam estaba demasiado pensativa para coger la botella, y Bubba le echó un buen trago.

—No es tan buena como la de gato —constató—, pero viene igual de bien. Gracias, muchas gracias.

15

La noche se ponía acogedora por momentos; conmigo y cuatro vampiros, después de que Bill y Eric llegaran, cada uno por su lado, pero casi a la vez. Ahí estaba yo, con mis colegas los vampiros, pasándolo bien en mi casa.

Bill insistió en trenzarme el pelo, con tal de demostrar lo familiarizado que estaba con mi casa, yendo al cuarto de baño y trayendo mi caja de accesorios para el pelo. Luego me sentó en un diván frente a él y se sentó detrás de mí para cepillarme y arreglarme el pelo. Siempre me ha parecido un proceso muy relajante, y me trajo a la memoria otra noche en la que Bill y yo empezamos casi de la misma manera y que culminó con un final de fábula. Por supuesto, Bill era muy consciente de que estaba sacando a flote esos recuerdos.

Eric observaba la escena como quien toma nota, mientras que Pam se mofaba abiertamente. Yo era incapaz de comprender por qué tenían que estar todos en mi casa, y cómo era que no acababan hartos unos de otros (y de mí), y se marchaban. Tras unos minutos de sentirme acompañada por lo que, comparativamente, era un gentío, volví a anhelar la soledad. ¿Por qué habría pensado yo que me sentía sola?

Bubba se marchó bastante pronto, ansioso por cazar algo. No quise pensar en ello con demasiado detenimiento. Cuando se fue, pude decirles a los demás vampiros lo que le pasó realmente a Jerry Falcon.

Eric no pareció demasiado molesto por que sus indicaciones a Bubba hubieran resultado en la muerte del licántropo, y yo ya me había admitido a mí misma que tampoco podía lamentarlo demasiado. Si había que elegir entre él y yo, pues, francamente, me prefería a mí. Bill se mostró indiferente ante el destino de Jerry, y a Pam todo ese asunto le pareció divertido.

—Que te haya seguido hasta Jackson, cuando sus instrucciones se limitaban a aquí, y para una noche… ¡Que hubiera seguido con las mismas instrucciones, por encima de cualquier cosa! No es muy vampírico, pero sin duda es un buen soldado.

—Habría sido mejor que le hubiera dicho a Sookie lo que había hecho y por qué lo había hecho —comentó Eric.

—Sí, una nota habría estado bien —dije, sarcástica—. Cualquier cosa habría sido mejor que abrir ese armario y encontrar un cadáver metido.

Pam se echó a reír. Sí que había dado con su vena humorística. Maravilloso.

—Me imagino tu cara —dijo ella—. Y ¿el licántropo y tú tuvisteis que esconder el cuerpo? Eso no tiene precio.

—Ojalá hubiera sabido todo esto cuando estuvo Alcide hoy aquí —dije. Cerré los ojos cuando el efecto del cepillado de mi pelo me relajó por completo. El repentino silencio fue toda una delicia. Al fin conseguía algo de placer para mí misma.

—¿Alcide Herveaux ha estado aquí? —preguntó Eric.

—Sí, vino a traerme mi maleta. Se quedó a echarme una mano y comprobar cómo me habían dejado.

Cuando abrí los ojos, porque Bill había dejado de cepillarme, me crucé con la mirada de Pam. Me guiñó. Le sonreí.

—Te he deshecho la maleta, Sookie —dijo Pam con mucha suavidad—. ¿De dónde has sacado ese maravilloso chal de terciopelo?

Apreté los labios con firmeza.

—Bueno, el primero que llevé al Club…, quiero decir al Josephine's, quedó destrozado. Alcide tuvo la amabilidad de sorprenderme regalándome uno nuevo… Dijo que se sentía responsable por lo del primero —me sorprendió gratamente haberlo llevado al apartamento desde su sitio en el asiento delantero del Lincoln. No recordaba haberlo hecho.

—Para ser un licántropo, tiene un gusto excelente —concedió Pam—. Si te tomo prestado el vestido rojo, ¿me prestarás también el chal?

No sabía que Pam y yo habíamos llegado a la fase de prestarnos la ropa. Sin duda estaba metida en su papel travieso.

—Claro —le dije.

Poco tiempo después, Pam anunció que se marchaba.

—Creo que correré por el bosque hasta llegar a casa —dijo—. Me apetece disfrutar de la noche.

—¿Harás todo el camino hasta Shreveport a pie? —pregunté, asombrada.

—No sería la primera vez —dijo—. Oh, por cierto, Bill, la reina ha llamado a Fangtasia esta noche para saber por qué te habías retrasado con su trabajito. Dijo que había sido incapaz de localizarte en tu casa varias noches seguidas.

Bill reanudó el cepillado de mi pelo.

—La llamaré más tarde —dijo—. Desde mi casa. Se alegrará de saber que lo he terminado.

—Casi lo pierdes todo —dijo Eric, dejando a todos alucinados con su repentina intervención.

Pam se deslizó fuera por la puerta después de dedicar sendas miradas a Bill y a Eric. Eran esas miradas que me ponían los pelos de punta.

—Sí, soy muy consciente de ello —dijo Bill. Su voz, siempre fría y dulce, salió absolutamente helada. Eric, por su parte, transitaba por un tono más fogoso.

—Fuiste un idiota al volver con ese demonio de mujer —insistió Eric.

—Eh, chicos, que estoy aquí delante —dije.

Ambos me agujerearon con la mirada. Estaban determinados a acabar con esa disputa, así que pensé que lo mejor sería dejarlos hacer. Cuando estuvieran fuera. Aún no le había dado las gracias a Eric por las reformas en el camino de acceso a mi casa. Quise hacerlo, pero puede que esa noche no fuera el mejor momento.

—Vale —dije—. Esperaba evitar esto, pero… Bill, te rescindo mi invitación a mi casa —Bill empezó a caminar hacia atrás, en dirección a la puerta, con una mirada impotente y mi cepillo aún en la mano. Eric le dedicó una malévola y triunfante sonrisa—. Eric —dije, y su sonrisa se esfumó—, te rescindo mi invitación a mi casa —y marcha atrás se fue también, saliendo por la puerta y quedándose en el porche. La puerta se cerró de golpe detrás (aunque quizá sería más apropiado decir delante) de ellos.

Me quedé sentada en la butaca, dejándome envolver por un alivio que trascendía las palabras merced al absoluto silencio. Y de repente me di cuenta de que el programa informático, tan deseado por la reina de Luisiana, el mismo que había costado vidas y la ruina de mi relación con Bill, estaba en mi casa, a la que ni Bill, ni Eric, ni siquiera la misma reina, podían entrar sin una expresa invitación mía.

No me había reído tanto en semanas.

«Para viajar lejos no hay mejor nave que un libro».

EMILY DICKINSON

Gracias por tu lectura de este libro.

En **penguinlibros.club** encontrarás las mejores
recomendaciones de lectura.

Únete a nuestra comunidad y viaja con nosotros.

penguinlibros.club

Penguin
Random House
Grupo Editorial

penguinlibros